Riscos no Amor

JOSY L. DIAS

Riscos no Amor

PandorgA
NACIONAL
2016

Direção Editorial
Silvia Vasconcelos
Assistente Editorial
Thaluana Meira
Preparação
Sandra Schamas
Diagramação
Laina Fasoli
Composição de Capa
Gabriella Regina
Revisão
Inari Jardani Fraton - Elo Editorial

TEXTO DE ACORDO COM AS NORMAS DO NOVO ACORDO ORTOGRÁFICO DA LÍNGUA PORTUGUESA (DECRETO LEGISLATIVO Nº 54, DE 1995)

DADOS INTERNACIONAIS DE CATALOGAÇÃO NA PUBLICAÇÃO (CIP)
(Câmara Brasileira do Livro, SP, Brasil)

Dias, Josy L.
Riscos no amor / Josy L. Dias. – 1.ed. –
São Paulo : PandorgA, 2016.
318 p. ; 14 x 21 cm.

ISBN 978-85-8442-081-0

1. Romance brasileiro I. Titulo

19.08/024-2015 CDD- 869.93

ÍNDICES PARA CATÁLOGO SISTEMÁTICO:
1. Ficção : Literatura norte-americana 813

2016
IMPRESSO NO BRASIL
PRINTED IN BRAZIL
DIREITOS CEDIDOS PARA ESTA EDIÇÃO À
EDITORA PANDORGA
Avenida São Camilo, 899
CEP 06709-150 - Granja Viana - Cotia - SP
Tel. (11) 4612-6404
www.editorapandorga.com.br

A festa

Capítulo 1

Amanhã minha mãe, Bárbara Ann Willams, vai começar a celebrar seu casamento. Ela é linda, uma loira de 1,76m de altura, com os olhos castanhos esverdeados e com um corpo perfeito. Nem parece que um dia engravidou. Tem quarenta e oito anos, mas ninguém pode saber, pois ela detesta que perguntem sua idade. De fato, ela parece mais minha irmã do que minha mãe. Apesar de ser neurótica e excêntrica, eu a amo muito, mesmo que, ela me sufoque, e isso ocorre quase sempre.

Dois anos atrás minha mãe foi diagnosticada com depressão grave, e esse problema teve início com a morte do meu pai, de acordo com os médicos. Ela era uma mulher animada, fazia muitas recepções na nossa casa e vivíamos uma vida maravilhosa. Nosso único problema era escolher o que comprar nos aniversários e no Natal.

Mais ou menos há seis anos, meu pai foi fazer uns exames de rotina e descobriu que estava com câncer de esôfago. Ele fez todos os tratamentos possíveis, mas a quimioterapia o deixou tão magro que dava tristeza só de olhar. Tentamos de tudo, nada surtiu efeito. Apesar de tantos problemas, ele nunca perdeu a fé em sua cura. O câncer atingiu o corpo todo, então, há dois anos, ele não suportou mais. Ficamos arrasadas, mas permanecemos unidas. Não fosse a nossa união, não teríamos conseguido enfrentar tamanha perda.

Ainda bem que eu tenho as duas melhores amigas do mundo que, desde a faculdade, estiveram sempre comigo. Depois da nossa formatura montamos uma firma de arquitetura e estamos progredindo desde então. Agora somos requisitadas para grandes empreendimentos, tanto em Nova York, onde moramos, como em toda a costa leste do país.

Não que alguma de nós precisasse realmente, pois sempre tivemos uma vida muito boa. Uma das minhas amigas é a Karen Louise Anderson, filha de um dos homens mais ricos dos Estados Unidos da América; ele é dono de quase todos os poços de petróleo no Texas. Mesmo sendo rica, em nenhum momento ela foi esnobe ou se achou superior aos outros. Pelo contrário, Karen é uma pessoa que não liga para a posição social das pessoas. Ela é muito alegre, divertida e sempre está de bom humor. É toda cheinha, nos lugares certos, mas ela se acha gorda, para falar a verdade. Só que ter coxas e pernas bem grossas, e tudo o que os caras gostam, não é bem a minha ideia de ser gorda.

Karen gosta de se comparar a mim, só que eu sou do tipo magra mesmo. Pelo menos ela entende que, se ela tiver que ficar com um cara, ele vai ter que gostar dela do jeito que ela é e, sinceramente, espero que ela nunca mude. Eu a acho muito linda, tem um rostinho de anjo com olhos azuis cheios de raios; não sei bem explicar, só sei que chamam atenção. Ela tem uma boca em formato de coração, um nariz arrebitado, os cabelos ruivos e encaracolados na altura do queixo. Karen Louise. Ela detesta o Louise, disse que parece nome de uma idosa, e como ela é a filha mais nova, para ela, não combina mesmo. Eu acho tão fofo. Ela tem duas irmãs mais velhas, eu acho o máximo ter irmãs, e até que elas são bem legais. Só que a família dela queria coisas diferentes para o futuro da Karen, mas minha amiga tem opinião: decidiu que iria para Harvard e foi. Lá nos conhecemos, acabamos sendo colegas de quarto, e hoje somos como irmãs.

As irmãs da Karen têm um ciúmes tão grande de mim com ela, que chega a ser aparente, principalmente nas reuniões de família; elas simplesmente não conseguem entender o valor e a importância de uma amizade verdadeira. Acho que é desilusão por não terem uma vida diferente. Elas terminaram o colegial e casaram. Betty é a mais velha, tem um marido mulherengo e dois filhos lindos. Vive no mundo da lua, para ela tudo é cor-de-rosa. A irmã do meio é Regina, essa é mais pé no chão. É uma das diretoras da empresa do pai e tem um grande futuro, acho que será a nova presidente da empresa muito em breve. Mesmo sendo casada, é independente e não quer saber de filhos por enquanto. Ela sempre insistiu para que Karen seguisse o ramo de negócios da família, mas minha melhor amiga é autoconfiante e não deixa ninguém mudar o que deseja para o seu futuro.

Em Harvard, conheci Susan Miller, que era a garota *nerd* que ninguém queria como amiga. Só ficava em um canto calada, e era a melhor aluna da turma, em todos as provas finais de todos os semestres.

Eu tinha um grande problema com a matéria de Cálculo I; acho que era por causa da professora, eu não conseguia entender nada. Quando chegaram as provas finais do primeiro semestre eu precisava de ajuda, e foi por isso que acabamos sendo amigas. Agradeço todos os dias por ter tido essa professora megera.

Um dia, eu estava na biblioteca chorando porque achava que não iria passar, e Karen estava na cantina comprando o nosso jantar, mas eu não queria preocupá-la. Enquanto eu estava sozinha, na ala de estudos em grupo, Susan apareceu e sentou ao meu lado. Suspirei e olhei para ela. Todos na sala sabiam que eu dependia dessa nota para passar e eu simplesmente não conseguia estudar.

Ela perguntou se eu queria ajuda e foi assim que começou uma amizade incrível: ela me ensinava as matérias que eu tinha dificuldade e eu a ensinava a ser mais confiante. Susan vinha de uma família de grandes advogados: pai, mãe, irmã, tios, todos naquela família são advogados, é muita pressão. Eles não queriam que ela fosse arquiteta, porém, nós três juntas, nos tornamos imbatíveis. Susan foi a melhor da turma e ficamos orgulhosas dela.

Ela se tornou uma mulher confiante e popular, com um corpo atlético – malha todos os dias, mas eu, sinceramente, não tenho essa paciência. Tem os cabelos castanhos ondulados e super compridos, sua pele é bronzeada, que herdou de uma avó indígena. Com olhos negros penetrantes e intensos e uma boca super parecida com a da Angelina Jolie, não demorou nada para ela ser aceita. Só tivemos que colocar lentes de contato, pois ela é míope e não gostava dos óculos de aro, que, por sinal eu sempre achei um charme.

Acho que estou totalmente fora de mim por causa das vinte e cinco tequilas que bebi. Imagino que seja importante pensar um pouco na vida, mesmo estando meio bêbada. Quando eu chegar em casa, estarei muito, mas muito encrencada.

Eu ri de mim mesma, pois era bom pensar na felicidade da minha mãe e nas minhas amigas. Quando o meu pai morreu, elas estavam ali para tudo, e, agora, no casamento da minha mãe, elas me liberaram por quinze dias, apesar do nosso escritório estar lotado de pedidos e prazos para cumprir.

Eu sou a pequena da turma, todos pensam que eu tenho vinte anos, ou menos, e chega a ser constrangedor. Sou pequena mesmo, tenho 1,57 m, sou muito magra, mas acho que eu tenho uma coisa que atrai os olhares masculinos: peitos grandes. Além disso, sou loira com o cabelo super liso que chega até a cintura, tenho uns traços meio Legolas, só porque os meus cabelos são muito, mas muito claros, eu acho estranho porque nunca pintei – e tenho os olhos como os da minha mãe, como ela diz, olhos de gata.

Essa sou eu, Elizabeth Ann Willams, de vinte e quatro anos. Eu e as minhas amigas temos a mesma idade, e eu acho que isso nos ajudou ainda mais a nos amarmos como irmãs, uma protegendo a outra. Agora, aqui estou eu, deitada em uma espreguiçadeira, na casa da piscina, enquanto uma grande festa acontece na casa da Karen. Bebi muito, por isso acho que estou meio nostálgica. Como terminei com o meu noivo há mais ou menos um ano, eu poderia estar lá fora curtindo, porém estava cansada dessa vida de final de semana agitado e festas super legais. Eu queria alguém que me completasse. Sei, sei que é difícil de entender, só que é assim que eu me sinto. Enquanto eu não encontrar alguém que realmente faça agitar algo dentro de mim eu só flerto um pouco, mas nem ficar eu fico. Danço, bebo, brinco e me divirto muito assim.

Minha mãe quer casar em Cancún. Depois de um longo período deprimida, ela, finalmente, encontrou um novo amor e eu vou apoiá-la, pois o Sr. Arthus é um homem honesto. É um coroa muito bonito. Mesmo com cinquenta anos, está em ótima forma e é super legal comigo, sempre muito divertido. Mas o principal é que ele ama a minha mãe. Ele perdeu a esposa oito meses atrás, em um acidente de carro, e tem seis filhos. Sério, quem tem seis filhos hoje em dia? Quando ela me falou, eu nem acreditei!

O meu futuro padrasto é irlandês, de Dublin. Tem um sotaque lindo, arrastado e forte; não tem como não saber quem está falando. Quando nos encontramos pela primeira vez eu não acreditei: ele tem uns dois metros de altura, é bem forte, parece uma parede. É ruivo e tem os olhos azuis cristalinos. Sua voz é grossa e parece ser rígido, mas depois de um tempo pude perceber como ele é super família. O sr. Arthus trabalha com investimentos e fez sua fortuna com compra e venda de imóveis. No momento, ele está se dedicando à indústria têxtil. Eles se conheceram em um encontro de autoajuda há mais ou menos seis meses.

Agora eu estou me preparando para o casamento deles. Depois de meses de puro amor, sei que serão super felizes. Imagine ter seis meio-irmãos? Minha mãe me deu uma ideia geral da nova família, como ela mesma diz. O mais velho é Nicholas, o Nic, tem trinta e dois anos. É um mega advogado e está se separando de uma mulher meio insana – de acordo com umas loucuras que ela apronta, mas isso tudo são relatos – e eles têm um filho de três aninhos. Minha mãe diz que ele parece um anjinho. Ela quer que eu os conheça logo, mas tenho evitado este momento.

Bem, voltando aos meus meio-irmãos; o segundo é o Lucky, que tem trinta anos, é um cirurgião plástico que enrola uma namorada há nove anos. Acho que esta criatura precisa acordar para a vida, coitada! Onde eu estava mesmo? Ah, o terceiro filho é Jason e tem vinte e nove anos. Nossa, eles não perdiam tempo! Jason é o administrador da empresa têxtil que tem filiais por todo o país. Foi por causa dessas filiais que minha mãe conheceu o Sr. Arthus. Ele estava passando um mês em Nova York para fazer uma vistoria nas empresas e os dois acabaram se esbarrando. Eu acho tão legal a história deles.

O próximo é o John, de vinte e sete anos. Esse parece que é o meio maluquinho da família. Minha mãe me disse que ele é dono de um cassino em Las Vegas, que ele aposta para ganhar. Achei louco, mas legal. O nome do cassino é Colosso, e deve ser show, me deu até vontade de ir dar uma volta por lá. Como John não sai do cassino por nada, praticamente, minha mãe teve de fazer esse sacrifício para conhecê-lo. E eu, por causa do meu trabalho, como sempre, não pude ir passar uns dias em Vegas com eles. Ele é um dos homens mais ricos da América.

Depois vem David, acho que tem vinte e seis anos. Isso é que é saúde, um filho atrás do outro. Minha mãe não soube me dizer no que ele trabalha realmente. Só disse que ele viaja horrores, que pega todas e que as disputa com o irmão mais novo. Alguns dos filhos do Sr. Arthus não gostaram da ideia do pai casar tão cedo, principalmente o mais novo, que, acho, se chama Brady. Ele é um ano mais velho que eu e a minha mãe me disse que ele é o único que ainda perturba um pouco a paz.

Ele deve ser um cara super chato, mas todos dizem que ele é o deus grego de Detroit, e que trai a namorada com zilhões de outras. Eu não queria nem conhecê-lo. Mas, amanhã de manhã, terei que estar em um voo para Cancún para ficar quinze dias em família, e é só esperar para ver o que acontece. A reunião para o casamento duraria uma semana, mas minha mãe queria que a família do Sr. Arthus me conhecesse melhor, por isso pediu para ficarmos quinze dias. Depois do casamento, eu estarei livre para poder passear, dormir, fazer o que eu quiser. Com certeza, dormir seria uma coisa maravilhosa. Pretendo passar horas dormindo muito. Ai, que delícia! Só depois curtir o lugar. Eu queria fazer algo como mergulho nos corais, algo que nunca tentei.

A música explodia lá fora, na agitação total, só que eu não estava no clima. Bem, é isso. Quero ir logo para Cancún para ter uns dias de relax total, umas massagens aromáticas seriam perfeitas também.

Já me sentia no paraíso.

– Liza, você está aí?

Me descobriram. Liza é o meu apelido. Sei que deve ser um saco chamar meu nome constantemente.

– Porque você está escondida aqui? Meu pai estava perguntando onde você tinha se metido.

Por favor, isso agora não, eu já estava imaginando como seria amanhã a ressaca, a viagem com várias pessoas falando ao meu redor enquanto a minha cabeça explodia. Só isso já era demais. E ainda ter que pensar em evitar certos pais de certas pessoas era pior ainda.

– Karen, por favor, quer parar com essa ideia? Seu pai e eu não vamos ficar.

O pai da Karen é milionário e tem uma queda por mim. O nome dele é sr. Christopher Anderson. Ele tem idade para ser o meu pai, só que eu não sinto nada de especial por ele. Tá bom, nós nos beijamos uma vez. Desde então, ele meio que me persegue e deixa isso claro para todo mundo. A Karen deu pulos de alegria quando eu falei o que tinha acontecido, ela diz que seria maravilhoso me ter como madrasta. O pai namora alpinistas sociais, mas ela não aceita muito bem. Infelizmente não é ele, o beijo diz tudo. Pelo menos é assim que eu penso.

– Estou muito bêbada e com dor de cabeça.

Só de falar, minha cabeça doía.

– O meu pai disse que vai passar o final de semana em Cancún e ele quer te dar uma carona.

Ela se jogou ao meu lado e ria como uma idiota.

– Amiga, ninguém dá uma carona para outro país, você sabia disso?

– Ele vai com a Melane e você pode ir junto com ele. O voo sai às onze horas. Não precisa estar às sete horas da manhã de um sábado no aeroporto não tem escalas e você vai no jatinho novo. O que pode ter de errado nisso?

Ela estava certa, porém devemos sempre desconfiar quando a esmola é enorme, como neste caso. A outra opção estava fora da realidade, para mim, naquele momento.

– Ok. Depois desta explicação, acho que não tenho escolha.

– Ele vai ficar hospedado no mesmo hotel que você, então ele *te dá* carona. Sua mãe não precisa ir te buscar, afinal ela deve estar super ocupada, não é?

– Karen, você sabe que não vamos ter nada, eu e o seu pai não combinamos.

– Sim, eu sei, mas não custa sonhar.

Ela batia os cílios, toda feliz. Sério. Eu até gostaria que tivesse dado certo, o pai dela é a cópia do George Clooney.

Tudo nele é ótimo, porém o problema é comigo. Não senti nada por ele e não quero mais enrolar ninguém. Sabe o que eu quero? Um cara legal, com quem eu possa ter uma vida segura, estável e feliz. Droga, acho que estou delirando.

– Por que você não dorme aqui, vamos fazer uma noite do pijama.

– Que horas são?

– Duas e meia, por quê?

– Droga! Minha mãe vai me esganar amanhã. Eu disse que ligaria assim que chegasse em casa.

– Você ainda não chegou.

– Verdade, mas vou escutar mesmo assim. Se ela não estivesse distante, com certeza faria picadinho de mim.

– Ok, hora de dormir, acho que a tequila está afetando seu cérebro loiro.

Eu ri, pois a minha amiga conhecia muito bem a minha mãe e sabia que eu estava encrencada mesmo, nós duas escutaríamos muito. Sobrava para todo mundo quando algo não estava de acordo com o que a minha mãe pensava.

– Liga para o Alberto, o número do táxi dele está no meu celular, ele já está esperando que eu ligue.

– Eu te deixo deixo em casa, não precisa chamar o seu motorista.

Karen voltaria sozinha. Ela não bebia porque ela é diabética desde os oito anos, mas nós convivemos bem com isso. Eu cuido para que ela esteja sempre com a insulina em algum local acessível, coma direitinho e tome tudo diet. Já eu, adoro tequila, é tudo de bom. Mas, depois dessa noite, acho que não vou beber nunca mais na minha vida.

Ai minha cabeça.

– Não. Já é tarde, e o George vai me esganar assim que eu chegar na porta de casa. E se Alberto não vier vai ser muito pior, você conhece os dois.

Eu amo o George. Ele é um mordomo incrível, que sabe tudo da família, do que gostamos e não gostamos. Eu não lembro nem a cor da minha calcinha, mas duvido que ele não saiba até o brinco que eu estou usando. O George é o homem mais maravilhoso do mundo, depois do meu pai. Ele é inglês, mas ama Nova York, conhece cada cantinho da cidade. Está muito bem para seus sessenta e cinco anos, pois adota um estilo de vida saudável. É uma pessoa muito especial.

Ele não tem muitos parentes, mora conosco e cuida de mim, sei lá, acho que desde quando eu nasci. O melhor de tudo, ele é quem manda: se ele diz pule, eu pulo! Eu o amo de paixão e sei que ele me ama, mas acho que quando eu chegar, a casa vai cair. Karen ligou para o Alberto, mas eu não estava prestando atenção, pois a minha cabeça estava a mil.

– Ele só vai te dar uma bronca e te colocar na cama. Eu ligo para ele dizendo que você está indo com o Alberto, e que vai viajar com o meu pai e a Melane. Sério, como eu odeio aquela vagabunda.

– Eu não.

E começamos a rir... Nós fomos para a porta esperar o Alberto. Ele chegou muito rápido, pois a cidade estava mais calma nessa hora, e quando eu cheguei George já estava me esperando. Ele me colocou para dormir e nem brigou comigo. Acho que ele viu como eu estava acabada.

A viagem

Capítulo 2

Trim, trim....

Meu Deus, quem está ligando a uma hora dessas? Olhei para o despertador ao lado da minha cama, eram sete horas da manhã de um sábado! Acho que não tem ninguém aqui. Cobri o meu rosto com o travesseiro, eu realmente não mereço isso.

Parou, que bom, é só dormir de novo.

Bliz, Bliz....

Agora o celular. Não, eu só queria dormir um pouquinho... Deus!

Bliz, Bliz....

– Alô.

– Elizabeth Ann Willams, como você não atende o telefone? Você sabe como eu fico quando você não atende.

Minha mãe, sempre exagerada. Eu só queria descansar um pouco... É pedir muito? Droga, eu só dormi cinco horas.

– Mãe.

– E essa voz de sono, você não deveria estar indo para o aeroporto? Onde está o George que não te acordou? E porque você não me ligou ontem à noite como eu te pedi? O seu celular estava desligado.

O que é isso? Minha cabeça... Que droga!

– Mãe, uma coisa de cada vez, ok? Primeiro, eu perdi a noção do tempo, pois ontem à noite eu fui para uma festa na casa da Karen e cheguei tarde, a senhora sabe que lá o celular fica sem serviço. Segundo, o George está na rua fazendo as compras da casa e ele vai estar aqui daqui a duas horas para me levar ao aeroporto.

Ela falou de forma calma. Eu conhecia aquele tom de desespero, ela iria desligar e ligar para a Karen que ouviria também. Essa é a minha mãe superprotetora.

– Liza, minha linda, o jantar dos padrinhos é hoje à noite, você disse que estaria aqui. A passagem era para às oito horas da manhã.

Ela parecia à beira de um ataque. Eu precisava esclarecer logo as coisas antes que ela deixasse todos enlouquecidos.

– Mãe, calma. O pai da Karen vai me deixar aí. O jatinho dele vai sair às onze horas daqui de Nova York, e chego aí umas quatro da tarde. E não se preocupe, ele me deixa no hotel.

– E por que ele vai te dar essa carona, Liza? Não estou gostando daquele mulherengo estar te trazendo de novo.

Eu ri, pois ele já tinha feito um pouco mais do que só me paquerar. Melhor deixar esse assunto assim mesmo.

– Mãe, ele vai passar o final de semana no hotel com a namorada. Não se preocupe, ela vem junto e ele já parou de dar em cima de mim faz muito tempo.

Ele é super charmoso, só que não rola, pois nunca me imaginei com um homem da idade dele, e não é preconceito. Só não curtia caras todo cheio de preconceitos, e isso me irritava.

– Liza, vou para o salão e spa. Se eu não te encontrar até você chegar, o jantar é às sete e meia da noite no salão Cancún.

– Mãe, você sabe que eu vou me atrasar, mas estarei lá.

– O Arthus está louco que você chegue. Sabe, ele sempre quis ter uma filha. A sobrinha dele não está mais morando com eles, mas quando morava, os meninos a tratavam como um garoto. Com você seria diferente, você iria balançar a vida deles, por isso não vejo a hora de te apresentar para os meninos.

Eu não estava tão ansiosa assim.

– Mãe, por favor, eles são todos mais velhos do que eu.

– Amor, eles são adoráveis, e você terminou com o seu noivo já faz tanto tempo.

Ninguém merece isso, pode esquecer.

– Ok, paramos por aqui. Agora que você me acordou, não vou conseguir voltar a dormir mesmo, assim aproveito e separo algumas coisas para a viagem. Sinto sua falta.

Nós sempre conversamos muito, porém nos últimos meses não tivemos muito tempo.

– Eu sei, minha linda, eu também. Mas logo vamos estar juntinhas durante quinze dias, e quando eu for para Michigan, você terá de ir me visitar um final de semana por mês, eu exijo. Você vai amar a casa, tem tudo o que você gosta, querida.

Pelas fotos que ela me mostrou, a casa era linda, e eu, realmente, queria olhar cada detalhe. Ficava em Holland Michigan. Tem doze suítes, um deque para o lago, um local onde ficam dois iates e um veleiro, estábulo com vários cavalos puros-sangues, academia, uma piscina interna e duas externas, uma gigante e a outra natural, toda feita de pedras e água aquecida, com vista para o lago. Era tudo o que eu amava, e isso eu poderia fazer, com certeza.

– Certo, você sabe que eu não consigo dizer não.

– Ah amor, já estou chorando. Você sabe que nunca ninguém vai tomar o lugar do seu pai, ou o seu, no meu coração.

Droga, já vou chorar logo cedo, já vi que não vai sobrar nada para o resto do ano. Nós sempre falamos o que sentimos. Era um dos passos para melhoria da depressão, e eu ajudava em tudo o que eu pudesse; só não falava muito dos meus problemas, pois ela já tinha muita coisa para pensar.

– Mãe, eu sei que o papai iria querer que você encontrasse alguém legal e que fosse feliz. Ele vai apoiar a sua escolha. O Sr. Arthus é incrível e te ama muito, e sei que você não vive mais sem ele. Você sempre fez tudo certo, mãe, tanto comigo quanto com o papai. Eu sinto saudade dele também.

Eu não conseguia parar de chorar. Dois anos se passaram, mas a dor ainda é muito presente.

– Vou te esperar, filha. Te amo muito. Faça uma boa viagem, e cuidado.

– Obrigada, mãe. Fique deslumbrante como sempre.

– Vou fazer o possível. Estou louca para ver o seu vestido, a Donatella também.

Eu tinha trabalhado em segredo sobre o vestido que iria usar no jantar, então ela sabia poucos detalhes.

– Mãe, você falou para a Donatella Versace que eu desenhei e mandei fazer o meu vestido? Sério? Por favor! Vou desligar, que vergonha.

Ela riu de verdade. Pelo menos isso, minha mãe estava realmente feliz.

– Sou uma mãe coruja. Assim, ela vai ver como suas criações são incríveis e quem sabe dá uma chance para você.

– Mãe, vá para o spa, não quero mais ouvir nada.

– Te amo, filha.

Mãe é mãe... Eu tinha que rir.

– Também te amo. Tchau.

Nossa, como a minha mãe consegue me fazer chorar, depois morrer de vergonha e acabar rindo no final? Depois dessa, fui tomar um banho, pois eu ainda estava com a roupa da noite anterior. Eu tinha bebido muito, estava com a maior ressaca. Tomei duas aspirinas e fui para o banheiro. Tirei a roupa e entrei na água fervente, e a minha dor de cabeça começou a melhorar. Ai que alívio... Chorar não tinha melhorado as coisas.

Me arrumei. Ainda bem que o George tinha providenciado tudo, ele era o máximo. Pena que ele só iria para Cancún dois dias antes do casamento. Ele era esperto, e sabia que eu e a mamãe iríamos explorá-lo demais. Ele me disse que iria pegar um cinema e dar umas voltas pela cidade para aproveitar uma semana sozinho, sem ninguém para importuná-lo com algum pedido maluco. Aquele ranzinza me ama de todo o coração. Fui colocar uma calça jeans, uma blusa confortável amarelinha transparente com uma camiseta por baixo, uma sapatilha dourada que fazia par com uma mega bolsa – que não é muito o meu estilo, mas tudo o que a minha mãe escolhe acaba sendo o que eu mais gosto.

Em viagens, eu prefiro estar confortável, ainda mais hoje que vou dormir muito. Pelo menos eu amo Cancún e conheço o hotel como a palma da minha mão. Com certeza, o quarto 150 estaria me esperando para esses quinze dias de férias. Nem acredito! Trabalhar em projetos grandes é complicado e muito bom ao mesmo tempo. Eu adoro a correria do dia a dia.

– Bom dia, madame.

Droga, seria uma longa manhã. Primeiro, a minha mãe, e agora o George.

– Me desculpe. Eu juro, não vou mais beber, eu prometo.

– Não quero saber, mocinha. Você tem ideia de quantas milhares de vezes a sua mãe ligou e o seu celular estava sempre desligado? E você chega quase três horas da manhã, bêbada. Você quer que eu me demita? Eu vou embora e nunca mais vou voltar.

A coisa estava feia mesmo. Eu já tinha decidido não namorar até encontrar o cara certo, mas não dava para parar de beber de uma vez, ainda mais com George ameaçando ir embora. Eu ficava apavorada, estremecia só de pensar que ele ia me deixar.

– É sério, essa noite foi a última, eu prometo.

Ele me olhou, eu sempre cumpria as promessas. Com certeza nunca mais colocaria uma gota de álcool na minha boca. Ele me deixava apavorada. Eu não podia perder o George e, se dependesse de mim, isso jamais aconteceria.

– Ok. Você sabe que eu descubro tudo, tudo mesmo.

Outra verdade. Acho que os ingleses tem um sexto sentido.

– Eu sei, por acaso você tem uma bola de cristal no seu quarto?

Ele ainda estava sério, e eu estava encrencada mesmo. Acho que eu já imaginava o motivo: ele sabia que eu tinha beijado o sr. Anderson dois anos atrás, porque eu não escondo nada dele. Naquela situação, viajar com ele novamente, não era nada legal para mim.

– Muito engraçadinha. E que história é essa de viajar com o sr. Anderson? Não gostei nada disso... Ele quer ter alguma coisa com você, aquele velho. Isso é uma vergonha.

– Opa, ele é um senhor muito gato. Eu já disse tudo para você, não vai acontecer nada. Além disso, a Melane também vai.

– Quem é Melane?

– É a nova namorada dele.

– Ok, não quero mais saber. Agora, pegue as suas malas e vamos descer. A limusine do sr. Anderson já veio te buscar.

– George, são nove horas da manhã ainda.

– Ele está lá fora esperando você! Eu acho que vou antecipar a minha ida.

Ele estava achando algo estranho.

– Negativo, não se preocupe. Você esqueceu, eu sou faixa preta em karatê e ele sabe. Não me preocupo em quebrar o nariz de ninguém.

– Essa é a minha garotinha.

Agora sim, voltamos ao normal depois de muitas promessas. Ele é muito esperto, e como consegue eu não sei. Eu não fico sem o George de jeito nenhum. Descemos com ele buzinando milhões de coisas no meu ouvido, sobre como evitar flertes de pessoas mais velhas. Ele ainda não estava convencido, só eu estava.

O motorista abriu a porta para mim.

– Tchau, George, te espero lá. Toma cuidado aqui sozinho, não vá fazer nenhuma orgia na minha ausência.

Ele riu. Não conseguia ficar com raiva de mim por muito tempo.

– Se comporte, agora me dê um abraço.

– Boa viagem, minha menina.

Eu amo esse homem. Nos abraçamos e ele não queria me largar. Ri, ele nunca mudava.

– Obrigada, eu te amo.

– Também te amo, cuidado na viagem.

Ele olhou sério para o sr. Anderson. Acho melhor tratá-lo assim, não quero dar liberdades. Chamá-lo de Christopher, vai piorar muito as coisas.

– Pode deixar.

Eu entrei no carro e encontrei um homem com cara de poucos amigos. Sorri como se ele não estivesse irritado.

– Bom dia, sr. Anderson. Obrigada por me dar uma carona até Cancún, me ajudou muito depois da noite de ontem.

Ele não riu. Eu sabia que ele queria que eu o chamasse de Christopher, mas não nesta vida.

– Bom dia, Liza. Acho que você dá muita liberdade aos seus empregados.

– Não, senhor, pelo contrário. O George é da família e ele pode fazer o que quiser.

– Vejo que não posso mudar a sua opinião.

Eu ri. A única coisa que eu queria era chegar logo ao avião. O problema era que estávamos só nós dois e eu tinha de perguntar.

– Sr. Anderson, onde está a Melane? Ela estava tão animada ontem à noite.

– É uma pena, ela teve um imprevisto de última hora e não pode vir. Vamos viajar só nós dois agora de manhã, pois ela vai chegar só à noite no meu outro jatinho. Melane precisou passar em Detroit hoje cedo. A prima dela estava precisando de ajuda para um possível noivado, e ela não sabia o que levar nessa viagem.

– Que coisa, não é? Muito importante!

Ser irônica é um hábito muito ruim, pena que não consigo evitar. Ele riu. Acho que é a característica que ele adora em mim, além dos meus peitos, é claro. E ele já deixou isso bem claro.

– Não seja hipócrita, eu sei o que você está pensando. Por isso eu gosto de você, eu sei exatamente o que você acha dessa situação.

– Bem, não quero atrapalhar, mas preciso chegar em Cancún hoje antes do jantar. Caso contrário, vou ser uma pessoa assassinada.

– Nós já estamos a caminho do aeroporto, vamos sair mais cedo. Não se preocupe, não quero que nada lhe aconteça. Chegaremos bem antes para que você possa chegar no horário do jantar da sua mãe.

Ele era campeão nesses comentários e ainda ficava rindo.

– Ok. Que bom que eu vou poder dormir, estou caindo de sono. A minha mãe me acordou às sete da manhã, e preciso de um descanso depois de ontem à noite.

Eu não iria ficar de conversinha. Ele assentiu e ficamos presos em nossos pensamentos enquanto eu cochilava. Embarcamos em um jatinho, e luxuoso é pouco para descrevê-lo. Sentei em uma poltrona no final do corredor e me acomodei perto da janela. Durante a viagem, ele nem falou comigo. Eu dormi quase o tempo todo, e só acordei para comer um almoço de rainha com frutas tropicais, salada e um maravilhoso macarrão ao pesto.

– Está uma delícia a comida, eu amo massa.

Ele me encarava, e isso era constrangedor. Como no filme *O Diário da Princesa,* em que a Mia levantava a perna no beijo certo, acho que cada um tem seu modo de entender isso, e quando o meu chegar eu vou saber.

– Eu pedi para a Karen me dizer qual a sua comida preferida, para que a sua viagem fosse o mais agradável possível.

Ele só estava sendo gentil, e o meu subconsciente dizia o contrário. Eu estava tranquila, já que quando um não quer, dois não fazem. Eu sei me defender e ele também sabe, por isso não havia nada com que me preocupar. Levantei, fui ao banheiro, não queria entrar na suíte, que eu sabia que estava bem pertinho, pois isso seria um sim enorme para ele. Usei o banheiro, escovei os meus dentes e voltei para o meu lugar.

– Obrigada. Eu vou voltar a dormir, se me der licença, estou quebrada ainda.

– Ok, daqui a duas horas vamos chegar em Cancún. Estaremos em solo às quatro da tarde.

– Passou tão rápido. Foi como um piscar de olhos, acho que estava muito cansada mesmo.

Me acomodei para dormir, mas uma dor de cabeça forte começou e não consegui pregar o olho de jeito nenhum. De repente, o voo parecia que não iria terminar, até que o piloto avisou que pousaríamos em quinze minutos. Então, eu me animei e comecei a organizar as minhas coisas. Quando eu terminei, eu percebi que o sr. Anderson estava me encarando, sério.

Senti um arrepio nas costas, como um pressentimento ruim. Desviei o olhar, mas a impressão ficou. Desembarcamos e havia uma limusine branca nos esperando. Eu me sentia tão alegre por estar de volta a um lugar onde eu fui tão feliz. Em poucos dias, minha mãe estaria em um novo casamento e, apesar de ser estranho, era bom. Eu sabia que eles se amavam muito.

Em poucos minutos estávamos no Cancún Caribe Park Royal. Era um sentimento de estar em casa. Não via a hora de chegar ao meu quarto e dormir depois de uma viagem longa. Era exatamente o que eu estava precisando.

– Obrigada, sr. Anderson, pelo voo e pela carona. Estou salva, minha mãe não vai mais me matar.

Ele deu um sorriso discreto, cheio de intenções, e agora vinha alguma coisa.

– Era isso o que eu queria ouvir. Sua mãe me convidou para o casamento e eu estou querendo ficar. Acho que a Melane vai gostar de estender um pouco mais o nosso descanso.

Eu ri sem muita vontade. Com certeza, algo estava sendo tramado e eu esperava não estar envolvida, mesmo que indiretamente.

– É uma ótima notícia.

Merda. Com ele no meu pé, seria difícil eu me divertir. Ele aparece em todos os lugares.

Entrei, e a recepção branca com detalhes em dourado era sempre majestosa, havia jarros com plantas exóticas tropicais, cascatas que brilhavam como em um oásis. Cada detalhe era familiar, então eu fui direto buscar o cartão, pois eu sabia que a minha mãe já tinha feito todos os preparativos na suíte 150. Após uma longa viagem seria um alívio para uma dor de cabeça que não me deixava.

– Boa tarde, senhor, eu sou a srta. Williams. Gostaria da chave do meu quarto, por favor.

– Que bom tê-la aqui novamente, senhorita. Aguarde só um minuto, por favor.

Nesse momento, o sr. Anderson chegou ao meu lado. Todas as mulheres olhavam para ele, com certeza ele é um pedaço de mau caminho. Estava me rondando e isso não era legal.

Eu peguei o cartão sem mostrar o número do meu quarto, não queria correr nenhum risco.

– Obrigada.

Enquanto eu me afastava, ele me chamou.

– Liza, nos encontramos mais tarde.

– Até mais.

Fui o mais rápido possível para o corredor térreo. Quando eu entrei no quarto, as cortinas estavam fechadas e o ar estava ligado, geladinho. Eu fechei a porta, tirei a minha roupa e me joguei na cama. Dormi o restante da tarde, quando uma batida me acordou.

– Já vou!

Ops, estava sem roupa. Me enrolei no lençol, devia ser algo que a minha mãe queria mandar para mim, e eu estava toda atrapalhada. Quando abri a porta, era uma senhora toda arrumada em estilo caribenho, era até engraçado. Aí eu lembrei que a minha mãe tinha me dito que havia uma governanta dos Blinner, como era o nome dela mesmo? Ela me avaliou dos pés a cabeça e sorriu. Não era um sorriso de deboche, era de carinho, e eu já gostei dela.

– Olá, srta. Elizabeth, eu sou Margarety Garcia. Eu fui enviada para avisar que o jantar será em uma hora. Como você não atendia o celular, sua mãe queria ter certeza de que você participaria do jantar.

Já era muito tarde, pelo menos a dor de cabeça tinha passado.

– A propósito, pode me chamar de Mag. É assim que todos me chamam.

Eu ri, ela parecia muito legal mesmo.

– E você pode me chamar de Liza. Eu estarei lá. É que estava muito cansada, desculpe dar trabalho para você. Tive uma dor de cabeça durante o voo e, quando encontrei o quarto perfeito para dormir, perdi a hora, desculpe.

– Não se preocupe, menina. Qualquer coisa me avise, estou no quarto 146, para você não se sentir sozinha. Sua mãe me falou que você tem medo de altura, então quis fazer companhia para você.

Ela era tão gentil e me chamou de menina como George, acho que já me apaixonei por ela.

– Gostei muito disso, obrigada. Você é maravilhosa, me sinto com George aqui.

– Quem?

Ela riu de novo.

– Desculpe, ele é o nosso mordomo, você vai conhecê-lo. Eu o amo muito e acho que vocês se dariam muito bem.

– Acho que sim, sua mãe já me falou a respeito dele. Depois de amanhã chega a minha outra menina, Amanda. Ela é doce e meiga, sempre viveu com os meninos, mas faz dois anos que está em Paris fazendo um curso de gastronomia. Não vejo a hora que ela chegue também.

– Acho que vou adorar conhecê-la.

– Ela tem 24 anos também, está na flor da idade.

Eu olhei para mim. Certo, eu tinha que, sei lá, tomar um banho e me arrumar. Eu estava conversando na porta do meu quarto depois de ter dormido por horas, e ainda por cima enrolada em um lençol. Isso era constrangedor.

– Agora, eu vou tomar um banho para ir ao jantar.

– Tudo bem, menina, espero você lá.

– Tchau, e obrigada por vir me chamar, valeu mesmo.

Fechei a porta e me virei. Ao abrir as cortinas eu vi que o sol estava se pondo e eu sabia o que tinha que fazer; chegaria atrasada, mas precisava curtir um pouco o mar.

Ao sair para a praia, o sol já estava avermelhado no céu escuro, e a brisa era deliciosa. Vesti um maiô preto com as costas nuas, pus um roupão preto atoalhado fino, meu cabelo preso com uma piranha, e um mega óculos de sol, pois não iria sair pelo hotel com o rosto todo inchado. Resolvi ir descalça, eu só queria sentir a areia, a água salgada e os últimos raios de sol na minha pele.

Saí pela sacada que dava para uma trilha escondida entre as árvores. Demorei anos para conseguir achar esse caminho, que era lindo. Cortei caminho pela área da piscina até chegar na praia. Fui em direção às barracas perto do mar, quando um rapaz esbarrou em mim. Na hora, eu senti como um choque e fiquei sem ação. Era melhor eu ir embora, só que eu não conseguia dizer nada.

Esse rapaz, que deveria ser talvez uns dois ou três anos mais velho que eu, estava com duas mulheres a tiracolo e eu não queria nada com um cara como esse, então isso ativou meu cérebro novamente.

– Desculpe.

Quando olhei para ele, percebi que ele tinha os olhos mais lindos que eu já tinha visto. Ainda bem que eu estava de óculos escuros, assim ele não percebeu que eu fiquei pasma com a intensidade daquele olhar. E que homem moreno bronzeado... Um corpo magnífico, músculos definidos e cabelos negros, bagunçados em cachos rebeldes. Os olhos eram azuis como as águas do mar, nunca vou esquecer essa cor. Se ele fosse outro tipo de homem... Mas o cara certo um dia vai chegar, não quero alguém que fica com duas ao mesmo tempo, com certeza não.

Fui para a praia. Nossa! Que vista do pôr do sol... Amo esse lugar. Tirei o meu roupão, deixei em uma espreguiçadeira e mergulhei em uma água morninha. Que sensação maravilhosa, como estar em casa novamente. Eu lembrava tanto do meu pai, mesmo sabendo que era loucura. Eu queria tanto matar a saudade dele.

– Pai, estou aqui, já estou formada e quero lhe dizer que consegui quase tudo o que nós dois sonhamos um dia, aqui nessas praias. Só está faltando o meu príncipe encantado, mas estou tão feliz.

Lembrar do meu pai assim me consolava, e eu sei que a minha mãe saberia onde eu estava enquanto começava o jantar. Eu queria muito poder ter essa sensação. Eu gostava de pensar em falar com ele, como se ele pudesse me ouvir, era triste não poder estar com ele de novo.

– Pai, tenho que falar toda a verdade: ainda sou uma mulher muito bagunceira, me tornei uma farrista no bom sentido, curto as festas, brinco, bebo (*ops*. Bebia. Prometi ao George que não vou mais beber nada alcoólico). Eu adoro dançar com os amigos, mas depois tenho voltado para casa sozinha. Eu não sou mais virgem há muito tempo. Agora, coloquei na minha cabeça que eu só vou me entregar a um cara que me mereça e que seja compatível comigo.

– Só quero um cara legal, que queira uma vida feliz e sem altos nem baixos. Sei que tenho medo de amar de verdade, foi por isso que eu terminei com o meu noivo quase um ano atrás. Eu sei que você sempre me incentivou a não ter medo do amor, mas não quero me entregar a uma pessoa que vai me machucar. Desculpe, pai, quero ser feliz.

– Agora tenho que ir ao jantar, que deve estar no final. Eu sei que o senhor torce pela felicidade da mamãe, ela ama o Sr. Arthus. O nome é engraçado, ele é irlandês, e eu gosto dele de verdade. É uma pessoa muito legal e eles são felizes juntos.

Fiquei mais um pouco na água, depois me embrulhei no roupão e fiquei olhando as primeiras estrelas surgirem no céu.

Brady

Eu não consegui entender direito o que foi aquilo. Aquela voz rouca e uma boca vermelha sem batom pedindo para ser beijada, que delícia. Senti como se um raio tivesse me atingido. Eu precisava despachar aquelas duas e ir direto para o jantar.

Dei um sorriso porque sabia que elas se derretiam, com isso elas me beijaram e foram embora rebolando. Enquanto isso, procurei a menina que tinha passado descalça, ela já estava longe, na direção do mar. A maré estava alta. O que ela iria fazer à noite em uma praia deserta?

– Lindas, eu tenho que ir me arrumar para um jantar. Nos vemos mais tarde, ok?

– Me liga mesmo gato. Nós vamos te esperar na banheira.

Elas saíram abraçadas. Iria rolar a maior festa à noite.

– Eu vou.

– Ei mano, feche a boca! Você está de olho na princesinha, acho que eu quero entrar na disputa.

– Cala boca, David.

– Nem pensar, mano. Eu vi primeiro.

– Maninho, você pode repartir.

David não iria mesmo tocar nela.

– Vamos saber, primeiro, quem é ela. Podemos ir a recepção perguntar se alguém sabe quem é a fada.

David me olhou e riu. Já eu estava sério. Se desse tempo, iria atrás dela amanhã, com certeza.

– Fada? Estou te estranhando, Brady.

– David, vamos. Mesmo que eu não goste da ideia do papai casando com a Bárbara, temos que estar lá em meia hora.

– Vamos, você sabe que o papai odeia que agente se atrase para o jantar.

– Verdade.

– Bem, vamos lá, já que Brady Blinner nunca chega atrasado, nunca...

Ela tirou o roupão, ficou de maiô e foi para o mar. Nem em um milhão de anos eu iria esquecer a visão dela tirando o roupão, e já podia imaginá-la sem o maiô em contraste com a pele branca e delicada de fada. Sempre gostei de mulheres altas e com corpos esculturais, mas por que eu não tirava os olhos dela? Os seios eram magníficos, redondos para um corpo magrinho e pequeno, uma delícia.

Eu e o David fomos para a recepção, mas ninguém sabia de quem estavamos falando. Teriamos que esperar o jantar para continuar a busca da garota misteriosa. Depois, fomos para as suítes na cobertura. David foi para a dele e eu fui tomar um banho rápido. Vesti uma camisa social branca, uma calça jeans e tênis, não gostava daqueles sapatos sociais. Durante todo o tempo, não conseguia tirar da cabeça a boca carnuda da fada. Não sabia dizer o que eu estava sentindo, mas aquela voz rouca era muito sexy.

Não via a hora do jantar terminar, mas nem havia começado ainda. Tranquei a suíte, chequei os meus e-mails pelo celular enquanto ia para o salão, que era praticamente dentro do quarto. Adorava que fosse assim, pois caso surgisse algum encontro às pressas seria mais prático. Se a fada estivesse lá naquela noite, não iria ter a menor chance de que nós dois não acabassemos no quarto.

Chegou um e-mail com o resultado dos lucros da loja de carros. Amava vender e dirigir Lamborghinis e, em Detroit, era lucro certo. Havia muitos colecionadores de carros, e eu vendia, em média, cinco carros por mês. Agora iria abrir uma loja de motos BMW, que era minha segunda paixão, pois essas motos eram perfeitas. Minha fada ficaria linda em cima de uma, junto comigo. Quando será que nos veriamos de novo?

Todos os convidados estavam no jantar, menos a filha da Bárbara. Ela achou melhor dizer que a menina estava chegando e que poderiam iniciar o jantar. Comentavam que a garota era muito livre, vivia em festas e não tinha horário para nada.

Eu esperava que não fosse preciso demorar demais até o anúncio do par provisório de padrinhos, já que minha namorada chegaria dentro de alguns dias. Samantha Backer era tudo o que um homem pode querer em uma mulher: gostosa, *top model*, alta, olhos azuis e que esperava ficar noiva a qualquer momento. Ela me deixava sair com outras mulheres para variar, mas como ela mesma dizia, eu sempre voltava para ela. E era a pura verdade. Durante quase um ano de namoro, nós haviamos terminado e voltado várias vezes. Ela sempre aceitou minhas traições, e então eu achava que ela daria certo como minha esposa. Assim, passou pela minha cabeça que, se caso a sua fada quisesse, poderia entrar no jogo.

Por que esse jantar não acabava logo? Eu só queria ir atrás dela. Havia algo naquela voz rouca... Ela tinha um rosto muito bonito e atraente, um nariz pequeno e arrebitado, e os lábios cheios e sensuais. Seu queixo era suave, mas decidido. Só precisava ver os olhos que os óculos enormes escondiam.

Ela era baixinha para mim, só que eu sentia que nos encaixavamos perfeitamente. Espero que David não estivesse falando sério. Não queria uma disputa, nem ninguém mais dando em cima dela.

O jantar

Capítulo 3

Voltei para o meu quarto, estava tudo escuro. Enchi o deque com areia da praia... Sou o pesadelo das camareiras! Abri a porta da varanda, e fui sujando tudo até o banheiro. Tomei um banho delicioso e coloquei o meu vestido, que era em estilo japonês, preto com um dragão que circulava o meu corpo e a cabeça terminava no ombro.

Fiz um coque alto, calcei uma sandália super alta para parecer um pouco maior. Era uma sandália com uma tira que circundava o meu tornozelo com uma flor de tecido grande, que parece com uma flor de lótus, no fecho. Achei que completaria o visual oriental. Coloquei brincos com diamantes e rubis, que faziam par com um bracelete que o meu pai havia me dado de quinze anos. Ele dizia que vermelho era a minha cor.

Voltei para o banheiro e esfumei as pálpebras com uma sombra vermelha intensa e outra cinza, passei um rímel preto que deixava os meus cílios super longos e usei um *gloss* transparente. Eu amo esse visual. Fui para o salão, na cobertura, onde o jantar já deveria estar terminando. Quando eu cheguei, todos estavam sentados em uma mesa enorme e só tinha um único lugar vazio, ao lado da minha mãe. Estavam começando a sobremesa. A minha mãe se levantou e todos olharam para mim, foi muito constrangedor.

Nós duas fomos andando, nos encontramos na metade do caminho, então nos abraçamos. Quando eu virei, encontrei aqueles olhos em mim e fiquei encarando. Mas, em seguida, minha mãe me tirou da paralisia em que eu estava.

– Oi, amor. Ainda bem que você chegou a tempo da divisão dos padrinhos.

– Desculpe a demora, mãe.

Sabia que ela iria me apresentar, mas eu não queria que o cara mais gato do mundo, e mais mulherengo, ficasse sabendo quem eu era.

– Peço a atenção de todos os amigos e família. Para quem não conhece, essa é a minha princesinha Elizabeth Ann Willams.

Escutei alguém assoviar, então o gato dos olhos azuis olhou para o cara que estava do lado dele com jeito de poucos amigos.

– Prazer em conhecê-los.

Eu estava totalmente sem graça.

– Vamos terminar a sobremesa enquanto a minha Liza come um pouco.

Todos voltaram a atenção para a sobremesa, menos quatro pessoas. Enquanto nós nos aproximávamos da mesa, o Sr. Arthus e a Margarety vieram falar comigo.

– Liza, que bom que você chegou, estávamos preocupados. Você é o orgulho da sua mãe. fico encantado com a sua beleza, parece uma princesa dos contos de fadas, delicada, linda e inteligente. Até que enfim vou apresentá-la aos meus filhos, agora que você será parte da família.

– Obrigada Sr. Arthus, eu também estava ansiosa.

Eu o abracei e ele me rodou nos braços. Ele era tão divertido, com toda certeza eu já o amava. Ele passava uma confiança e sinceridade logo de cara que seria impossível não gostar dele.

– Você precisa comer, princesa, você continua um peso pena.

Ele é tão engraçado e... Deus, faça com que o gato mulherengo de olhos azuis não seja um dos meus meios-irmãos, por favor, senão a minha vida vai se tornar muito difícil.

– Bem que eu tento.

– Você já conhece Mag, não é?

– Sim, nós somos companheiras de andar agora.

Eu ri e ela foi até pertinho e me girou para ver o vestido. Eu fiquei toda sem graça, já que dois dos caras mais gatos da face da terra estavam me encarando direto. Falando sério... Por que o meu príncipe não aparecia logo para aqueles dois pararem de me deixar sem graça?

– Liza, este vestido ficou incrível em você, confesso que é melhor do que um lençol.

Eu vi que os dois se olharam e riram. Pensam que eu sou fácil? Vejam e aprendam.

– Por quê? O que houve, filha?

– Foi ressaca do voo.

Margarety riu alto, ela sabia que eu estava de ressaca mesmo.

– Vou logo avisando: é melhor alimentar essa menina, ela dormiu a tarde inteira. Depois eu fui atrás dela, mas ninguém a tinha visto. Bati no quarto e ela não estava, simplesmente fugiu.

– Pois é, essa fugitiva está faminta mesmo, só almocei no jatinho.

– Foi tudo tranquilo na viagem?

Vi que o gato moreno estava prestando atenção em cada detalhe.

– Cheguei sem problemas, só que a Melane não veio conosco.

A minha mãe estava chateada, eu podia ver pela expressão dela.

– Deixe a menina em paz, Bárbara. Aquele velho pode dar em cima da nossa princesa, só que ele não vai levar a melhor, não é?

– Querido, é que ele se acha um garotão e não perde uma oportunidade de estar a sós com a minha Liza. Eu não gostei nada dessa carona... Se, pelo menos, aquela namorada maluca tivesse vindo. Ele não tentou nada, Liza? Me diga, por favor.

Eles me olhavam, então eu cheguei mais perto e falei no ouvido dela.

– Mãe, se ele tentasse algo, você sabe que ele estaria com o nariz quebrado.

Então ela riu, depois gargalhou e todos nos olharam de novo.

– Essa é a minha filha, mas um nariz quebrado seria perfeito...

Os dois se olharam e ficaram me encarando. Sério, a minha mãe tinha que lembrar do nariz do meu ex? Minha nossa, que vergonha...

– Eu só soube que ela não viria quando ele foi me buscar, eu juro. E chega de falar nisso, não quero estragar a noite.

– Isso mesmo, Liza. Meninos, venham aqui conhecer Liza.

Por favor, por favor, não levantem. Ele foi o primeiro a levantar e, nossa, ele estava um espetáculo, todo cheio de estilo com calça jeans e tênis, enquanto os outros estavam sociais. Droga! Isso seria muito difícil mesmo.

– Vou apresentar do mais velho para o mais novo. Sei que vai ser difícil de gravar os nomes de primeira, já que são seis.

Eu ri. Eles eram os seis homens mais lindos que eu já tinha visto. Nenhum modelo se comparava à beleza deles, minha mãe tinha razão.

– O mais velho é o Nicholas, depois vem o Lucky, Jason, John e David, eles são o meu orgulho.

Ele deu uma respirada e eu não podia crer no que estava acontecendo. O caçula era o mulherengo e o deus grego que a minha mãe tinha me falado.

– E, por último, o meu caçula, a raspa do tacho, Brady. Essa é Liza, que agora assume o posto de caçula junto com a nossa Amanda, para as mulheres da família.

– Prazer em conhecê-los.

Eles vieram, um por um, me dar dois beijos e um abraço. Quando chegou a vez do Brady, ele pegou as minhas mãos e beijou, se inclinou e sussurrou no meu ouvido.

– Você está incrível com esse vestido, mas eu prefiro de maiô.

Eu estava petrificada. O hálito de menta era sentido à distância que, a partir do meu pescoço, foi causando um arrepio em todo o meu corpo, e as minhas pernas ficando bambas. Ele me fazia sentir coisas deliciosas e assustadoras ao mesmo tempo.

– Brady, largue a menina. Vamos comer e terminar logo com isso.

Ainda bem que a Mag me salvou, eu estava sem saber o que fazer.

– Venha, Liza, eu já pedi para trazerem o seu jantar.

– Obrigada, Mag.

Eu consegui me sentar sem cair, depois que Brady me deixou de pernas bambas. Pedi uma sopa de mariscos, uma porção de batata frita e uma torta de morango com creme. Como já estavam na sobremesa, o garçom trouxe primeiro a torta e o gato do Brady riu por eu comer a sobremesa antes do jantar. Eu estava morta de fome, e adorava misturar doce com salgado.

Nós sentamos muito longe. Eu estava quase na ponta e ele no meio da mesa, porém nossos olhos sempre se encontravam. Isso estava me dando nos nervos, eu não estava atraída por um playboy. Só que aquele olhar eu nunca mais esqueceria. Era de um azul tão claro, que pareciam elétricos, não tinha como não ficar presa. Mas isso não iria acontecer. Eu podia desviar o olhar e foi o que eu fiz, não olhei, porém eu sentia que ele estava me encarando.

A minha mãe começou a discursar sobre o casamento e a importância da ajuda dos padrinhos, cada dupla teria que ajudar com itens para a cerimônia, e eu achei legal. Esperava que ela encontrasse um par bem bacana para mim.

Foi nesse momento que o sr. Anderson chegou, ele era um charme e muitas mulheres estavam suspirando. Mas nada como os irmãos irlandeses. Brady era algo muito além de qualquer desejo feminino.

Ela começou a falar os nomes, e eu percebi que o gato número dois foi chamado e ficou irritado. Só faltavam umas oito pessoas na mesa e só mais dois casais de padrinhos.

Mãe, por favor, não nos coloque juntos, por favor.

– Para fazer par com o Brady vou chamar a minha filha Liza, até a Samantha chegar, e depois a Liza vai ficar com um amigo da família.

Que história era essa de amigo da família? Não, ela não colocaria o sr. Anderson na jogada. Alguma coisa estava tramando e eu vou ter uma conversinha com a minha mãe hoje mesmo. Como ela me coloca junto com um mulherengo, que está esperando uma mulher, sei lá, acho que a namorada? Mas isso não me interessa.

Ele foi até onde eu estava e me estendeu a mão. Deu um sorriso que parecia zombar de mim. Não havia dúvida, ele estava interessado, mas não em amor. E, por detrás daquele sorriso encantador, não havia nenhum homem inofensivo como nos meus sonhos.

– Vamos, Elizabeth. Foi um prazer saber que serei o seu par.

– O meu, nem tanto, sr. Brady.

Ele deu uma gargalhada e todos olharam para nós dois.

– Você é muito espirituosa. Por que você não deixa essa torta e vamos finalizar logo isso? Você acabou de chegar, mas todos estão aqui desde cedo. Então, por favor, levante para que possamos terminar logo.

Eu não podia acreditar no que estava acontecendo. Ele estava chamando a minha atenção por estar atrasada? Brady era o homem mais abusado que eu já conheci, porém eu também queria um tempo para falar com a minha mãe, e quanto antes terminasse, melhor.

– Verdade, vamos.

Todos os outros pares estavam de mãos dadas ao lado da mesa. Eu peguei a mão que ele estava me oferecendo e, quando nos tocamos, veio a mesma sensação da piscina. Eu quase perdi o ar e ele me encarou. E, então, naquele momento eu vi o desejo nos olhos dele.

Porque Brady me provocava dessa maneira?

Ele se abaixou para falar no meu ouvido de novo, já que ele deveria ter cerca de 1,90m de altura contra 1,57m. Tentei me afastar, ele soltou a minha mão e, por um momento, senti falta daquele calor e da sensação de uma mão enorme e forte. Só que ele me segurou pela cintura e o calor tomou conta de mim. O que estava acontecendo comigo?

– Acho que gostei de você e do seu jeitinho.

Ele tinha um hálito quente, eu pude sentir um perfume masculino que nunca tinha sentido antes. Era amadeirado, forte, ao mesmo tempo dava a sensação de frescor, por um momento eu só quis apreciar o cheiro e o calor que estavam me envolvendo de uma maneira deliciosa.

Minha mãe estava falando e eu não conseguia escutar nada.

Mas chega! Ele não é o meu príncipe encantado, ele é um mulherengo, ponto final. Só uma semana até a namorada dele chegar. Meu Deus, como alguém pode ser assim, ter alguém e ficar com um monte de garotas ao mesmo tempo? Isso me enoja. Eu pisei no pé dele com força e ele me soltou e fez cara feia para mim, acho que o garanhão não está acostumado a perder.

– Por que você fez isso?

Eu olhei bem nos olhos dele, para que entendesse perfeitamente.

– Porque eu não dei liberdade para você ficar sussurrando no meu ouvido. Se tiver que falar, fale como uma pessoa normal.

Eu sei que esse homem magnífico era o filho mais novo do

meu padrasto, o cara que tinha uma namorada *top model*, perfeita, e que a traia com todas que ele quisesse. Agora eu entendia o porquê. Ele simplesmente era perfeito em tudo. Ele olhou para mim e deu um sorriso que não podia ser verdadeiro. Eu não vou me envolver com alguém como ele, nunca! Ele tinha duas covinhas que acabavam com a minha ideia de controle.

Senhor, me ajude a ter firmeza em não cair em uma relação maluca com o homem que nem nos meus sonhos eu poderia imaginar ser tão lindo, a minha imaginação nunca seria tão perfeita.

– Eu só queria expressar que eu gostei de conhecer você, mesmo em uma situação que eu não queira.

Minha mãe terminou de falar e pediu para que nós dançássemos uma música. Mil vezes droga! O que ela queria dizer com isso? Como eu fiquei, calada ele me pegou pela cintura e me apertou contra ele. Nós nos encaixávamos perfeitamente, cada curva, e ele apoiou a cabeça na minha. Nós parecíamos muito íntimos, o que não era nada bom.

Foi quando ele me cheirou. Nossa, ele estava fazendo o meu corpo virar gelatina. Se ele me soltasse, eu acho que não conseguiria me manter em pé. Começamos a dançar e a música fluiu tranquilamente. Era George Benson, "In Your Eyes", minha mãe amava essa música. Quando tocou, parecia que ele estava cantando para mim. E os olhos dele? O que é isso... Ficamos nos encarando e dançando lentamente. Eu sentia o meu coração disparar, e não conseguia falar nada, não enquanto ele me olhava tão intensamente.

In your eyes,
I can see the reasons why our love's alive...
In your eyes,
we're drifting safely back to shore,
and I think I've finally learned to love you more...

Em seus olhos,
Eu posso ver as razões pelas quais nosso amor está vivo...
Em seus olhos,
Estamos flutuando a salvo de volta para a praia,
e eu acho que finalmente aprendi a amar você mais...

– Você é uma fada?

Eu não esperava isso, ele estava sério e me olhava desconfiado. Eu tive que rir, que pergunta sem noção! Pelo menos serviu para eu despertar do torpor que aqueles olhos hipnóticos haviam causado em mim.

– Não, eu não sou uma fada. Você acha que eu sou?

Ele continuava me olhando muito sério. Eu estava ficando sem graça, já que ele não sorria.

– Com certeza, eu acho, já que você parece com uma e acabou de me enfeitiçar com esses olhos, que eu não sei se são verdes com raios dourados ou são dourados com raios verdes.

Que história é essa de raios? Olhos são de uma cor só e ponto, nunca escutei tanta loucura.

– São castanhos claros somente, não existe olhos com raios.

– Agora eu sei por que o meu pai se encantou com os olhos da sua mãe. Eu achei que fosse tolice.

Vou só ignorar, só isso, e mudar de assunto. Não quero discutir sobre os meus olhos, resolvi falar de outra coisa.

– Você parece não gostar muito da ideia do casamento dos nossos pais.

– Acho que você, além de fada, é advinha.

Ele mostrou um sorriso torto perfeito. Ele era um deus grego, realmente. Lindo, não tem como mudar isso.

– Não sou fada nem advinha. Você não quer me dizer o que houve para você não querer o casamento deles?

– Pelo visto você está de acordo.

Por que ele não queria o casamento? A minha mãe é uma pessoa incrível, muito protetora. Ela é uma pessoa feliz novamente.

– Com certeza. Vou contar uma coisa para você: eu e a minha mãe sofremos muito com a doença e a morte do meu pai. Ela ficou totalmente arrasada, entrou em uma depressão muito forte e isso me preocupou muito. Sinceramente, achei que iria perdê-la.

Eu parei, pois eu não sabia se ele queria saber ou não a minha história. Foi aí que eu percebi que continuamos a dançar outra música e a pista de dança estava lotada.

– Minha fada, continue, quero saber por que você acha que eles devem se casar. Depois é a minha vez.

Acho que ele estava sendo sincero. Olhando para aqueles olhos cristalinos, dava para ver que ele, realmente, queria saber.

– Ok. Ela foi para uma reunião de autoajuda, então, depois da sexta reunião, eu percebi que ela estava diferente, alegre e dizendo que tinha conhecido um homem incrível. Que ele era viúvo, tinha perdido a mulher há pouco tempo. Eu fiquei apavorada. Com medo dela se envolver com alguém que a magoasse. Sei que minha mãe se doa muito em uma relação.

– E você?

Ele era tão irritante. O que ele queria com isso?

– Não estamos falando de mim.

– Acho que você se parece muito com ela em todos os sentidos.

Eu ia ignorar o comentário, seria mais fácil. Olhei para a minha mãe e ela estava dançando com o Sr. Arthus, rindo, alegre, e eu amava ver que ela estava feliz.

– Olhe para eles, a minha mãe voltou a ser a pessoa maravilhosa que ela sempre foi. Nós temos dinheiro, se for esse o seu problema. A única coisa que eu sei é que eu quero vê-la feliz. Quando eu conheci seu pai, eu o amei na mesma hora. Ele é muito legal, e, se a faz feliz, para mim é isso o que importa.

– E quanto ao meu pai ter seis filhos?

Ele acha que ter muitos filhos é problema para mim e para a minha mãe. Será que é algum problema? Será que ele pirou?

– Eu acho legal, a minha mãe queria ter mais dois filhos. Infelizmente, ela teve um problema no útero, depois da gravidez, e não pode mais engravidar. Com isso, fiquei sendo a filha única. É legal, às vezes. Porém, quando você precisa de um ombro amigo, alguém para conversar, coisa que eu via os irmãos fazerem, e não ter ninguém, isso é um pouco triste.

You Make Me Feel
Girl I've been all over the world
Looking for you
I'm known for taking what I think I deserve
And you're overdue

Você me faz sentir
Garota, eu já rodei o mundo
Procurando você
Eu sou conhecido por pegar o que mereço
E você já está vencida

A música não estava ajudando, quem escolheu essas músicas?

Ele me olhava com tanta intensidade e ficava com um sorrisinho que parecia estar cantando para mim. Eu não seria vencida, não por um mulherengo. Eu o conhecia há apenas algumas horas, mas ele mexia com os meus sentimentos, com o meu corpo todo. Eu iria matar a minha mãe por escolher essas músicas, não era justo.

– Você pode usar o meu ombro agora que vamos ser meios-irmãos.

Eu ri. Ele era todo abusado, de um modo brincalhão.

– Acho que já passei dessa fase. E você, Brady Blinner, por que não quer que eles se casem? E, por favor, seja honesto.

– Bem, em primeiro lugar a minha mãe morreu há alguns meses e ele já está se casando. Parece até que ele estava só esperando ela morrer para oficializar o caso. É por isso que eu não queria esse casamento, é muito cedo para ele se apaixonar de novo.

Ele estava louco? Minha mãe não era amante de ninguém. Eu me soltei e o puxei para o canto do salão, Algumas pessoas olharam, mas eu não queria nem saber. Ele era enorme, parecia muito com o pai. Eu simplesmente o levei, ele nem fez nada para me impedir.

– Olhe aqui, seu *playboyzinho* de merda, em primeiro lugar, se você ousar falar que a minha mãe foi amante de seu pai mais uma vez, eu vou quebrar a sua cara de pau. Segundo, essa conversa acabou. Eu já imaginava que você era superficial, mas não a esse nível. Você não sabe o que é ver uma pessoa que você ama definhar até morrer, então acho melhor você me soltar e acabar com essa palhaçada. Se você não conhece o pai que tem, eu conheço a mãe que eu tenho, e ela jamais se prestaria a uma situação como essa. Jamais, entendeu?

Eu me soltei dele e fui embora. Minha mãe e Mag foram atrás de mim. Quando eu saí, elas saíram quase junto comigo.

– Liza, amor, o que aconteceu? Espera, por favor.

Quando ela pedia por favor era para parar imediatamente. Mãe é mãe e eu tinha acabado de defendê-la com unhas e dentes. Aquele idiota! Por que o meu corpo todo tremia por um imbecil? Droga.

– Mãe, esse playboy acusou você de ter tido um caso com o pai dele antes da mãe dele morrer. Eu deveria voltar lá e dar, pelo menos, uns tapas na cara dele. Ai que ódio.

Elas se olharam como se eu estivesse dizendo alguma coisa que elas já sabiam. Algo estava acontecendo, a minha intuição era muito forte para deixar para lá.

– Ele é um palhaço, pelo menos ele vai baixar a bola agora. E, pelo visto, vocês já sabiam o que ele achava sobre esse casamento, não é?

Eu estava muito chateada, ainda mais por elas terem me colocado junto com aquele idiota.

– Menina, Brady é o único que está contra o casamento da sua mãe com o Sr. Arthus, ele já tinha comentado o que achava. Como os demais irmãos não deram ouvidos, em toda oportunidade ele volta ao assunto. Porém, pela forma que ele olhou para você defendendo sua mãe, coisa que nós planejamos, nos desculpe por isso...

– Vocês planejaram tudo. Não sei se fico chateada ou se eu dou os parabéns pela ideia. Acho que fiquei furiosa.

Minha mãe era esperta, e, pelo visto Mag também. Era um complô às avessas. Brady estava chocado. Acho que ele realmente acreditou em tudo o que eu estava dizendo, pelo menos era tudo verdade. Eu coloco minha mão no fogo pela minha mãe e acho que agora ele também acredita na inocência dos nossos pais. Só que eu o achava um arrogante, mesmo que eu estivesse extremamente atraída por ele. Droga, esquece, só esquece.

– Ok, já que as duas tramaram isso, podem parar agora mesmo. Eu não vou ficar perambulando com esse idiota. Não mesmo.

– Filha, seja madrinha junto com ele, só até a namorada dele chegar. Tenho vários eventos programados e eu conto com você. Antes da briga vocês estavam se dando bem, rindo, conversando... Cheguei a achar que ele nem iria falar sobre o assunto, até que nós vimos uma mudança na postura do Brady. Liza, só quero ser feliz no meu casamento, unindo você e os filhos do Sr. Arthus. Por favor amor, por mim, uma semana.

Como negar? Realmente eu tinha gostado de conversar com ele, fora as outras coisas que eu estava sentido. Depois dessa semana ele estaria com a namorada dele e eu poderia ir em busca do meu príncipe encantado. Quem eu estava enganando? Eu queria o lobo mau, lobo de olhos azuis. Mas por que agora eu estou tão bem sozinha?

Ele me seduz com aquele corpo e com seus olhos brilhantes. Ficar andando com ele não será nada fácil. Mas são só sete dias até o casamento, depois sete dias sem nada para me preocupar. O que poderia dar errado? É claro que eu consigo me esquivar dele, sempre fugi de caras assim. Com ele vai ser igual, eu dou um jeito.

– Tudo bem, agora eu vou voltar para o meu quarto, não quero ver a cara dele hoje de novo.

Mag sorriu, como se ouvisse os meus pensamentos. Será que ela é índia ou coisa assim?

– Vamos, eu também já estou cansada. Como escolhemos a melhor parte do hotel, minha suíte tem uma saída pela varanda com escadinha, é maravilhosa. Nunca pensei que o primeiro piso era melhor que os outros andares.

– Estou com você, Mag. A minha não tem a escada, tem que pular uma muretinha para sair da sacada. É baixinha, e eu sempre amei pular aquela muretinha desde de criança.

Fomos andando pelo corredor conversando. Ela era uma pessoa muito acessível, fácil de se comunicar. Chamamos o elevador, entramos e eu vi Brady saindo do salão. Ele correu para pegar o elevador, mas eu logo apertei o botão para fechar a porta. Ele vinha decidido, mas eu não queria nem saber o que era. Não podia me sentir atraída por aquele homem... Ele ficou me olhando com uma intensidade, parecia um deus da vingança, e eu era a vítima. Todo o meu corpo se arrepiou com o pensamento.

Cheguei na minha suíte e, quando eu fechei a porta, fui andando até olhar para a noite lá fora, encostei a minha testa no vidro da sacada e fechei os olhos por um momento. O que aconteceu comigo para agir assim? Eu não sabia o que fazer perto dele, como eu passaria uma semana toda desse modo? Eu iria ficar maluca.

Desse jeito eu podia sentir como as mãos dele eram fortes e quentes em contato com a minha, e o sorriso perfeito se complementava aos olhos azuis cristalinos, brincalhões... Não, eu me nego a pensar nele, nós somos totalmente incompatíveis.

Eu me levantei e tirei o vestido, os brincos e o bracelete. Coloquei uma camisa do New York Knicks e um short curtinho de moleton que sumia embaixo da camisa. Tirei a maquiagem e me olhei no espelho. Como eu tinha mudado tanto em pouco tempo? Pensando em homem perfeito e mulherengo que, no mínimo, me faria sofrer. Só que tudo em mim me levava para ele, como se o meu próprio corpo não pudesse me obedecer.

Voltei para o quarto e fui para a sacada. Como era tarde, eu sai e resolvi ir até o mar, pelo menos assim eu ficaria pensando em outras coisas. Saí pelo meu caminho e fui pela trilha que passava ao lado da piscina. Caminhei mais ou menos meia hora. A lua estava linda, então me sentei em uma espreguiçadeira e fiquei pensando nele. Perdi completamente a capacidade de escolher no que eu queria pensar ou sentir. Simplesmente meu cérebro não respondia aos meus comandos, como se estivesse sido enfeitiçado.

Acabei adormecendo, sonhei que nós dois estávamos juntos na praia e ele me beijava. No começo, era quente e com gosto de cereja. Não sei porque, era esse o sabor dele para mim: doce, suave e intenso... A forma como ele me segurava era forte, ele era dominador e eu estava amando cada toque, cada gesto. Ele foi descendo as mãos pela minha cintura e, quando ele chegou nos meus quadris, eu despertei.

Meu corpo estava em chamas e, só de sonhar com ele, eu estava a ponto de romper com tudo o que eu acreditava, para ir atrás do lobo, não do príncipe. Ele me fazia perder o juízo do certo e errado. Eu não podia mais pensar em ficar perto dele. Que semana seria essa? Onde eu fui me meter?

Já deveria ser quatro da manhã quando eu levantei e fui andando, meio sonolenta, até o meu quarto. Me joguei na cama do jeito que eu estava, mais tarde eu pensaria em tirar a areia do corpo, só queria um sono tranquilo. Até meio-dia estava bom para mim.

Brady

Fiquei sem ar quando ela entrou. Eu sabia que só faltava uma pessoa no jantar: a famosa Liza. Meu pai era apaixonado por ela, uma mulher independente e linda, mas, para mim, era muito mais que isso.

Levantei-me, pois sabia que meu pai iria nos apresentar e seria um prazer ficar perto dela. Depois, voltamos para a mesa e nossos olhos se encontravam frequentemente. Era delicioso vê-la corar quando eu a olhava.

Fiquei chocado quando Bárbara anunciou meu par, só poderia ser o destino.

- Obrigado, isso só pode ser um sinal.

Levantei e fui até ela, que estava tão chocada quanto eu. Tive que pedir para que levantasse, pois só assim eu poderia tocar naquela pele deliciosa.

Liza estava de mau humor, mas os olhos diziam que ela estava afetada em estar nos meus braços. Ela me encarava e eu só podia crer que tinha sido enfeitiçado.

Quando ela falou aquelas coisas sobre Bárbara, fiquei impressionado. Era como se ela tivesse me dado um soco. A força dela, em comparação à minha, era pequena. Mesmo assim, ela estava disposta a brigar pela honra da mãe. É lógico que eu jamais bateria em uma mulher, nunca. Fiquei olhando para ela, de boca aberta. Não imaginava alguém dizer que eu era um playboy de forma tão ofensiva. Por fim, ela se virou e foi embora, Bárbara e Mag foram atrás dela.

Meu pai e meus irmãos vieram saber o que tinha acontecido entre a pequena fada e eu.

Ela estava tão sexy zangada. O brilho nos olhos era impressionante. E aqueles olhos incríveis que mudavam de cor quando ela ficava brava, eram cercados por cílios longos e escuros. Enfrentaram os meus com uma confiança que eu acreditei em cada palavra.

A posição teimosa do queixo. Ela não tinha ideia de como a sua determinação em defender Bárbara só aumentava o meu interesse. Ela parecia furiosa comigo, achei que tinha sido direto demais.

– Brady, o que aconteceu entre a Liza e você?

Só fiz ela ficar puta da vida e deliciosa ao mesmo tempo.

– Nós nos desentendemos sobre algumas questões e ela me disse que eu sou um playboy de merda e iria quebrar a minha cara. Nossa, ela é uma fera, uma fada misteriosa e feroz.

Falei rindo e todos começaram a rir. O meu pai me chamou de lado.

– Brady, eu já até imagino o que você deve ter falado. Espero que você vá se desculpar com a Liza, meu filho. Com certeza você não sabe com quem se meteu, ela é muito arredia, tem uma vontade de ferro e eu vi como você a olhou. Acho que você está interessado nela. Percebi que David também, ele não tirava os olhos de cima de vocês dois.

Eu tinha percebido também como David estava nos encarando. Era meu melhor amigo, além de meu irmão, e isso seria outro problema.

– Sabe aquela tatuagem de dragão que você tem nas costas? Achei interessante, pois o vestido que ela usou hoje à noite foi desenhado por ela. Parece que ela viu o seu dragão e desenhou no vestido, e eu sei que você percebeu assim que ela entrou no salão.

– Ela desenhou aquele vestido? Agora eu fiquei até com medo, sério.

Era idêntico à minha tatuagem, poderia ser coincidência?

– Eu imagino que agora você esteja pensando em destino. Pois eu também estou. Espero que você se entenda com ela e descubra algo especial, como eu descobri em Bárbara.

Meu pai me olhou nos olhos, como se estivesse me dando força para que eu corresse atrás dela.

– Acho que David também notou, filho. Eu vi como vocês ficaram conversando, eu sei perceber quando há algo a mais na relação de duas pessoas. Porém, ela não é como as outras garotas que você fica, e o seu irmão é muito competitivo.

– Eu percebi. Pai, me desculpe, eu vou resolver isso. Vá conversar com os outros enquanto eu vou atrás dela, por favor.

Meu pai piscou. Com isso, fui atrás dela, que era o que deveria ter feito na hora em que ela virou para sair.

– Vai lá, filho, eu cuido de tudo.

Sai o mais rápido possível e encontrei a Bárbara voltando com os olhos marejados. Droga, tinha que correr.

Passei pela porta e escutei Liza e Mag conversando. Eu precisava falar com ela, por isso sai correndo. Ela não escaparia tão fácil.

Ela fechou a porta do elevador com raiva pelo o que tinha acontecido.

O elevador fechou, onde ela estava indo com Mag? Apertei o botão para chamar o outro elevador e fiquei olhando para onde elas iam, até que parou no primeiro andar. O que elas faziam lá? O meu celular vibrou, era uma mensagem da Bárbara, o que seria?

Brady, querido, amanhã preciso que você e a Liza verifiquem os trajes dos padrinhos e das madrinhas, às oito horas da manhã. Você precisa acordá-la. Ela só acorda cedo quando vai para o trabalho, então você vai ter que acalmar a fera logo cedo. Boa sorte!

Qual era o quarto?

Chegou outra mensagem... Bárbara era uma figura, eu tive que rir.

Brady, o quarto é o 150, Bárbara.

Agora que eu sabia onde encontrar a pequena fada, e que na manhã seguinte iriamos se encontrar, ela não escaparia. Poderia ter vencido naquela noite, mas no outro dia eu iria mudar esta situação. Com isso, eu fui para a suíte dormir, seria a melhor coisa a fazer. Eu acordava cedo todos os dias, mas, de manhã, estaria com ela de qualquer maneira e, com certeza, iria provar aquela boca deliciosa, que deveria ser doce, perfeita.

Ela precisava que alguém a pusesse em seu lugar e eu farei isso. Com aquela raiva toda ela deveria ser uma loba em pele de fada. Além disso era linda demais. Tirei a roupa, fiquei só de cueca e me joguei na cama. Não parava de pensar como seria o dia seguinte. Ela era simplesmente imprevisível, então não sabia o que esperar. Só sabia que iria descobrir.

– Até amanhã, minha fada, eu vou sonhar com você.

Não sabia por que tinha acordado de madrugada, depois de um sonho delicioso em que Liza estava abraçada comigo, na praia. Eu cheirava o cabelo dela que tinha cheiro de floresta com orvalho. Aquela pequena fada, o que eu faria com ela?

Levantei, peguei uma garrafa de água, fui até a sacada e fiquei olhando o céu mudar de cor. Quando olhei para a praia vi uma figura deitada em uma das cadeiras. Quase podia jurar que era ela. Com isso, olhei para o relógio do celular que estava perto da cama, eram vinte para as quatro da manhã. O que ela estava fazendo na praia de madrugada?

Fiquei na sacada para ver o que aquela fada iria fazer. Depois de meia hora, ela levantou e foi andando pelo lado da piscina. Agora tinha certeza que era ela, e parecia que ela estava só de blusa. Agora que eu não conseguiria dormir. Ela desapareceu pelo jardim, e eu fui tomar um banho e me vestir para saber o que ela estava fazendo na praia de madrugada.

Atividades de madrinha e padrinho

Capítulo 4

Toc, toc, toc....

Toc, toc, toc....

Deveria ser Mag me chamando, com certeza. Levantei e fui abrir a porta quando dei de cara com Brady de calça jeans gasta e com um rasgo pequeno no joelho direito deixando ver a pele morena bronzeada. A calça era bem apertada nas coxas musculosas e acho que davam duas ou três das minhas, tênis branco e camisa simples branca que destacava a sua cor linda. O sorriso que ele me deu quando me olhou dos pés a cabeça foi incrível. Ele era perfeito demais para ser verdade.

– Você está linda com areia nos pés de manhã cedo.

Eu o estava encarando com certeza. O quê? Areia? O meu cérebro não estava funcionando muito bem.

– O quê?

Eu não podia responder nada no momento. Olhei para baixo e os meus pés tinham um pouco de areia mesmo, esqueci de lavar, estava cansada demais para pensar.

– Eu te vi na praia. Por que você estava na praia só de blusa?

Ele me viu, sério? De blusa? Meu cérebro não conseguia acompanhar uma conversa saudável, ainda mais naquela hora.

– Eu não estou só de blusa.

Com isso, eu levantei a minha blusa para provar e, quando ele me olhou nos olhos de novo, o humor dele tinha ido embora e eu podia ver novamente o desejo escurecendo o azul cristalino. Droga! Eu baixei rápido a blusa.

– O que você está fazendo tão cedo aqui? E como você descobriu onde era o meu quarto?

Ele se aproximou e ficou parado, encostado na entrada e apoiado em um dos braços. Ele estava tão perto que ficamos nos encarando. Era uma sensação como de um ímã. Eu sei que, muitas vezes, os opostos se atraem. Só que aquilo era demais.

– Bem, ontem a sua mãe me pediu para acordá-la para escolhermos as roupas das madrinhas e padrinhos. Essa é a nossa tarefa de hoje, e a amanhã é a escolha dos buquês.

Eu passei as mãos nos olhos e no cabelo, para ver ser eu podia acreditar no que a minha mãe estava me metendo. Ela e Mag estavam querendo algo e pelo visto estavam conseguindo.

– Que horas são?

– São sete e quarenta. Vamos chegar atrasados se você não se apressar.

– Que horas está marcado?

– Ela marcou às oito horas.

Droga, o que ela estava pensando? Acho que era exatamente isso o que ela estava pensando. Mamãe, o que você quer nos juntando assim? Pior do que a forma como ele me olhava, era como se o meu corpo estivesse sentindo o olhar dele em cada polegada.

– Ok, vou tomar banho e me arrumar. Em meia hora nos encontramos no saguão.

– Não, eu não chego atrasado em nenhum lugar. Então troque de roupa e vamos, eu te espero aqui enquanto você se arruma.

– Claro que não.

Ele foi entrando e eu fiquei olhando para ele. Simplesmente deitou na minha cama, cruzou as pernas, colocou os braços atrás da cabeça e ficou me olhando. A camisa dele levantou um pouco e eu pude ver os pelos escuros que faziam um caminho até perto do botão da calça. Eu engoli em seco, fui até minha mala, peguei uma roupa qualquer e fui para o banheiro. Ele riu, pois eu bati com tudo a porta, tranquei e liguei o chuveiro. Tomei um banho rápido, troquei de roupa, me maquiei, algo leve, um rímel transparente e um *gloss* com *glitter*, prendi o cabelo em um rabo de cavalo, me olhei no espelho e achei que estava simples e adequado para o clima.

Não que eu quisesse impressionar Brady... Usando essa bermuda jeans solta desfiada, minha blusa verde clara, e uma sapatilha bege com um detalhe verde, que a minha mãe sempre comprava e me dava a cada mudança de estação, eu sabia que tudo o que eu usava era caro e de grife. Nada do que ela comprava era barato, com certeza. Mas eu estava bem e confortável.

Destranquei a porta toda satisfeita e ele estava bem ali, me esperando. Ele me agarrou e me deu um beijo, como tinha acontecido no sonho, só que melhor, pois ele me pressionou na porta do banheiro. Eu o beijei de volta, me agarrei a ele e aprofundamos o beijo. Senti o poderoso calor do corpo dele, quando ele se aproximou ainda mais, e assim estávamos completamente grudados. Parecia que cada parte do meu corpo estava sendo consumida pelo calor que vinha dele.

O beijo era quente e exigente, o movimento da língua dele separava os meus lábios ainda mais. Como ele era bem mais alto do que eu, foi fácil para ele mudar de posição e aprofundar o beijo enquanto uma das mãos dele se movia acariciando a minha nuca, e a outra, minha cintura. Ele me devorava, sugava a minha língua, sabia beijar. E o meu corpo traidor queria cada toque.

Quando ele rosnou baixinho, o beijo se tornou mais selvagem. Então, eu me lembrei que ele tinha namorada e que estava com duas garotas na piscina no dia anterior. Eu não queria ser um caso, eu só queria achar o meu príncipe, eu não ficaria com ele. Eu o afastei, e ele não queria me largar.

– Não, Brady. Por favor, pare.

– O que foi? Você estava me beijando também.

Foi um erro, uma delícia de beijo. Infelizmente um erro.

– Por favor, foi um erro, ok? Isso não vai acontecer mais. Já estou pronta, vamos.

Peguei a bolsa, saí às pressas do quarto e fiquei esperando ele sair. Fui andando para o saguão com ele atrás de mim, calado.

– Desculpe, eu não sabia que você não gostava de ser beijada de manhã. Eu estava com muita vontade de te beijar desde ontem.

Eu fiquei calada, até nós sairmos da recepção, e fiquei de boca aberta, quando chegamos na frente do hotel e encontrei uma Lamborghini preta, que não tinha nem placa. Ele pegou a chave da mão do manobrista e abriu a porta para mim. Sério, como ele tinha um carro assim? A porta abria para cima, parecia um carro futurista. Ele fechou a porta e deu a volta para entrar no lado do motorista. De repente, duas mulheres saíram gritando, pedindo para ele esperar, e eram as mesmas da piscina do dia anterior.

– Brady, amor, espere. Queremos falar com você.

Ele entrou no carro, fechou a porta e baixou o vidro para falar com elas. Como eu deixei aquele beijo acontecer? Ele estava ficando com essas duas e, ainda por cima, tem uma namorada. No que eu fui me meter aceitando ser o par de Brady Blinner? Mas ele não iria fazer isso comigo, não mesmo.

– Olá, meninas, tudo bem?

– Quem é essa aí? E por que você não ligou ontem a noite? Ficamos esperando você a noite inteira.

Eu ri. Elas tinham cara de gostar de ficar se curtindo enquanto esperavam o garanhão. Em que pesadelo depravado eu estava me metendo?

– Esta linda mulher é a minha fada e eu não posso mais ficar com vocês. As duas são incríveis, mas não vai mais rolar.

Elas fizeram beicinho e ficaram acariciando o braço dele. Isso estava ficando cada vez melhor. Eu coloquei os óculos de sol e fiquei esperando ele terminar de falar com as duas "moças".

– Brady, você disse que a sua namorada só chegava no outro sábado.

– Ela chegou antes, agora acabou.

Elas só riram e foram embora de mãos dadas de volta para o hotel. Quando chegaram na porta, a mais alta virou e chamou Brady.

– Ei, Brady, quando você quiser nos procure. Sempre estamos disponíveis para você.

Ele fechou o vidro e ligou o som. Estava tocando Jon Bon Jovi, eu gosto das músicas dele também, pelo menos isso. Eu fiquei em silêncio olhando para fora do carro. Ele era um canalha, como podia ser tão arrogante? Fomos para o centro da cidade onde havia um ateliê de alta costura na Grau Via, que a minha mãe ama, e a Donatella Versace deveria estar lá. Eu a adoro, e ela sabe que sempre estou atrasada.

Cancún era um lugar lindo. Que praias... Eu amava aquele lugar, o mar era incrível, tinha a mesma cor dos olhos do Brady. Que droga! Por que estou pensando nele de novo? O cara não se enxerga, que nojo. Ele estava com as aquelas duas e me beijou. Vou ter que fazer uns exames para ter certeza de que eu estou sem nenhuma doença. Nossa, como isso foi acontecer?

– Vamos falar sobre o que aconteceu no seu quarto?

Pode esquecer, amigo.

– Vamos somente esquecer o que aconteceu. Eu queria desinfetar a minha boca, sinceramente. Você deve beijar sei lá quantas mulheres diferentes no mesmo dia e pode ter me passado alguma doença. Não sei dizer exatamente como eu me sinto. Então, vamos deixar para lá. Por favor, encontre uma farmácia e pare.

– Olhe, eu sei que eu estava com aquelas duas ontem. Isso não significa nada.

Ele é tão sem noção que me tira do sério.

– Brady, não interessa se significa ou não alguma coisa. Você sabe que elas podem estar com outros caras e parece que com mulheres também. Eu não tenho nada contra isso, só acho que a pessoa deve se prevenir de doenças. E, me desculpe, estou sendo extremamente sincera, eu não quero que você me beije nunca mais. Estou me sentindo suja e não é uma sensação boa.

Imagino que ser franca é a melhor coisa a fazer nesse momento.

– Você pode beijar muito bem, com certeza você sabe que é magnífico, e esses seus olhos são incríveis. Quando não está sendo um cretino pode até ser engraçado, o que é legal, só que isso não é o suficiente para mim. Me perdoe se você está acostumado a ter as mulheres aos seus pés, porém sexo não é tudo. O que você acharia se sua namorada saísse beijando outros caras por aí?

Ele riu, pois nunca foi de ter ciúmes de nenhuma delas.

– Sinceramente, eu não me importaria. Mas, se você beijasse outro cara, eu ficaria com muita raiva mesmo.

Acho que o melhor a fazer é simplesmente ignorar e esquecer, pronto.

– Não quero nem saber por que você disse isso, ok? Encontre uma farmácia, por favor.

Ele me encarou com os olhos semicerrados tão intensamente que eu não conseguia desviar. Brady estacionou em frente a uma farmácia perto do ateliê da Versace. Estava super sério, parecia que ia me responder à altura.

Eu ainda não tinha falado sobre o fato de ele ter dado a entender que eu seria a namorada dele.

– Tem uma farmácia aqui.

Foi tudo o que ele disse.

– Ok, eu vou comprar o que eu preciso e posso ir andando até o ateliê, assim nós só estaremos atrasados quarenta minutos.

Com isso, eu saí do carro e fui para a farmácia, comprei uma escova de dente, uma pasta, um antisséptico bucal extra forte e um protetor solar fator cem. Acabei me distraindo e, quando eu saí da farmácia, estava no carro me esperando.

Eu vi o carro e continuei andando pela calçada. Ele ficou me seguindo, então deixei ele por um momento, parei em uma pequena doceria e comprei dois doces de limão cristalizado recheado com coco, que eu amava, e comprei duas águas. Mesmo que nós não estivéssemos nos entendendo bem, eu sou educada e ia oferecer para ele.

Quando nós estávamos para chegar – digo nós porque ele continuava me seguindo com o carro – faltava um quarteirão, ele estacionou e veio atrás de mim.

– Liza, espere.

Eu virei e esperei. Estávamos no sol e eu ainda não tinha passado protetor solar nas minhas sardas, que já deveriam estar aparecendo. Era só pegar um pouco de sol e pronto, eu ficava cheia de sardas.

– Por que você não veio de carro comigo?

Simplesmente acho que seria um desperdício de tempo.

– Eu disse que você poderia ir na frente, já que você não queria chegar tarde. Se você ficou, foi por que quis. Agora vamos para o ateliê acabar logo com isso, aí você pode fazer o que quiser da sua vida e eu da minha, ok?

– O que você comprou na farmácia?

Enquanto caminhávamos, ele não saía do meu lado.

– Não é da sua conta.

Ele tomou a sacola de compras da minha mão. Eu parei e fiquei encarando com os braços cruzados.

– Você quer limpar a sua boca do meu beijo, vamos ver se você limpa bem.

Quando o beijo aconteceu, eu tentei resistir, mas ele era delicioso, até que eu desisti de me conter. Eu agarrei seus ombros fortes e senti um pequeno tremor dos músculos, eu sabia que ele queria mais do que eu poderia dar. Com isso eu o afastei. Ele me encarou e riu.

– Minha fada, se for para ter você, eu mudo o meu modo de ser. A partir desse beijo, a única boca que vai tocar a minha vai ser a sua.

Ele estava louco, acho que ele tinha perdido o juízo.

– Eu não conheço você muito bem, Brady. O fato de ser um mulherengo não se limita a isso, pelo que eu saiba. Você não pode ver um rabo de saia e corre atrás, fora que você tem uma namorada, esqueceu?

– Eu só penso em você, desde que nos esbarramos ontem na piscina. Pelo modo como você corresponde aos meus beijos, eu sei que você sente algo por mim. Nunca senti uma atração como estou sentindo por você. Então, eu não ligo mais para a minha namorada desde que descobri o que eu sinto por você.

Sério, eu tenho cara de quem fica com um playboy desses? Mas eu precisava ser diplomata naquele momento.

– Olha, Brady, se sentimos ou não, isso não faz sentindo. Você está achando que vai terminar com a sua namorada por telefone para ficar comigo? Não mesmo, obrigada. Se um namorado meu fizesse isso, eu ficaria muito chateada. Você não pensa nos sentimentos dos outros? Acho melhor acabarmos com isso, principalmente porque eu não fico com caras comprometidos. E, Brady, para a sua informação, um namoro é um compromisso verdadeiro para mim, se para você é algo banal, acho que podemos terminar esta discussão, tá? Eu estou com fome, pois alguém me arrastou para fora da cama de madrugada, no meio das minhas férias.

– Só que eu não tenho culpa de você estar na praia de madrugada seminua.

Ele está louco! Eu não estava seminua.

– Eu não estava seminua. E, para sua informação, eu durmo até tarde quando eu posso. Eu trabalho muito, nem sempre dá para descansar. Então, por favor saia da minha frente que eu pretendo resolver a questão das roupas e voltar para o hotel.

Com isso, eu entrei e ele ficou lá fora me olhando como se eu fosse uma louca. Eu estava morta de fome, comecei a comer o doce com ele me olhando, isso é horrível.

– Você tem que escolher a roupa dos padrinhos. Então, sr. pontual, acho melhor entrar para acabarmos com isso. Tome aqui um doce que eu comprei para você, pois não consigo comer com as pessoas me olhando.

Ele veio até onde eu estava, pegou o doce e a água que eu ofereci, entramos sem trocar nenhuma palavra. Assim seria melhor.

– Liza, *la mia ragazza.*

– *Donatella, è ancora meravigliosa. No, meglio, affascinante!*

– *Liza, presentarmi il tuo ragazzo.*

– Donatella, *questo è* Brady Blinner, *il figlio più giovane del mio futuro patrigno.* Brady, *questa è* Donatella Versace.

– O prazer é todo meu, Brady. Eu falo bem sua língua, mas nós duas temos o costume de falar em italiano. Eu adoro escutar a minha *ragazza.*

– O prazer é todo meu, Donatella. Talvez a minha fada me ensine um pouco de italiano no futuro.

Ela levantou uma sobrancelha e eu sabia que muitas perguntas surgiriam depois desta pequena frase. Se ele queria que eu ficasse com vergonha, acho que acertou em cheio.

– Sua fada, que delícia! Alguém não está me contando algo, eu não sabia que você estava namorando. Será que não vem mais um casamento por aí?

Claro que não.

– Eu estou querendo, é ela quem não quer.

– Donatella, ele não é meu namorado, ele está brincando, me desculpe. Será que você poderia nos mostrar os vestidos e as roupas masculinas que você separou, por favor?

– Minha *ragazza*, você sempre com pressa, mas nunca chega na hora, como sempre. Como eu já sei disso, quando sua mãe ligou marcando, eu remarquei para nove horas. Por isso você chegou quase na hora.

Eu ri. Fico feliz quando alguém sabe das minhas limitações.

– Ainda bem que você realmente me conhece.

– Vamos para o provador. O sr. Brady pode começar. Estamos com três opções para os homens e, para as madrinhas, estamos com quatro. Ficamos indecisas em qual seria melhor, por isso eu achei que a minha *ragazza* seria a melhor opção para escolher a cor certa. Liza, fique aqui na frente e coma alguma coisa... Sua mãe me enviou a foto do vestido que você desenhou para o jantar, eu amei. Gostaria de comprar o modelo para minha marca. O que acha?

Nossa, aquela oferta era perfeita, eu queria muito trabalhar com moda.

– Seria incrível!

– Minha Liza sempre com a cabeça nos negócios... Vamos fazer o seguinte: quero que você me envie, pelo menos, duas ideias de roupas por mês. O preço que vou pagar podemos discutir depois, em um almoço. Que tal? Quero que você comece a trabalhar nessa área, você vai ser a minha pupila.

Fiquei super feliz, era mais do que eu imaginava!

– Pode me considerar sua pupila desde já. Obrigada, Donatella.

Eu comecei a chorar, aquela era uma mega oportunidade. Nós nos abraçamos e ficamos assim, quando alguém tocou o meu braço. Senti, pela eletricidade, que era ele.

– O que foi, minha fada? Não chore, por favor, princesa.

– Meu caro sr. Brady Blinner, o senhor está abraçado à minha mais nova pupila. Eu acabo de comprar o modelo do vestido da noite do jantar, o do dragão. Vou pagar um preço excelente e ele vai ter a assinatura dela. Além disso, ela terá que fazer dois modelos de roupas por mês. Ela é um verdadeiro prodígio. Por falar em prodígio, sei que seu escritório de arquitetura está indo muito bem em Nova York. Sabe, eu estava pensando em reformar minha casa na Toscana. O que você acha?

– O quê?

Eu quis me soltar, Brady não deixou. Só me virei, ele passou os braços pela minha cintura e ficou me abraçando por trás. Ele era um senhor apoio.

– Você quer que a minha empresa faça a reforma na sua casa na Toscana? A propriedade já é perfeita, talvez uma repaginada no jardim superior, e trocar a cor de algumas paredes.

Ela riu alto. Donatella era uma pessoa muito alegre e bem resolvida, e eu adorava estar com ela.

– Já está sabendo até o que fazer... Ela é uma máquina de trabalhar e de curtir. Só não olhe assim para a minha *ragazza*, ela curte dança, música e os amigos... Namorado é coisa séria para ela. Então se cuide, rapaz, se você fizer qualquer coisa para essa menina, meio mundo estará contra você.

Eu me libertei dos braços dele, peguei uma caixa de lenços que estava em cima de uma mesinha e foi aí que eu o vi com a roupa de padrinho. Era perfeita, ele estava incrível, lindo demais. Ele me viu olhando para ele, levantou a sobrancelha e riu. Por favor, o meu coração estava indo para um lado que eu não queria. Ele estava em um terno azul marinho, camisa em azul mais claro, a gravata em cetim azul escuro, totalmente incrível. Se os demais ficariam tão perfeitos, eu não sabia, mas Brady estava.

– Donatella, acho que não precisamos escolher outro, esse está perfeito.

Ela riu da minha reação. Droga, eu não conseguia esconder o que estava sentindo. Também, com um homem incrivelmente lindo na minha frente não era fácil.

– Concordo, ficou ótimo no seu príncipe.

– Agora, ele desce com a roupa e fica esperando aqui, para ver se vai combinar, e você vai para o provador com os quatro vestidos. O primeiro é verde, então já descartamos, o segundo é nude, experiente esse. Ok, vamos esperar.

Eu fui para o vestiário e as meninas me ajudaram a colocar o vestido tomara que caia nude, com a saia plissada esvoaçante. O cabelo era enfeitado por uma tiara muito fina em forma de flores brancas e cor-de-rosa, e pequenas flores azuis.

É a primeira vez que eu fico nervosa para mostrar uma roupa. Como alguém pode mudar tanto em menos de 24 horas? Estava com medo que ele me encarasse com aqueles olhos cristalinos. Esse homem toma conta dos meus pensamentos. Até que eu respirei fundo e entrei na sala.

– Nossa, se eu acreditasse em fadas diria que estava na frente de uma, *ragazza*.

– Linda, você está simplesmente incrível.

Eu prendi a respiração quando ele levantou e ficou na minha frente me encarando. Pegou as minhas mãos e beijou uma depois a outra. O toque dos lábios dele na minha pele era como um rastro de fogo se espalhando desde as mãos até os braços. Em segundos, até a minha respiração estava agitada.

– As duas cores ficaram incríveis, acho que acabamos por hoje, adoro quando as coisas se resolvem com rapidez e segurança de escolha. Bem, minha *ragazza*, envie o modelo para mim, eu já tenho os seus dados. Quero ver você depois do casamento da sua mãe. *Ti amo bella*! Dê um grande beijo em sua mãe, ok?

Nos abraçamos e ela foi falar com Brady. Acho que ela tinha outros compromissos também, ela é muito ocupada.

– Foi um prazer conhecê-lo, Brady, boa sorte nas suas pretenções.

– Eu que agradeço pela gentileza. Nos veremos em breve.

Ele riu e beijou as mãos dela, mas foi rápido, diferente do que fez comigo. Ele estava abalando a minha convicção de não me envolver com homens mulherengos. Fomos para o provador e eu fiquei imaginando ele trocando de roupa. Só o que nos separava era uma cortina, isso me deixou nervosa de novo.

– Brady?

– O que foi, você já terminou? Quer dizer, está pronta?

Eu tive que rir.

– Já, por quê? Você ainda está aí dentro?

– Estou esperando aqui na frente e descobri que é uma delícia o doce com água, você já comeu?

– Não, bem lembrado, vou comer agora. Posso passar mal, já que eu mal comi ontem a noite e agora de manhã.

Brady

Depois de tentar me acalmar, resolvi ir atrás da Liza. Nada no mundo me prepararia para o que vi quando entrei no quarto dela.

Eu achava que ela era linda. Tinha areia nos pés... Ela era simplesmente a mulher mais imprevisível do mundo. Não gostava de nada bagunçado, mas ela era a bagunça em vida. Eu só pensava nela, tinha certeza que aquela fada tinha sido feita só para mim. Nem pensar, ela não vai escapar de mim tão fácil.

Achava que tinha ficado louco em imaginar ela tomando banho. Precisava beijá-la, depois de ter passado uma noite toda pensando nela.

Percebi que ela me olhou com tanto desespero, que eu fiquei sem ação. Isso normalmente não acontecia, eu sempre tinha uma saída para qualquer situação com as mulheres. Só que, até então, nunca havia me deparado com alguém que ficasse tão chocada com um beijo. Um beijo que me deixou fervendo por dentro. Fiquei ao lado dela para que pudessemos conversar, eu não deixaria esse sentimento passar.

Sabia que isso era um problema nesse momento, foi quando escutei chamarem meu nome. O que essas duas estavam fazendo aqui? Agora sim Liza, minha pequena fada, teria certeza de que eu sou um mulherengo playboy. O que não era uma mentira. O nome Liza, combina mais como o segundo nome de uma fada. Vou chamá-la de Ann.

Ela me ignorou completamente e eu tinha que me livrar dessas duas de qualquer maneira. O que mais eu estava achando estranho é que não gostei da sensação de saber o que ela pensava de mim. Isso era ruim, acho que eu estava pagando por tantas vezes que fiz isso com outras.

Pensei em falar a verdade, pelo menos isso iria balançar a pequena fada. Naquele momento, queria que ela fosse a minha namorada, pois aquele beijo mexeu muito comigo. Nenhuma das muitas mulheres que eu fiquei me fez sentir o desespero de querer alguém mais do que tudo.

Ok, se ela não iria começar, eu teria que fazer. Como começar uma conversa constrangedora? Já era a segunda coisa hoje que eu não estava acostumado. Tinha levado um gelo. Dava vontade de rir ou de parar o carro e enchê-la de beijos. Nunca me imaginei tentando quebrar o gelo. Ela queria desinfetar a boca por causa do beijo. Tudo bem que é verdade, mas elas queriam e eu nunca dispensava mesmo.

Ela estava com nojo do beijo, nunca pensei que alguém diria isso. Nunca tive ciúme de nenhuma mulher e sempre fiquei com várias garotas. Só que eu não queria que ela beijasse outros caras, isso não. Definitivamente eu nunca mais ficaria com ninguém, porque se ela beijasse outro cara, eu acabaria com o idiota na mesma hora. Ela vai querer que eu mude. Vamos ver o que ela vai comprar na farmácia. Se for o que eu estou pensando, eu iria dar um bom castigo para ela.

Ela saiu do carro. Como ela era linda, com aquela bermuda desfiada que deixava à mostra aquelas coxas bem torneadas e uma cinturinha minúscula. Ela já sabia exatamente como era deliciosamente delicada.

Quando ela entrou na farmácia, tirei o CD e passei para a rádio local e a música que estava tocando era "Only Hope". Enquanto escutava a música fiquei imaginando o que iria fazer com a pequena fada que tinha nojo dos meus beijos. Droga! Eu estava completamente enfeitiçado por ela e, mesmo que ela brigasse, continuava sendo uma delícia. Queria beijá-la o dia todo.

Sing to me the song of the stars
Of your galaxy dancing
and laughing and laughing again
When it feels like my dreams are so far
Sing to me all the plans
that you have for me over again

Cante para mim a canção das estrelas
Da sua galáxia dançando
e rindo e rindo de novo
Quando sentir que meus sonhos estão longe
Cante para mim os planos
Que você tem para mim novamente

Ela saiu da farmácia com uma sacola. Eu queria perguntar mais algumas coisas e talvez brigassemos um pouco até outro beijo rolar. Isso me fez rir até que ela seguiu a pé, mesmo vendo que eu estava esperando. Ela era muito teimosa, e eu estava adorando. Ela estava sonhando que eu a deixaria livre.

Quando abri a sacola, era o que imaginava. Só não esperava ver o protetor solar fator cem. Quando olhei de volta para ela percebi que estava rosada nas bochechas e com algumas sardas aparecendo no nariz.

Ela já era a minha fada. Então, me lembrei da letra da música que tinha acabado de escutar. Aquela garota seria a estrela da minha vida. A puxei pela cintura e a beijei de novo. Se era para limpar, então ela iria demorar bastante tempo. Eu a segurei na nuca e aprofundei o beijo até que ela se entregou ao beijo também. Ann poderia até ter nojo de mim, mas eu a queria tanto que chegava a doer.

Ela era linda e eu a queria muito. Faria qualquer coisa para que ficássemos juntos. Cheguei perto da orelha dela e senti quando ela se arrepiou. A minha namorada não significava nada, mas com Liza era diferente. Eu nunca senti como se tudo fosse virar de cabeça para baixo por causa de um único beijo. Eu a apertei mais um pouco e ela ficou na minha sombra. Como ela era encantadora... Ela não se livraria de mim tão fácil.

O que eu iria fazer com ela? O pior é que eu nunca tinha visto por esse lado, o gelo é algo que não é comum de acontecer comigo. Eu teria que pedir ajuda para o pessoal. Agora ela compra um doce e uma água, eu nem gostava de coco, mas teria que provar. Entrei no ateliê, que mais parecia um shopping center, e quando vi a estilista, era a Donatella Versace.

Ela estava de boca aberta, aproveitei o choque para completar o seu pensamento. Fui para o provador, as duas assistentes deram uma segunda conferida e deixaram as três roupas no provador. Disseram que se eu precisasse de algo era só chamar. Bem, eu sempre me vesti sozinho e agora não queria mais esse tipo de ajuda, só se fosse da Liza. Ri e mandei uma mensagem para os meus irmãos me encontrarem na suíte as duas da tarde. Seria uma missão de emergência.

Quando a escutei soluçando, sai do provador correndo. Ela estava com a Donatella, as duas chorando abraçadas. O que tinha acontecido? Ela o abraçou forte e não parava de soluçar, fiz carinho nas costas dela. O que estava acontecendo? Então olhei para Donatella e ela entendeu, na mesma hora, que eu estava enfeitiçado por aquela pequena fada. Se ela achava que eu a deixaria por um segundo sequer estava completamente enganada.

Vi a forma como ela olhou para mim, meio chocada novamente. Eu ri e percebi que ela engoliu com dificuldade. Ela me avaliava e deu um leve sorriso.

– Brady, gostaria de falar com você antes que ela venha. – Disse Donatella.

– Pode falar, mas primeiro eu quero saber o máximo que eu puder sobre ela. Eu a conheci ontem, estou sentindo coisas que eu nunca senti. Sempre fui mulherengo e tenho uma namorada, porém estou disposto a saber o que é esse sentimento.

– Gostei da sua sinceridade, mas ela não gosta de sofrer, nem de fazer os outros sofrerem, por isso eu vou dizer: eu amo essa menina de coração e, como todos os amigos dela, a considero um tesouro. Você só precisa dobrá-la um pouco, tente devagar. Se não der certo, ataque.

Eu tive que rir pois eu não esperava que ela fosse me aconselhar a ficar com ela, isso já era um ponto positivo.

– Estou disposto a fazer o que for preciso para conquistar o coração dela. Espero estar agindo de maneira certa.

– Sei que vou ter que preparar outro vestido de noiva.

Com as sardas agora, estava mais linda, faltavam somente as asas para completar o visual, ela ficou perfeita no vestido. Ela voltou para trocar a roupa e o que eu não daria para derrubar a cortina, mas se isso acontecesse talvez ela nunca mais falasse comigo. Depois de me vestir, fui provar o doce. Quando eu dei a primeira mordida, vi que era uma delícia, sendo crocante por fora e derretia na boca, ela não deixava de me surpreender.

Novas descobertas

Capítulo 5

– Desculpe por ontem à noite. Mas era uma dúvida que me corroía por dentro. Obrigado por ter esclarecido tudo. Do modo como você falou dos nossos pais, eu deveria ter vergonha de achar que eles eram amantes. Eu sou um idiota, me desculpe mesmo.

– Você é meio idiota, sim. Mas, se eu tivesse na sua situação, talvez eu pensasse assim também.

– Sério, eu sou meio idiota. Já melhorou.

– Não se empolgue, tá?

Eu tive que rir, pois, além de tudo, ele era um palhaço.

– Eu posso abrir a cortina? É meio estranho falar assim, parece que estamos fazendo algo escondido.

– Claro que pode.

Nós rimos juntos e abrimos a cortina na mesma hora, ficamos cara a cara. O nosso riso morreu na hora e mudou para tensão antes do beijo. Eu queria e não queria ao mesmo tempo.

– Tenho medo de me envolver com você, Brady.

Não sei o que me deu para falar aquilo.

– Liza, eu sei que você pode não acreditar, mas desde ontem eu não tiro a sua imagem da minha cabeça, e hoje vai ser pior, pois eu descobri o seu sabor.

Eu prendi a respiração e ele não se moveu. Eu fiquei sem entender o que estava acontecendo. Ele fez um carinho no meu rosto e passou o dedo pelo meu nariz.

– Minha fada, o que eu mais queria nesse momento era te beijar, só que eu só vou beijar você quando você quiser. Só queria, nesse momento, não ter sido tão mulherengo, eu não posso mudar o que eu fui, só posso mudar o que eu sou e quero ser. Me dá uma chance de provar que eu mudei, por favor.

E agora, como ele pode falar isso? Droga, eu quero dar uma chance para ele, o que eu faço?

– Na vida real as diferenças pesam e os nossos atos também. Eu quero te dar uma chance de verdade, eu sinto algo que também não sei explicar. Mas, como dar essa chance? É muito difícil de acreditar.

– Primeiro, eu quero sair daqui. Vamos conversar no carro e assim nós poderemos comprar mais uns dez doces para viagem.

Eu ri, ele era tão engraçado. Será que eu estava me privando de estar com um cara legal por medo? Ah, que falta o meu pai faz. Ele, com certeza, me ajudaria a decidir, pois ele sabia ponderar as coisas boas e ruins em cada escolha.

– Concordo, vamos.

Ele pegou a minha mão e eu fiquei sem saber o que fazer. Passamos pela Donatella, que piscou para mim e eu ri. Que situação a minha.

– Liza, vamos fazer assim: eu pego o carro, você compra os doces e eu venho te buscar. Não quero que você fique no sol por mais tempo.

Ele beijou a minha testa e foi. Eu comprei mais doces e um *frozen* de manga, eu precisava de algo gelado para raciocinar. Ele estacionou e eu entrei no carro.

– O que é isso?

Ele ficou me olhando e eu sabia que ele nunca tinha provado. Sério? Será que os irlandeses não comem coisas diferentes?

– Não, para. Sério, vocês são seis homens, todos os homens sabem o que é um *frozen*.

– Eu já tinha visto, mas nunca provei, posso esperimentar o seu?

– É bem gelado e doce. Agora abre a boca, você vai amar o sabor.

Ele fez o que eu pedi. Ri quando ele se arrepiou por causa do gelo.

– É muito gostoso, mas nada se compara ao seu sabor.

– Deve ser pelo desafio que eu represento para você, não sei, muitas coisas juntas.

Eu não deixei de perceber os olhares completamente lascivos de muitas mulheres em direção ao Brady.

Ele riu para mim, pegou a minha mão e colocou na marcha entrelaçando os dedos com os meus, e saímos de volta para o hotel. Depois que trocava as marchas ele beijava a minha mão.

– Minha fada, eu acho que eu não vou conseguir ser primeiro seu amigo, eu queria ser os dois, seu amigo e seu amor. Como estamos chegando, você quer almoçar comigo? Por favor, já que eu não deixei você comer direito desde ontem.

Eu suspirei, isso estava fora do controle, porém eu estava faminta e ele estava se controlando bem até agora. Eu fingiria que não estava muito interessada.

– Ok, estou com fome mesmo.

Nesse momento, o meu telefone tocou e era número desconhecido. Atendi, pois podia ser algo importante.

– Alô.

– *Liza, é o Christopher. Eu queria te convidar para almoçar, já que ontem monopolizaram você.*

– Olhe, acho melhor não, eu já lhe disse que é melhor o senhor ficar com a Melane. Eu estou resolvendo algumas coisas do casamento e não vou poder. Obrigada pelo convite.

Eu percebi que ele apertou a minha mão e ele dirigia como louco e, definitivamente, eu teria que fazê-lo parar. Eu sabia que teria que explicar.

– E jantar? Eu estarei com Melane, não será nada romântico, só gosto da sua companhia.

– Eu sei que não seria nada romântico. Prefiro dizer não. Foi bom o senhor ter ligado. Mande um beijo para a Karen, tchau.

– Tchau, Liza.

Eu me virei e ele me encarava sério, eu percebia que ele estava muito chateado. Imagine com a namorada dele, bem lembrado.

– Liza, quem era? E por que você ficou tentando desligar, nervosa? Nunca senti ciúme de ninguém, mas você está me deixando louco. Nossa, eu não quero você com mais ninguém, por favor.

Sinceramente, ele vivia me surpreendendo, só que ele ficou com raiva mesmo.

– Calma, ok. Era o pai de uma amiga, mas nós não temos nada, eu juro.

– Eu senti que teve alguma coisa, pode me dizer. Eu prometo que vou entender. A não ser que você tenha dormido com ele, aí eu só vou ter que quebrar a cara dele.

Eu respirei fundo, foi então que eu percebi que ele estava quase para quebrar o volante do carro. Acho melhor tomar conta da situação.

– Pare o carro, por favor, Brady, por favor.

Ele fechou os olhos e apertou o volante. Eu tinha que fazer algo, senão ele iria acabar se machucando.

– Brady, por favor, se acalme. Eu não tenho nada com ninguém. Agora eu dirijo e você fica aqui, assim eu conto o que aconteceu comigo e o sr. Anderson, ok?

– Só me fala o que houve e por que ele está atrás de você.

Ele era um teimoso de primeira.

– Olha, ele me deu uma carona de Nova York até aqui no jatinho dele, ele é o pai da minha melhor amiga e sócia. Eu estava na casa dela na noite de sexta-feira e tomei toda a tequila que eu pude. Então, ela me disse que o pai dela vinha para cá com a nova namorada, a Melane.

Ele me olhava com os olhos mudando de cor, do escuro para o claro, eu sabia que ele estava tentando se controlar.

– Brady, por favor, se acalme. Não aconteceu nada, nada mesmo, ok?

– Só continue, Liza.

– Ele foi me buscar em casa e foi quando eu descobri que a Melane vinha em outro jatinho. Nós chegamos ontem, umas quatro horas da tarde, e não nos falamos mais.

Ele fez uma careta e eu podia imaginar o que ele estava pensando.

– Pela sua cara eu já imagino a próxima pergunta. Eu não dormi com ele, foi só um beijo. Eu tinha bebido e acho que ele também, e eu não senti nada, só que depois desse dia ele sempre dá um jeito de ficar perto de mim.

– Há quanto tempo foi esse beijo?

– Foi há mais de um ano. Eu não sinto, nem senti nada por ele, foi um momento louco regado a muita bebida. Você disse que nunca sentiu ciúmes de ninguém, nem da sua namorada, então por que agora está com ciúmes de mim?

– Minha fada, eu não sei, só sei que o que eu estou sentindo é uma coisa que dói muito e eu não quero que isso aconteça. Sentir ciúme de alguém é horrível.

– Você deve ter feito isso com várias mulheres, mesmo sem notar. Olha, vamos fazer assim, vamos almoçar, já que eu estou morta de fome, e depois resolvemos esses pontos, ok?

– Ponha o cinto, vou levar você no Beach House, o José tem os melhores mariscos de Cancún.

Ele não parava de me tocar e de me surpreender.

– Vamos. Por que você quer que eu esteja sempre te tocando? Não sei se isso é legal na nossa situação.

Era maravilhoso, aquelas mãos enormes e grossas. Mas ele tinha uma namorada e ficarmos assim não era legal. Eu não gostaria de ver o meu namorado dessa maneira com outra mulher.

– Amigos se tocam, eu quero ser seu amigo, só que eu quero muito mais. Por favor, deixa sua mão na minha, eu gosto de tocar em você.

Eu só sacudi a cabeça e ri, ele não tinha jeito.

– Vamos somente conversar, como amigos coloridos, minha fada. Porque você e a sua mãe quiseram vir para cá? Eu percebi que você gosta muito daqui.

– Sabe, quando o meu pai era vivo, desde sempre, nós passávamos as férias aqui. Acho que a minha mãe queria fazer a cerimônia no local que ele mais gostava.

Ele beijou a minha mão e ficou acariciando delicadamente.

– Eu sinto muito pelo seu pai, ele deveria ser um homem maravilhoso por ter uma família como a sua.

– É verdade. Quando a minha mãe me disse que o homem que ela estava saindo tinha seis filhos, eu fiquei chocada. Nunca imaginei uma família tão grande. A sua deve ser super legal.

– Tem suas vantagens e desvantagens: a principal é que somos um por todos e todos por um. A maior desvantagem é na comida, nós acabamos com tudo o que tem na mesa. Quem dá bobeira fica com fome, é a lei do mais forte.

– Você sofreu com essa lei por ser o mais novo?

– Não. Acho que David me protegia quase sempre, mas quando ficamos mais ou menos da mesma altura, e com o físico semelhante, começou a disputa. Até com você, ele me viu lambendo o chão que você passou e ele já queria ir para cima também. Mas eu acho que os outros mandaram ele ficar no lugar dele. Nem tenho tanta certeza assim que ele não vá dar em cima de você. Depois desse telefonema que você recebeu, eu quebraria a cara dele só por ele te olhar. Vou ter que trabalhar muito nisso.

Ele me deu um sorriso determinado.

– Chegamos, Liza. Eu posso te chamar de Ann? acho que combina mais com o seu jeito de fada.

Eu ri, ele mudava de assunto como quem muda de roupa.

– Nunca ninguém me chamou de Ann, mas tudo bem.

– Eu, normalmente, sou diferente das outras pessoas.

Nós rimos. A paisagem era incrível. Quando ele estacionou, deu a volta no carro para abrir a porta para mim. Como eu vi o que ele iria fazer, fiquei parada esperando. Nunca sabia o que esperar dele. Brady mudava tão rápido em relação a tudo e ainda era educado e romântico, eu estava vendo que era o modo dele mesmo, e não algo forçado. Ele abriu a porta e estendeu a mão para mim, o sorriso alcançava os olhos que brilhavam como duas águas marinhas.

– Vamos, estou ficando preocupado em deixar você sem se alimentar por tanto tempo.

– Ei, eu comi um pouco.

– Eu admito, gostei do nosso lanche, só que nada se compara a você.

Ele era um paquerador sem precedentes.

– Este restaurante é incrível, nunca vi nada igual.

– Vou explicar um pouco da história do local. O lugar, além de lindo, tem um atendimento maravilhoso, vale a pena pedir uma entrada perfeita: são entradas de camarão, e, como prato principal, *camarão à vera cruz*. Tenho certeza que vamos sair satisfeitos, pois, como acabei de descobrir, minha fada doce é uma formiguinha. Vou pedir de sobremesa um flan de caramelo tão gostoso que você vai querer voltar aqui todos os dias.

Enquanto ele falava, nós íamos entrando no hotel e passando por uma passarela que dava para pequenas barracas onde as ondas arrebentavam tão próximas que deixavam o lugar exótico. Eu olhei para o mar e era o mesmo que estar olhando para os olhos dele, a cor ia escurecendo até o horizonte. A mesma tonalidade quando ele estava excitado. Eu não conseguia parar de comparar tudo a ele.

Por favor, o que está acontecendo com o meu bom senso? Como pode evaporar totalmente?

Paramos no final da passarela. Quando eu fiz menção de tirar as minhas sapatilhas, ele riu.

– Não precisa tirar as suas sapatilhas.

– É melhor do que ter areia dentro delas. Você já andou com areia no sapato? É horrível.

Ele riu.

– Não vou deixar você pisar na areia quente, minha fada.

Ele continuou rindo e me pegou no colo. Dei um grito de surpresa. Com certeza eu já deveria ter imaginado que ele poderia fazer isso, ele era louco e eu acabei abraçada com ele até a tenda, onde ele sentou e me colocou no colo.

– Brady, eu não quero ficar no seu colo. Acho que isso é muito íntimo, coisa para namorados, o que nós não somos.

As pessoas nem ligavam para a cena, mas eu estava com muita vergonha mesmo. Não era ruim, ao contrário, era muito bom estar tão próxima dele, só que eu sabia que estava indo tudo rápido demais, e da pior maneira possível. Eu me senti leviana sabendo que eu estava sendo a outra, ou meio que a outra.

– Ann, quero estar juntinho de você, só até o nosso pedido chegar, eu prometo, só um pouco, por favor.

– Acho melhor você me sentar no banco, pois não quero me sentir como se eu fosse a outra. Espero que você possa entender.

Ele riu aquele sorriso torto e aquelas covinhas que me deixavam sem saber direito o que fazer. Brady me colocou delicadamente ao lado dele, porém não parecia convencido em me deixar quieta.

– Posso cheirar seu cabelo e o seu pescoço? Só até a comida chegar. Por favor, Ann.

O que eu poderia fazer contra um pedido desse? Nós não estávamos nos beijando e seria rápido. Enquanto isso, o garçom chegou. Ainda bem! Salva pelo gongo, quer dizer, pelo garçom.

– Que bom vê-lo, sr. Brady, há muito tempo o senhor não aparecia. O que vai ser, o de sempre?

Ele piscou para mim, ele sabia que eu não responderia nada.

– Isso mesmo, José. Se você puder apressar um pouco, a minha fada está com fome, por favor.

– Em um minuto será servido, senhor. O que vão beber?

– Eu vou querer uma soda limonada, estou dirigindo. Minha fada vai querer um frapê de morango bem gelado e duas águas sem gás.

Ele estava tão confiante em fazer o pedido que eu nem falei nada, achei melhor esperar para ver, já que eu nunca tinha estado lá.

– Eu poderia ter escolhido. Só porque você já sabe qual é o melhor prato, vou deixar passar. Por que você pediu sem álcool para mim?

Ele nem sabia que eu tinha prometido ao George que não beberia mais nada alcoólico, ou ele poderia tentar me embebedar.

– Não quero que você fique bêbada nunca mais na sua vida. Prefiro que tome algo doce como você. Preciso ser sincero: estou feliz em termos passado a manhã juntos. Tudo em você me encanta.

Não sei... Acho que ele tem um dom para falar as coisas, só que comigo é um pouco diferente. Normalmente não me entrego às paixões, como ele parece fazer com tanta facilidade.

– Brady, como posso saber se você não diz isso para todas as mulheres com quem sai?

Ele riu e beijou a minha mão.

Seu jeito é tão sexy e esperto ao mesmo tempo em que me apavora.

– Peço que você confie em mim, estou dizendo que eu jamais fiz e nem faria essas coisas com outra mulher. Você me faz feliz só de estar assim comigo e isso para mim é algo que nunca pensei em sentir. Não sei dizer se isso é amor ou paixão, porque a única coisa que já senti realmente foi desejo. Mas tudo com você parece tão maior que me assusta.

O que se faz quando um deus diz isso para você?

Ele acariciava o meu cabelo e eu olhava nos olhos dele. A maneira como ele falava era tão intensa e séria, que eu tinha quase certeza que era verdade. Mesmo assim ficava um sentimento de medo muito complicado para ser superado.

– Posso te beijar? Por favor. Eu sei o que disse sobre você querer, mas o que eu sinto é tão forte que dói muito não sentir o seu gosto. Por favor.

– Eu, acho que...

Foi quando ele fez carinho no meu rosto, como se estivesse me memorizando. Eu não podia ser a outra, nunca aceitaria fazer isso com outra mulher.

– Eu acho que seria melhor não, me sinto mal por você estar comprometido com alguém. No entanto, se eu pudesse, deixaria você me beijar. Tenho medo de me entregar a uma relação assim. Espero que você entenda.

– Eu sei. Não a culpo por pensar isso de mim. Quando eu estiver disponível, me dê uma chance. Perdão por forçar, às vezes, é mais forte do que eu.

Foi aí que a comida chegou. Meu estômago roncou e ele riu. Eu poderia me acostumar facilmente com aquele sorriso.

Meu telefone tocou de novo, era minha mãe.

Me senti tendo que mostrar quem era, não queria outro ataque.

– É a minha mãe.

– Deixe que eu atendo. Você precisa comer, sua barriga está roncando, por favor.

Mais uma vez, eu não sabia como agir, mas deixei que ele atendesse. Estava faminta. Quando provei o camarão, estava delicioso e o arroz com molho era realmente incrível.

– Alô, Bárbara, é Brady.

– *Brady, a Liza está com você?*

– Sim, a Ann está comigo, estamos almoçando no Beach House.

Eu sabia que a minha mãe deveria estar questionando os porquês da vida, ela estava cada dia mais protetora. Controladora seria a melhor expressão.

– *Por que você atendeu o telefone dela?*

– Eu atendi porque ela me disse que não se alimentou bem ontem à noite, coisa que eu já pedi desculpas, e hoje de manhã fomos escolher as roupas dos padrinhos, como você pediu.

– *Foi tudo bem?*

– Sim, foi tudo bem. Vamos voltar daqui uma hora, mais ou menos.

– *Eu queria falar com ela, por favor.*

Ele levantou a sobrancelha e deu o sorriso torto.

– Você quer falar com a Ann? Claro, ela já comeu um pouco.

Ele me passou o telefone e começou a se servir, eu percebi que ele comia muito, muito mesmo. Também deveria estar faminto e tinha dado prioridade a mim. Achei romântico e totalmente machista. Não sei se eu gostava ou não, depois conversaria com ele sobre isso.

– Oi, mãe.

– *Liza, porque o Brady está te chamando de Ann e como foi tudo com a Donatella?*

– Ele acha que eu me pareço mais com Ann. Com relação à Donatella, foi tudo bem, só que o padrinho que você escolheu para mim é muito pontual e você sabe que eu não sou.

Ele pigarreou e tomou um pouco da soda, eu aproveitei e tomei o frapê que ele havia pedido. Era perfeito, delicioso, doce e gelado na medida certa.

– Filha, quero que você vá escolher os buquês das damas e das madrinhas, eu só consegui escolher o meu. Como vocês escolheram as roupas é melhor escolherem as flores.

– Mãe, você marcou para quando a escolha?

– É só amanhã de manhã, `as dez horas. Dá tempo de vocês tomarem café da manhã e irem sem problemas. Está tudo bem entre vocês dois?

Eu ri. Minha mãe que tinha nos unido, agora estava com medo de que o Brady me magoasse. Mãe é mãe em qualquer ocasião.

– Tudo bem, acho que Brady pode ir comigo amanhã de manhã para escolher os buquês.

Ele sorriu e beijou minha bochecha, e falou perto do telefone.

– Não se preocupe, eu vou com ela amanhã. Hoje à noite estamos livres de compromissos? Você pode colocar no viva-voz, Ann, por favor?

Eu coloquei no viva-voz, assim ficava mais fácil de falar e comer ao mesmo tempo. Por que não pensei nisso antes? Acho que ele tirava todo o meu raciocínio lógico com aquele sorriso lindo e aqueles olhos perfeitos.

– Bárbara, eu posso sair com a sua filha hoje para jantar? Não quero atrapalhar nada que vocês tenham marcado.

– Ela é quem sabe, não temos nada marcado, Brady. Podemos nos reunir amanhã para um almoço, ok? Querida, um beijo e não fique sem se alimentar assim. Te amo, linda, um abraço, meu querido.

– Outro para você, Bárbara.

– Te amo também, mãe, tchau.

Ele riu de novo. Era um trapaceiro, cheio de ideias que pareciam estar a mil por hora. O que a experiência não faz.

– Você quer jantar comigo hoje à noite?

A minha desconfiança não me permitia arriscar de imediato.

– Brady, certamente há muitas mulheres dispostas a sair com você.

– Não está sendo cruel com aquelas mulheres?

Eu senti o rosto ruborizar, não era uma crítica. Mas quem poderia resistir àquele sorriso? Ele me olhou, pensativo.

– Então, você não quer jantar comigo?

– Olhe, Brady, não é que eu não queira, acho que não está certo, só isso.

Quando ele pegou a minha mão, eu fiquei um pouco assustada. Era difícil me acostumar com a eletricidade que corria quando nos dávamos as mãos. Ele sorriu sem humor. Droga! Acho que eu o magoei em não acreditar... E eu queria tanto...

– Obrigada pelo convite. Acho que vou jantar no meu quarto, estou muito cansada ainda.

– Tudo bem, Ann, não quero forçá-la a fazer algo que não se sinta confortável. Sabe, eu estou começando a achar que o destino tem um jeito de decidir as coisas.

Ele voltou a comer, pensativo. Depois que terminamos de comer veio a sobremesa.

– Ann, acho que você vai amar o flan de caramelo. Eu adoro, é o melhor doce que eu já comi.

– Vamos ver. Está com uma cara deliciosa.

Era verdade, a minha boca estava salivando. Quando provei, não consegui nem falar, derretia na boca e o sabor do caramelo era indescritível. Eu fechei os olhos e gemi, era bom demais, perfeito.

– E aí, gostou?

Ele riu com a minha reação. Abri os olhos e ele estava a alguns centímetros do meu rosto e os olhos dele pareciam com uma tempestade no fim da tarde. Ele estava sério, tocou o meu rosto e segurou a minha nuca e, como eu não protestei, ele me beijou. Cada toque dos dedos dele na minha nuca era elétrico, e o meu corpo reagia imediatamente, como se eu já conhecesse. De repente, eu queria que ele me tocasse em outros lugares. Então, eu o abracei e ele me colocou no colo de lado, e me puxou pela cintura para mais perto dele. Separei a boca e, enquanto a língua dele me provava, eu me agarrava a ele como se não houvesse ninguém mais ao nosso redor. Estávamos em um restaurante, numa praia, estávamos nos beijando na frente de todos e aquilo estava me deixando sem conseguir pensar direito. Era só ele me tocar. Eu tinha que parar.

Eu empurrei o peito dele e ele colou a testa dele junto com a minha. Ficou de olhos fechados, com a respiração agitada. O que eu diria agora? Eu o agarrei também, a minha vontade de afastá-lo estava se dissolvendo. Ele abriu os olhos e percebi algo que ainda não tinha notado nele: medo.

– Não fique com raiva de mim, não consegui me controlar. Droga, acho que é melhor eu ficar longe de você mesmo, você não tem ideia do que faz comigo. Tenho medo de prometer e não conseguir cumprir as promessas que eu faço.

Como eu posso responder, se eu também não me controlei?

– Acho que dessa vez nós dois passamos do limite. Vamos pagar a conta e vamos embora. Agora que eu comi, estou com muito sono, realmente estou cansada.

– Tudo bem, vamos. Eu pago lá na recepção.

Ele me olhou desconfiado, como se ter me beijado fosse algo imperdoável.

– Posso carregar você de volta?

– Pode. Sem gracinhas, ok?

– Vou tentar, já disse que não quero mais prometer algo que eu não consiga cumprir.

Ele me carregou, beijou a minha bochecha e eu acabei rindo. Quando passávamos, as pessoas riam e nos parabenizavam. Era muito constrangedor. Ao chegarmos no deque, Brady me colocou no chão e ficou segurando a minha mão. Pagou a conta na recepção, depois fomos de mãos dadas até o carro. Ele ria para mim e nem percebia os olhares que atraía ou, se percebia, não estava nem ligando.

– Ann, ponha o cinto que eu vou voar. Eu vou deixá-la no seu quarto, ok?

O pânico se apoderou de mim. Eu tinha medo de ficar perto dele e algo a mais acabar acontecendo.

– Não precisa.

Ele pegou a minha mão e entramos no hotel.

– Com certeza eu vou com você até o seu apartamento. Posso perguntar por que você dorme aqui embaixo?

Aquilo era fácil de responder.

– Eu tenho medo de altura. Parece besteira, mas eu tenho pânico, por isso eu sempre durmo no térreo ou no primeiro andar. Tem suas vantagens.

– Pude ver essa vantagem na sua fuga noturna. Por favor, se você for fazer isso de novo, me ligue a qualquer hora. Estou falando sério, não quero ver você sozinha pela madrugada na praia. Se for acompanhada, que seja comigo.

Ele realmente me acompanhou até o quarto, sempre segurando minha mão. Ainda bem que não tinha nenhum fotógrafo ainda, pois eu sabia que, dentro de alguns dias, estaria tudo lotado.

– Você é incomparável, sabia? Vou pensar sobre isso, tá bom? Agora que já cheguei, sã e salva, você pode ir.

– Eu queria um beijo de despedida, se você deixar.

– Não, chega de beijo.

– Eu não queria um beijo na boca.

Como assim, ele queria onde?

– Onde você queria me beijar?

– Posso ou não? Confie em mim.

Respirei fundo e ele me beijou. Fiquei sem ação. Ele beijou o meu pescoço e foi passando a ponta do nariz até chegar na orelha. Um arrepio percorreu todo o meu corpo de uma forma arrebatadora. Eu mordi meu lábio até sentir o gosto de sangue na boca, tudo para não gemer.

– Minha fada, quando você acordar me ligue, só para eu escutar sua voz.

– Não. Vamos nos encontrar amanhã de manhã. Acho melhor mantermos uma separação até resolvermos essa situação, por favor.

– Tudo bem, não prometo nada. Durma bem.

Com isso, ele se virou e me deixou na porta do meu quarto. Ele era tudo de bom, só que a minha desconfiança não me permitia dar o próximo passo, fora que ele tem namorada, pelo amor de Deus, agora virei uma destruidora de relacionamentos. Entrei e tomei uma chuveirada, coloquei uma roupa de dormir, liguei o ar, fechei a cortina e me cobri na cama. Quando relaxei, só conseguia ver o rosto dele. Como seriam aqueles dias?

Brady

Ficar imaginando o rosto dela era bom. Sem dúvida, eu preferia ao vivo. Eu ri e ela só balançou a cabeça, linda... Minha fada era linda. Eu tinha que tocá-la de qualquer maneira e isso estava me deixando louco.

O telefone tocou e de repente ela ficou toda estranha, com quem ela estava falando? Só o que me faltava era o cara do jatinho dando em cima dela. Que droga! Como não vão dar em cima dela? Só de olhar dá vontade de enchê-la de beijos. Fora que ela é linda... Eu fiquei encarando para ver a reação dela.

Eu vou ficar louco, engatei a primeira e sai cantando pneu. Iria levá-la a um restaurante no meio do mar, assim eu não corria o risco de matar ninguém. Sério, estou me sentindo totalmente possessivo. Droga, ela teve alguma coisa com o cara, que droga.

Que droga é essa! Minha fada, com o cara que está dando em cima dela, presa durante horas dentro de um jatinho, porra! Eu esperava que não fosse recente, aquilo estava me corroendo por dentro. Eu respirei fundo, pois era complicado para mim, imagine para ela.

Ela tentava explicar o que estava acontecendo e, com certeza, tinha razão. Eu estava com ela do meu lado. Agindo assim, esse idiota aqui não conseguiria o que queria. Eu passei a primeira e peguei a mão dela de volta, coloquei na minha coxa, quando eu passava a marcha os nossos dedos estavam entrelaçados, era uma sensação deliciosa. Eu escolhi uma música instrumental para ficarmos mais tranquilos.

Nossa família sempre foi do tipo "os mosqueteiros". Quando ela ria tudo nela parecia brilhar, os olhos ficavam mais intensos e me deixava sem saber o que fazer, era muito difícil. Quando ela tocou a minha mão, foi como um choque me percorresse, tão forte que eu tive que balançar um pouco a cabeça para clarear as ideias.

Quando chegamos no hotel, resolvi que seria melhor carregá-la para que não sujasse os pés. Assim, poderíamos ficar juntos.

Não conseguia ficar longe dela, precisava tocá-la, a coloquei no colo e tudo o que eu queria era ela beijá-la, sertir seu corpo junto ao meu.

Eu estava falando sobre a comida, mas ela parecia estar encantada com o local. Era impressionante, mas o melhor era olhar para ela e perceber que ela estava pensando em alguém. Eu queria que esse alguém fosse eu. Eu não sabia como ela iria reagir, mas eu a queria o mais perto de mim possível.

Eu nunca tive dificuldade em dizer o que eu sinto para uma mulher. Sempre falei a verdade, às vezes numa boa, muitas vezes nem tanto, porém, acho que ser sincero sempre foi meu ponto forte. Se era para ser por uma noite, eu dizia logo que aquilo acabaria depois do sexo. Se ela estivesse a fim tudo bem, se não estivesse tudo bem também. Nunca me apeguei a esses detalhes.

Entender é fácil, mas eu preciso dela, por isso vou ter que fazer de tudo para tirar essas preocupações da cabeça dela, pois eu a quero só para mim e pretendo ser só dela. Nunca me imaginei dizendo isso. É a pura verdade. Eu estendi a mão e ela estava com fome mesmo, então me passou o telefone.

Ann estava linda com vergonha, a face corada me deixava sem saber o que fazer com ela, se beijava ou simplesmente deixava a coisa acontecer. Estava melhorando. Estaríamos novamente juntos, eu estava um passo à frente. Ela iria ver o que era a minha determinação em conquistá-la. Seria minha com certeza. Vou surpreendê-la hoje à noite.

Era difícil ter que provar que você não vai agir como sempre foi. Nunca me imaginei tentando fazer uma mulher acreditar realmente que eu queria uma coisa séria. Pela primeira vez eu não queria ter sido tão mulherengo. Isso é uma droga. A sobremesa chegou. Acho que, pelo menos agora, ela vai ficar melhor. Eu queria saber do que ela gostava, e se o gosto dela era o mesmo que o meu. Já conhecia um pouco mais depois de hoje.

Droga, ela era gostosa demais, quando ela gemeu baixinho pelo gosto do doce, eu não me controlei. Ela vai acabar me desprezando, mas eu estava ficando louco para beijá-la. Eu preciso me acalmar, senão ela não vai me perdoar. Que porra eu estava fazendo?

A minha fada era a coisa mais linda e delicada. Eu não cansava de olhar como ela se movia, o sorriso não me deixava, fora que ela não sabia que eu teria ajuda para conquistá-la, já que eu não sabia muito sobre como conquistar uma mulher, todas vinham até mim com facilidade. Eu abri a porta do carro e dei a volta para sentar no lugar do motorista.

Eu passei a primeira e, em quinze minutos, estávamos no hotel. Faltavam vinte minutos para as duas da tarde, e eu sabia que os meus irmãos já deveriam estar me esperando para ver o que eu poderia fazer para conseguir terminar com a minha namorada sem ofendê-la e jantar com a Ann.

Ela tinha uma pele macia e estava com um sabor levemente salgado da brisa do mar. Ela cheirava a sol, mar e uma fruta que eu não conseguia lembrar o nome, mas eu iria descobrir. Eu não conseguiria fazer o que ela estava me pedindo, mas, em pouco tempo, eu teria ajuda para buscar uma solução para o meu problema.

A reunião (Brady)

Capítulo 6

Deixá-la no corredor foi uma das coisas mais difíceis que eu já fiz. Como eu queria ficar deitado abraçado, juntinho com ela! Nós não precisávamos nem pensar em mais nada. Sei que, se eu não tomar uma atitude, vou enlouquecer.

Liguei para o David.

– David, onde você está?

– Estou na porra da sua suíte com mais quatro machos te esperando. Você nunca se atrasa, o que está acontecendo?

– Estou subindo, me esperem aí.

Desliguei o telefone e fui quase correndo pegar o elevador. Quando as portas se abriram havia três morenas que me deram uma conferida, mas aquilo era passado. Eu só queria uma mulher na minha vida.

Entrei no elevador e apertei o botão da cobertura. Como eu estava precisando de ajuda, esperava que tudo desse certo. Depois pensei em mais duas pessoas para me ajudar: meu pai e Mag. Eu tinha que tentar conseguir ajuda de todos os lados.

Liguei primeiro para o meu pai.

– Alô, pai?

– *Sim, filho, o que houve? Você parece nervoso.*

– Pai, preciso da sua ajuda, onde você está?

– *Estou no bar com alguns convidados enquanto a Bárbara está escolhendo os doces e o bolo do casamento.*

– *O que houve filho? Você não me respondeu.*

O meu pai sempre nos apoiou em tudo, por isso ele entenderia a minha preocupação naquele momento.

– Pai, acho que eu estou apaixonado, pela Ann, quer dizer, pela Liza. Preciso de ajuda, não sei bem o que fazer. Eu nunca pedi ajuda para essas coisas. Nesse momento, no entanto, preciso de todo o apoio que eu puder ter para resolver alguns problemas que estamos passando.

– *Estou subindo, não se preocupe filho. Você chamou os seus irmãos e a Mag?*

– Com certeza. Os outros estão me esperando lá em cima, ligue para a Mag.

– *Ok, filho, estarei lá em menos de dez minutos.*

Espero que dê certo, o que eu poderia fazer sem ajuda? O elevador parou e eu saí para o corredor. Escutei os cinco fazendo confusão na minha suíte. Espero não ser expulso do hotel por causa desses loucos. Quando nos juntamos sai discussão, briga, guerra de comida e de travesseiro. Nós sempre fomos bagunceiros e brigões, mas sempre ficamos muito unidos. A porta estava aberta e eles estavam jogando videogame. Tinha que ser.

– Até que enfim você chegou. Onde você se meteu a manhã toda, Brady? Liguei várias vezes e você não me atendeu.

David estava chateado, ele não gostava quando nós não atendíamos o telefone. Houve uma época em que aconteciam alguns sequestros relâmpagos e houve uma ameaça com o nosso pai. Desde então ele fica assim, todo preocupado. Com razão, só que não nesse caso.

– Desculpe, David, preciso que vocês parem tudo o que estão fazendo agora. A questão é bem séria, por favor.

Eu fui sentar na mesa de reunião que sempre tem nas suítes de cobertura. Era a primeira vez que eu pedia uma reunião como essas e presidi-la não seria fácil. Quando convocávamos uma reunião assim, quem tinha o problema presidia. Os que estavam sem jogar vieram logo e sentaram.

Nic e John, que estavam no vício, ficaram lá como se nem tivessem escutado.

– Nic, John, por favor, eu estou precisando de ajuda e é sério.

Eles me olharam, espantados. Eu nunca pedia ajuda para nada. Ao contrário, costumava ajudar os outros. Eu me achava tão inteligente que conseguia me sair de todas as situações, só que essa mulher disfarçada de fada estava me deixando sem saber o que fazer.

– Olha, vamos sentar, o papai e a Mag estão subindo.

O Nicholas, como o mais velho, estava se separando e foi o último a pedir por uma reunião. Sério, ele pediu ajuda para conseguir casar e depois para conseguir se separar. Eu espero só pedir uma vez, acho que todos estavam pensando o mesmo que eu. Quando o Nic sentou do meu lado, ele estava pensativo, e vi que os outros achavam que era sobre a Sam que eu iria falar hoje. Eles não tinham nem ideia de que eu poderia estar apaixonado por uma mulher que tinha acabado de conhecer.

Isso era uma coisa louca, ninguém acaba um namoro de um ano para querer ficar com uma mulher que mal conhece. Ainda mais eu. Sinceramente, ninguém vai me reconhecer hoje, nem eu mesmo. Droga! Eu não sou impulsivo, sempre fui controlado no que diz respeito a algo sério sobre a vida amorosa e agora tudo o que eu quero é beijar aquela boca deliciosa, tocar a pele de fada... Mas, para que isso aconteça, temos que resolver o meu problema primeiro. Eu sentei na cabeceira, Nic e David sentaram, um de cada lado, depois John e Jason, que ficaram me encarando. Eu estava uma pilha, mais uma coisa para acrescentar à minha mudança: nervosismo. Me sinto um alienígena.

– Brady, cara, o que está acontecendo com você? Você resolveu casar com Sam?

Claro que não, o David estava pirando...

– Pelo contrário, David, eu preciso terminar com ela o mais rápido possível, sem ser por telefone, e eu preciso de ideias para isso.

Eu percebi que ele sabia quem era a causa. Vi que ele ficou triste de novo, será que David queria algo real com ela? Eu não poderia abrir mão do que eu estava sentindo. Ver o meu irmão com aquela angústia tinha me deixado triste, ele era meu amigo, mesmo com toda a rivalidade que tínhamos.

Foi aí que o meu pai chegou com a Mag e percebeu a seriedade da situação. Não estávamos na palhaçada, tentando nos socar, como de costume. Mag estava rindo, ela sempre sabia de tudo o que acontecia e parecia feliz com a minha opção.

– Filho, o que é tudo isso? Seja o que for, pode falar, eu aguento.

– Vamos nos sentar primeiro. Eu vou ficar em pé, pois eu estou nervoso demais e mal estou me reconhecendo. Ok, vamos lá, quero que vocês prestem muita atenção: acho que me apaixonei à primeira vista e agora o problema é como terminar com a Sam, sem ser pelo telefone, pois seria algo que ela não gostaria.

Enquanto falava, eu não parava quieto, ficava passando a mão no cabelo como se isso ajudasse. Até que eu segurei na borda da mesa e abaixei a minha cabeça. Eu podia perceber que todos estavam preocupados comigo, eu estava desesperado.

Quando eu me levantei para encarar meu pai, ele estava rindo, enquanto a confusão estava formada. Alguns queriam que eu terminasse e outros diziam que eu não iria encontrar alguém como a Samantha. Menos David, que estava olhando para o mar. Acho que ele sabia o que eu estava sentindo pela Ann. O meu pai bateu na mesa, como quando éramos crianças, e todos se calaram. Ele adorava fazer isso, acho que é coisa de irlandês.

– Silêncio! Agora que todos estão quietos podemos conversar como pessoas normais.

O meu corpo todo tremia. Se a solução não aparecesse, eu simplesmente ficaria louco por não poder tocá-la.

– Brady, eu já sei por quem você está apaixonado. Ela é durona e, se você acha que está apaixonado, eu tenho certeza! Filho, eu vi como vocês dois estavam se olhando no jantar e posso dizer que eu tenho certeza que ela também sente algo muito forte por você.

Era tão evidente assim o feitiço que tinha sido conhecer a pequena princesa das fadas? Eu ri. Ela era tudo o que eu queria e precisava, eu estava completamente apaixonado por uma mulher que não aceitava o meu passado e que, ainda mais, desconfiava de mim. Eu provaria que ela estava errada.

– Pai, por favor, quem pode dispensar a Samantha Backer? Ela é a deusa das passarelas.

Nic estava indignado comigo porque eu estava pensando em terminar com Sam. Eu não esperava essa reação dele. Não sei, mas tenho faro. Vamos deixar rolar...

– Nic, estamos falando de amor, meu filho, e Liza também é uma mulher linda.

Eu não queria ver. Fechei os olhos. Depois eu conversaria em particular com David. Agora eu preciso de medidas urgentes.

– Pai, Nic, todos, por favor, vamos focar no que importa, ok? Se eu estou apaixonado ou não, no momento eu não quero saber. Eu preciso dela agora para descobrir o que eu estou sentindo. Mal pude beijá-la, pois ela acha errado que eu me interesse por ela estando comprometido com outra pessoa. Eu tenho que terminar com a Samantha, sem ser por telefone. Por favor, me ajudem, eu preciso resolver isso o quanto antes.

Todos me olhavam sem entender. Acho que o desespero pede medidas drásticas.

– Eu já pensei em pegar um avião só para falar com Sam. Mas, por outro lado, não posso deixar Liza aqui. Também não posso terminar um relacionamento pela internet, não seria justo e ela vai achar que é muito impessoal. Por favor, me ajudem.

Os irmãos continuaram pensativos. Quem falou foi, obviamente a guru da família, Mag.

–Brady, você deveria fazer como eu fiz e pegar um quarto mais próximo ao de Liza. Assim, ela não se sentiria tão sozinha lá embaixo. Depois, você deveria conversar com Samantha pela internet. Como é o nome daquele negócio que a gente pode ver e conversar com a pessoa?

Mag sabia das coisas, só não sabia os nomes. Ela era incrível.

– Mag, é o Skype. Eu tenho certeza que ela não vai aceitar.

– Brady, querido, diga para Samantha que você encontrou alguém especial e que você vai conversar com calma quando ela chegar. Diga que é sério. Vocês já terminaram e voltaram tantas vezes que eu não vejo nenhum problema.

Todos os outros tentaram falar. Entretanto, eu quis aceitar a ajuda da mulher que nos criou. Além de tudo ela tinha a experiência, coisa que os imprestáveis dos meus irmãos, e eu mesmo, não tínhamos. A não ser meu pai, claro. Mas eu já estava decido: começaria com a mudança da suíte. Abracei Mag e a girei no ar, eu amava aquela mulher. Todos nós sabíamos que ela sempre nos amaria. Um bando de loucos...

– Ok. Pai, e vocês, seus cabeças duras, podem ir resolver a vida de vocês. Obrigado pela ajuda. Mag, você é um gênio que está sempre à nossa disposição. Agora vou arrumar as minhas coisas e me mudar agora mesmo.

– Pai, consiga o quarto ao lado do dela, o 149, por favor. Faça o que for preciso. Vou jogar as coisas na mala e ligar para um carregador vir buscá-las. Obrigado, gente. Valeu! Se eu precisar de mais alguma coisa, eu chamo.

Meu pai e Mag me abraçaram e foram embora rindo. Acho que eles ficaram felizes por nós dois, minha fada teria uma surpresa. Ficaram só os cabeçudos no quarto comigo.

– Você é um sortudo, Elizabeth é uma gostosa e parece ser uma pessoa bacana.

– John, ela é incrível. O que eu sinto por ela é muito forte. Ela é divertida, linda, bagunceira... Isso me deixa louco. Hoje de manhã o quarto dela estava cheio de areia, ela nem ligou. Eu sou pontual, ela é o oposto. Apesar das diferenças eu quero ficar com ela.

– Realmente ela deixou você de joelhos, mano. Eu quero ver o paquerador amarrado.

Eles riram, enquanto eu enfiava de qualquer jeito as roupas na mala. É que eu sempre fui o certinho, com mania de arrumação mas, naquela hora, estava enfiando as roupas na mala de qualquer jeito. Mas, pela Ann, eu iria até o inferno e voltaria.

– Se vocês não vão ajudar, podem ir vazando... Não quero ninguém me atrapalhando.

– Cara, você está completamente subjugado. Só que isso não vai acontecer comigo. Vou vazar mesmo.

Depois de uns minutos eles foram indo embora. Quando eu olhei para a porta, David estava lá, me olhando. Eu achei que ele queria dizer algo, mas estava na dúvida. Na nossa família, a sinceridade sempre foi valorizada e não seria agora que iríamos mudar.

– David, eu percebi que você não gostou de saber que eu quero ficar com Ann.

– Vocês não estão juntos, pelo que você mesmo falou.

Ele tinha razão, mas seria por pouco tempo.

– É, cara, só que ela é o meu futuro. Desculpe se você pensou em ter alguma coisa com a minha fada, mas eu acho melhor você esquecer essa competição que sempre tivemos por causa das mulheres. Afinal, somos irmãos, e eu não posso nem sequer pensar que ela fique com outro homem, muito menos um dos meus irmãos. Eu sei que ela é maravilhosa, mas procure outra para você. Você é meu irmão e amigo, super importante para mim. Eu vou parar por aqui, mas estou pedindo. Pode fazer isso por mim? Quero que me responda.

Ele me olhava com aqueles olhos castanhos frios. Eu conhecia meu irmão muito bem, tinha certeza de que ele não queria desistir, mas era nossa amizade que estava pesando na balança.

– Brady, eu senti algo por ela no jantar, assim que ela entrou, algo que mexeu comigo de verdade. Só que eu não fiz nada porque vi a forma como a Elizabeth te olhou, foi algo que eu não esperava. Acho até que nem ela esperava.

Ele riu sem humor. Eu fiquei aliviado, porque ele era muito meu amigo.

– David, você sabe que, se eu não tivesse sentindo algo diferente e real por ela, com certeza eu a deixaria.

– Ok, Brady. Eu acho que, no fundo, eu sabia que eu não teria a menor chance de ganhar de você.

– Cara, não é isso... Eu e ela temos uma ligação complexa. Em menos de 24 horas eu fiz tudo diferente na minha vida. É algo assustador, mas eu estou apostando tudo, só por causa do que estou sentindo por ela.

– Eu vou me afastar um pouco de você até conseguir colocar os pensamentos em ordem. Mas está tudo bem entre nós, ok?

– Obrigado, David, eu sei que a pessoa certa vai aparecer logo. Não queria ter que quebrar sua cara por causa disso.

– Você poderia até tentar, mas não conseguiria. Lembra quem é o melhor de briga?

– Sim, mas estamos empatados, então não podemos dizer quem é o vencedor.

– Ok, por enquanto. Agora eu vou velejar para tentar tirar tudo isso da minha cabeça. Boa sorte, Brady.

– Valeu. Tome cuidado no mar e chame um dos cabeçudos, é perigoso ir sozinho.

– Vou falar com um deles.

Ele saiu e eu terminei de arrumar, ou melhor, jogar minhas coisas nas malas. O carregador chegou, levou tudo, menos o videogame e o meu *notebook*, que levei na mão. Descemos para o térreo, fomos para a suíte 149. Ela estava tão perto e ao mesmo tempo tão longe. Colocamos as malas no chão e eu dei uma gorjeta bem generosa, pois eu tinha tudo para conseguir ficar perto da minha fada.

– Senhor?

Achei estranho ele me chamar já da porta.

– Sim.

– Eu vi o gerente falando que esse quarto estava interditado por motivo de vazamento e colocaram as pessoas dessa suíte na cobertura, agora o senhor está aqui.

Eu tinha que agradecer ao meu pai por mais essa.

– Qual é o seu nome?

– É Timoty, senhor.

Ele era bem novo, acho que uns 16 anos, deveria ser o seu primeiro emprego. Ele era magro e tinha o rosto cheio de espinhas e parecia confiável, além de ingênuo.

– Timoty, eu acho que estou apaixonado pela moça que está no quarto ao lado, por isso estou aqui. Agora, eu queria que você fizesse um favor para mim: quando for feito o pedido de serviço de quarto para a suíte 150 você me avise, que eu quero entregar pessoalmente. Vou te dar 400 dólares, ok?

Ele ficou espantando, acho que deveria ser quase o valor do salário dele, mas valeria a pena.

– Ok, senhor, eu venho avisá-lo.

Ele saiu e eu fui arrumar a bagunça que eu tinha feito com as minhas coisas. Demorei, mais ou menos, duas horas organizando tudo. Tomei meu banho, coloquei uma bermuda, uma camisa simples e chinelos. Já eram seis da tarde. Então, liguei o meu computador e conectei na rede Wi-fi para falar com Samantha. Mandei uma mensagem para o celular dela.

Sam, preciso falar com você pelo Skype, *estou conectado.*

Ela mandou a resposta em menos de um minuto.

Brady, querido, estou indo atrás de um computador, me aguarde um pouquinho. Não demoro nada, bjs lindo.

Eu esperei uns dez minutos, aí o telefone na tela começou a tocar para chamada com vídeo, eu atendi. Naquele momento ela estava fotografando. Nossa, como ela era linda! No começo, o que eu sentia por ela era desejo, mas agora eu não sentia mais nada além de amizade.

– Brady, estou com tanta saudade de você, querido. Eu queria muito estar aí.

– Sam, eu também estou com saudade de você. Inclusive, preciso conversar seriamente. Quero dizer que você é maravilhosa, é uma amiga incrível, linda, meiga, só que não está dando certo.

Ela começou a querer chorar, a maquiagem borrando... Droga!

– Sam, linda, me escuta. Eu queria ter ido aí para conversar com você, só que eu não posso agora.

– *Quem é ela Brady? Deve ter alguém, você está diferente. Eu nunca briguei, apesar de saber que você tinha outras mulheres. Apesar de não gostar, eu aceito, Brady, não tem problema. Eu já te disse, só quero continuar com você.*

Ela falava soluçando, eu estava arrasado, pois gostava muito dela. Estávamos juntos há quase um ano, porém eu não a amava.

– Sam, respire, feche os olhos e se acalme. Por favor, respire bem fundo. Agora abra os olhos.

Ela se acalmou e eu podia continuar.

– Eu queria que realmente desse certo entre nós. Acontece que eu não te amo. Desculpe, Sam, eu atrapalhei sua vida por tanto tempo. Você pode encontrar alguém que te complete e te faça feliz só de estar ao seu lado, foi isso o que aconteceu comigo.

Ela chorava sem parar.

– Linda, foi amor à primeira vista, só que ela não quer nem que eu me aproxime dela porque eu estou comprometido com você. Sam, isso esta me destruindo, você sempre foi minha amiga, é como da família, eu jamais mentiria a respeito do que eu estou sentindo. Me perdoe, eu não queria ter feito você sofrer durante todo o tempo em que ficamos juntos. Linda, me responda alguma coisa, eu não quero que você fique assim, Sam. Você merece amar alguém que mereça esse seu coração de ouro, e este homem não sou eu. Nós sabíamos. Tentamos fazer de tudo para dar certo, mas não posso mais fazer isso.

Ela parecia entorpecida, o rímel borrado... Parecia uma boneca quebrada, e a culpa era minha.

– *Quem é ela, Brady, eu conheço?*

– Não, você não a conhece. Eu simplesmente esbarrei nela e me apaixonei, foi assustador e emocionante ao mesmo tempo. Você acredita que em um dia eu fiz tudo o que eu nunca tinha feito na vida? Cheguei atrasado, fiz uma bagunça com minha roupa, só para ficar numa suíte ao lado da dela, onde eu estou agora enquanto ela está dormindo. Eu deveria ter tido essa conversa com você há muito tempo. Queria que desse certo entre nós, só que, depois de saber o que é a paixão de verdade, eu não posso voltar atrás.

Eu sabia que ela gostava de mim desde que éramos crianças, ela me disse quando começamos a namorar.

– *Brady, ainda podemos dar certo, caso não dê em nada essa paixão. Ela não te conhece como eu, eu te amo.*

– Linda, vai dar certo com ela, porque eu não posso ficar sem ela, eu preciso dela.

– *E eu preciso de você, Brady. Eu estava pensando que você iria me pedir em casamento nesse final de semana. Todas as minhas amigas estão me dando força. E você termina comigo? Como acha que eu me sinto?*

– Só não quero mais nos enganar, Sam, nem te trair como eu fiz tantas vezes. Quero sentir o amor completo. Eu peço perdão por tudo que estou fazendo. Se você puder me perdoar, eu estarei realmente feliz. Eu quero que você pense no que eu acabei de dizer, eu quero ser seu amigo um dia.

– *Brady, ela não vai te fazer feliz.*

– Sam, vamos acabar essa ligação. Pense no que estou lhe dizendo e, quando você estiver mais calma, me ligue. Só quero agradecer pelos momentos que tivemos e por ser minha amiga quando eu mais precisei.

– *Brady, sabe qual era o meu único sonho? Era acordar do seu lado e você me olhar com esses olhos azuis incríveis. Eu sabia que, com o tempo, você me amaria. Vou para o hotel e ligo depois, realmente preciso de um tempo para pensar.*

– Sam, obrigado por entender.

Com isso ela desligou e eu fiquei olhando para a tela. Ela não merecia alguém como eu que sempre a tratou como uma qualquer. Eu estava disposto a mudar e a minha fada era a razão de tudo. De repente, alguém bateu na porta, deveria ser o Timoty.

– Senhor, sou eu, Timoty.

Eu abri a porta. Ele estava com o rapaz do serviço de quarto e o pedido que ela tinha feito. Era o que eu precisava.

Peguei 400 dólares para o Timoty e cem dólares para o outro rapaz, que tremia. Eles foram embora e eu fui levar a minha entrega.

O serviço de quarto

Capítulo 7

Quando acordei, eu me levantei e abri a cortina: já era noite, deveria ser umas sete horas. Minha barriga roncou.

Tinha tido um sonho com Brady, ele me tocava e nos beijávamos sem medo e sem culpa. Já era de noite e ficamos juntos no mar. Foi maravilhoso... Droga! Quando eu iria cair na real que ele não era para mim?

Fui até o telefone e pedi uma salada completa, um salmão com alcaparras e um pedaço de torta de morango com creme. Adoro essa torta. De repente, pensei no beijo do Brady. Que saco! Ele não saía da minha cabeça um minuto, eu queria e não queria pensar nele. Será que dá para entender algo maluco assim? Ele tinha tirado todo o meu juízo. Abri as portas da sacada, uma tempestade tropical se aproximava: uma ventania e muitos raios. As pessoas estavam com medo. Eu gostava da chuva, da sensação das gotas de água na pele.

Deixei a sacada aberta para o vento entrar morno e forte. Desliguei o ar e liguei a TV. Estava passando "Uma linda mulher". Não demorou muito para baterem na porta e, quando eu fui atender, vi que era Brady empurrando o carrinho com a comida. Ele sorriu para mim. Devo ter feito uma cara de susto. Eu estava toda assanhada, com roupa de dormir, nem tinha escovado os dentes. Droga! Ele percebeu que eu fiquei sem graça e riu.

– Boa noite, srta. Willams, posso servir o seu jantar?

Ele estava louco se achava que eu deixaria ele fazer isso.

– Brady, o que eu disse sobre o jantar? Nós só iríamos nos encontrar amanhã.

Eu estava completamente perdida com ele parado na porta do meu quarto.

– Não, você disse que não queria jantar comigo hoje. Não falou que não queria que eu servisse o jantar para você. Só trouxe salada, salmão e a torta de morango que você pediu. Posso entrar, senhorita?

Ele tinha razão, droga! O pior é que eu estava faminta.

– Entre logo, não quero ficar aqui no corredor assim.

Eu não sabia o que fazer. Quando eu vi, ele empurrou o carrinho até a mesinha, colocou a comida e puxou a cadeira para mim. Destampou os pratos, me serviu, depois empurrou o carrinho para fora e entrou de novo no quarto fechando a porta.

– Espero que o jantar esteja do seu agrado.

Com um sorriso brincalhão, ele se jogou na minha cama e ficou assistindo o filme. Pegou o meu travesseiro e cheirou, olhou para mim, gemeu e deu uma risada gostosa. Como eu poderia comer com ele fazendo aquelas coisas?

– Sabia que você tem cheiro de sol, mar, e, agora eu descobri o que faltava: cereja! Você é totalmente deliciosa. Acabei de descobrir o ingrediente que faltava para definir seu cheiro.

Eu estava me servindo, mas parei quando ele falou isso. Porque, Deus, ele tinha que ser tão pecaminosamente lindo?

– A sua comida vai esfriar, minha linda... Depois que você comer, nós podemos conversar.

Ele estava vestido com uma bermuda bege, aquelas que tem vários bolsos, e ficava emoldurando umas coxas de dar água na boca. Suas pernas eram grossas e o tom da pele parecia ouro, o bronzeado perfeito. A camisa era branca, polo, simples que colava em um peito tão largo e forte que me deixava babando. Dava par ver os contornos do abdômen bem definido e, como ele estava com os braços atrás da cabeça, dava para ver os bíceps. Nossa! Ele tinha um corpo de Zeus. A camisa subiu um pouco, mostrando aquele caminho de pelos escuros, que continuavam para dentro da bermuda. Hoje de manhã ele também estava assim e eu estava com medo de botar tudo a perder.

Droga! Tira o olho. Ele não é para mim, ele não é para mim. Meu Deus, me ajuda a passar por isso, pois hoje ainda é domingo... Faltam seis dias, eu tenho que conseguir. Os lábios dele estavam ligeiramente abertos, e eram generosos, pareciam tão deliciosos. O mais impressionante de tudo eram os olhos de azul cristal, quase transparentes, com cílios longos e grossos. Será que ficar sem sexo durante muito tempo estava me levando a imaginar tudo isso? Aquela visão parecia uma miragem quando ele ria. Enquanto isso, na TV, Julia Roberts estava feliz comprando roupas. De repente, eu olhei para o chão e vi um chinelo branco que parecia novinho.

– Você comprou esse chinelo hoje?

– Comprei. Para variar, eu perdi o meu, então fui na lojinha da recepção para comprar outro. Sempre sei onde estão minhas coisas, menos os chinelos. Vivo perdendo por aí, acho que existe um ladrão de chinelos morando neste hotel.

Eu só balancei a cabeça, nada que saísse da minha boca seria coerente.

– Vá comer enquanto eu assisto o filme, precisamos conversar depois.

Ele piscou para mim e continuou assistindo TV, como se isso fosse a coisa mais normal do mundo.

Eu relaxei e comi todo o meu jantar. Não estava acostumada a este tipo de intimidade. Costumava sair para namorar, mas não ficava em casa, muito menos com namorado no quarto. Isso para mim era normal. Brady era tudo o que eu não precisava naquele momento. Quando eu ia começar a comer a sobremesa, ele me chamou.

Já tive amigas que se apaixonaram à primeira vista, e depois deu tudo errado. O que, de fato, eu acreditava é que as pessoas deveriam se conhecer primeiro e depois, com o tempo viria o amor, a vida seria tranquila e segura. Era isso que eu estava procurando, não um romance inesperado e arrebatador.

– Ann, deita aqui para você repartir comigo um pedaço da sua torta.

Será que o meu sonho era uma premonição? Fui para cama "meio sem jeito" e sentei encostada na cabeceira. Ele me puxou para perto dele e beijou minha mão no dorso e na palma. Rindo, tomou meu prato.

– Devolva, Brady, esse prato é meu.

– Eu quero te dar na boca, é só isso.

Ele cortou os pedaços e foi me dando na boca. Nós ríamos de algumas coisas do filme e eu ria das caretas dele. Era um palhaço, além de incrivelmente lindo.

– Esse é o último pedaço, minha fada, você vai comer de um jeito diferente.

O que ele estava querendo dizer?

Ele colocou a última fatia na boca e me beijou. Nunca imaginei que fosse tão perfeito. Escutei ele colocando o prato no criado-mudo e depois me levou para mais perto dele. Nosso beijo estava calmo e delicioso. Quando parou me deu vontade de pedir que continuasse.

– Você é a fada dos meus sonhos, eu te desejo tanto que chega a doer, sabia?

– Brady, tínhamos combinado de deixar as coisas entre nós se acalmarem um pouco.

Ele me olhou com tanta firmeza, e de uma maneira tão direta, que eu não pude desviar o olhar. Ficamos nos olhando por não sei quanto tempo. Foi tão intenso... Ele olhou para a minha boca e eu sabia o que ele queria. Quando me fitou nos olhos de novo, eu sabia o que ele iria me dizer, eu só não podia acreditar.

– Eu quero te conhecer melhor e quero que você me conheça de verdade, só peço uma chance.

Ele beijou a ponta do meu nariz. Estávamos muito próximos, fiquei constrangida. Ele estava sério e eu fiquei calada.

– Hoje eu convoquei uma reunião para conversar com os meus irmãos, meu pai e Mag. Estou falando isso para você, pois eu não sabia o que fazer com os meus sentimentos. Como eu te disse, eu nunca me apaixonei, estava precisando de ajuda. Nós somos estilo mosqueteiros, um por todos e todos por um.

– E o que eles disseram sobre mim, quer dizer, sobre nós?

Eu não sabia o que falar.

– Alguns achavam que eu tinha ficado maluco de querer terminar com a Samantha. A grande maioria, porém, achou que você é perfeita para mim, inclusive o meu pai.

Isso não estava nem na primeira hipótese do meu pensamento. Fiquei sem um raciocínio lógico.

– O quê? O que foi que ele disse?

Agora até gaguejando eu estava, legal.

– Primeiro, ele disse que eu deveria terminar com a minha namorada. Depois aconselhou que eu passasse um tempo com você. Foi o que eu fiz, literalmente. Antes de você falar qualquer coisa, quero dizer que eu não conseguiria mais ficar fingindo que eu estava interessado nela depois de conhecer você.

Ele fala de uma forma tão séria, que eu podia até achar que era verdade. Me sentia péssima por saber que outra mulher estava levando um fora por minha causa.

– O quê? Você terminou com ela? Como?

Levantei e fiquei andando de um lado para o outro e disse para ele o que isso significava, o que essa mulher tinha passado levando um fora por telefone. Será que ele não tinha coração? Quando eu olhei, com raiva, percebi que ele me observava sem falar nada. Até que me acalmei e sentei na poltrona. Sério, eu não queria me aproximar dele, não naquele momento.

– Ann, eu falei com ela por Skype. Sei que deveria ter sido pessoalmente, só que eu me cansei de trair, de mentir para ela. Sam é uma amiga, acima de tudo. Eu a magoei cada vez que a traí, eu sei, mas queria sentir algo mais do que uma simples atração. Eu queria que você soubesse que eu fiquei arrasado em fazê-la sofrer, mas nunca poderia dar certo. Fui um idiota em aceitar namorar com ela. Sam é gentil, meiga, generosa, se doa para os outros. Não foi só por você, foi por ela, principalmente. Acho que ela pode encontrar um cara que a ame e a faça feliz. Quem sabe ela possa me perdoar um dia.

Senti um ciúme do carinho com que ele falou da namorada. Eu queria um tempo para pensar.

– Certo, eu vou tomar um banho e continuamos a nossa conversa depois. Me espere, eu não demoro.

– Tudo bem.

Ele fechou os olhos e parecia estar sofrendo. Eu queria tanto acreditar nos sentimentos dele e nos meus. Mas tudo isso acontecia em cima do sofrimento de outra pessoa, e estava tão errado.

Separei um short jeans e uma blusa preta, um conjunto de calcinha e sutiã azul marinho. Não queria usar roupas de baixo feias. Fui correndo para o banheiro, tranquei a porta para ele não entrar e pronto. Será que eu iria conseguir resistir? Meu controle estava por um fio.

Tirei e joguei a minha roupa no chão, entrei no chuveiro, lavei o cabelo e passei o sabonete pelo corpo rapidamente. Escovei os meus dentes, me sequei e coloquei a roupa. Não queria pensar em nada, senão eu enlouqueceria. Penteei meu cabelo para trás e saí.

Quando eu abri a porta do banheiro para começar a falar, ele tinha sumido. Ele disse que iria me esperar, para onde ele tinha ido? O celular dele estava em cima da mesa, o chinelo dele estava na varanda, ele não tinha sido maluco de sair no meio de uma tempestade. Em breve a chuva iria engrossar e não daria para enxergar nada. Droga!

Desci a sacada e fui pela trilha. Quando chegou na bifurcação eu não tinha ideia para onde ele tinha ido. E agora?

– E agora, para que lado eu vou?

Um trovão ressoou bem do meu lado esquerdo. Sem pensar fui seguindo a trilha, até que o encontrei observando o mar. Ele estava ensopado, ficaria doente e eu também.

– Brady!

Ele não me escutava, a arrebentação estava muito forte por causa da chuva, então eu fui me aproximando até ficar atrás dele. Não sei o que deu na minha cabeça, mas eu o abracei por trás. A única coisa que ele fez foi entrelaçar os dedos com os meus. Ficamos assim por um tempo, até ele virar para mim e dizer:

– Ann, você está congelada, seus lábios estão tremendo.

Ele me beijou com tanta intensidade, que o frio foi embora na hora. Eu o agarrei pelos cabelos, era um momento mágico. Nos beijamos até que ele me levantou no colo e voltamos pela trilha. O corpo dele estava quente e eu me entreguei à sensação.

– Vamos para o banheiro, você está tremendo.

Ele fazia tudo tão rápido, que eu não conseguia acompanhar, acho que deveria ser o frio. Ele me deixou só de calcinha e sutiã, ainda bem que era um conjunto simples, mas ele tirou a camisa e entrou comigo no chuveiro. A água quente ajudava com o tremor, mas ele ajudava ainda mais.

– Você está melhor?

Como eu podia falar? Eu estava hipnotizada com o cheiro e o corpo dele.

– Desculpe, eu não queria que você tivesse uma hipotermia. Vamos nos secar.

Eu concordei com a cabeça. Ele não tinha dito nada de mim e eu estava ficando com vergonha. Será que ele não tinha gostado do que viu? Já que ele tinha tido milhões de outras mulheres.... Após sairmos do box, ele pegou uma toalha, e me enrolou. Pegou outra, secou meus braços e pernas. Ele estava fazendo como um socorrista daqueles filmes de ação. Quando ele se abaixou, eu vi uma tatuagem de dragão. O desenho era praticamente idêntico ao do meu vestido, só que o dele se movimentava a cada movimento dos músculos. Eu estava ficando louca só de pensar em tocá-lo. Foi como se ele escutasse os meus pensamentos e olhasse para mim. Ele riu e levantou.

– Olhe, eu vou tirar a minha bermuda, mas não se preocupe pois eu estou de sunga, ok? É que eu não quero molhar tudo.

Eu fiz de novo um movimento com a cabeça, pois, se eu falasse, seria para pedir que ele ficasse comigo, mas depois eu, com certeza, me arrependeria. Ele tirou a bermuda e pendurou no box, estava encharcada. Ele foi até o quarto, fechou a porta da sacada, e, quando voltou para o banheiro, trouxe uma cadeira, me fez sentar e ligou o secador. Só então eu achei a minha voz.

– Brady, o que você está fazendo?

– Vamos secar um pouco o seu cabelo, senão você vai começar a tremer de novo.

Ele secou um pouco, estava só úmido. Pegou a outra toalha, secou os braços e as pernas, e esfregou a toalha nos cabelos. Brady tinha um corpo divino e eu percorria as gotas de água que teimavam em escorregar por ele. Naquele momento, eu não queria nada além de ficar com ele, tocar aquele corpo escultural. Tomei a iniciativa, levantei e o abracei. Meu corpo queria fazer algo que eu não queria, ou talvez quisesse. Ele me deixava tão confusa.

– Brady.

Ele me abraçou e me beijou lambendo os meus lábios. Com uma mão, ele me pegou pela cintura, para ficarmos colados, e a outra ele movia pela minha barriga, me acariciando de leve. Subiu para o estômago, as costelas, meu coração estava disparado e a minha respiração ofegante. Enquanto ele aprofundava o beijo e repetia aquelas carícias, eu sentia como se, em vez de sangue, fogo corresse pelas minhas veias, passando por todos os pontos do meu corpo.

– Eu te quero tanto, minha fada, você é linda, deliciosa, tudo o que eu preciso.

– Brady, eu...

De repente, começou a tocar o celular dele, era uma música com uma letra que sugeria como ele era com as mulheres.

Go, go, go, go
Go, go, go shawty
It's your birthday
We gon' party like it's your birthday
We gon' sip Bacardi like it's yo birthday
'Cause you know we don't give a fuck
It's not your birthday!

You can find me in the club, bottle full of Bud
Mama, I got what you need, if you into takin' drugs
I'm into having sex, I ain't into making love
So come give me a hug if you into getting rubbed

Vai, vai, vai
vai, vai, vai, gata
é seu aniversário
vamos curtir como se fosse seu aniversário
vamos beber Bacardi como se fosse seu aniversário
e você sabe que não estamos nem aí
por não ser seu aniversário

Você pode me achar no clube
Garrafa cheia de Bud
Mamãe, tenho o que você precisa
você precisa se sentir ligada
quero fazer sexo, não quero fazer amor
venha me abraçar, se quiser transar.

– Não acredito, o que ele quer? Droga!

Me afastei dele, ele tentou me puxar, mas eu neguei. Ficou chateado e foi para o quarto. Eu precisava ficar longe dele. A porta estava aberta e as minhas pernas tinham virado gelatina mesmo. Fiquei ouvindo ele falar.

– Peter, o que você quer?

– *Ei, amigo. Acho que eu estou atrapalhando, não é?*

– Claro que está! Eu já enviei os documentos todos assinados. Fiquei feliz de termos vendido dez dos melhores carros esse mês. Quero que você separe um *Aventador LP 700-4 Roadster* vermelho, e ligue para o meu pai para perguntar o endereço de uma pessoa de Nova York, ele já sabe quem é. Peter, tente resolver tudo até eu voltar, ok?

– *Será semana que vem, não é?*

– É, o que houve?

– *Se você não vier e apertar o pessoal, eles não vão entregar a loja para a inauguração.*

– Que merda! Não diga isso. Se essa loja não estiver pronta em 20 dias, eu vou perder milhões de dólares por dia, fora a festa de inauguração que terei que cancelar. Você já tentou de tudo? Eles nunca atrasam.

– *Eles nunca atrasam. Estão fazendo corpo mole porque o chefe mesmo não está aqui. Então, antecipe a sua viagem, amigo, senão vamos ter muitos problemas.*

– Ok, vou ligar para esses idiotas. Eu sei que não vai adiantar muito, mas vou tentar antecipar a viagem. Eu não tenho uma folga mesmo.

– Peter, essa música que você escolheu é uma merda, seu cretino.

– *Fazer o quê?*

– Ok, vou tentar mudar as coisas e chegar antes. Me avise qualquer coisa.

–*Ok, vou tentar.*

– Tchau.

Depois que ele desligou o telefone, andou pelo quarto só de sunga, passando as mãos pelos cabelos. De repente, deu um soco na parede. Sério, ficou um buraco. Eu fiquei de boca aberta.

Abriu a porta da varanda e ficou encostado na porta com um dos braços para cima. O dragão me olhava como se dissesse: você está com medo de mim? O que eu iria fazer agora? Medrosa. Ele ficou parado e o dragão era idêntico ao do meu vestido. Seria uma coincidência? Ele parecia tão chateado.

– Brady, quando você fez essa tatuagem?

Ele não virou, mas eu percebi que os ombros dele relaxaram um pouco, porém, continuou olhando para a chuva lá fora.

– Você notou que é igual ao do vestido que você fez? Meu pai, Mag e David também notaram. Eu fiz essa tatuagem quando tinha dezoito anos, e não tenho ideia por que você foi fazer um vestido com o mesmo dragão.

Foi aí que ele me olhou. E agora, o que eu iria falar mesmo?

– Olha, me desculpe, eu não devia ter te beijado dessa forma. Preste atenção, eu não estou mais namorando, eu e a Samantha terminamos.

– Não foi legal, da mesma forma. Acho que você deve ir embora e amanhã a gente conversa, por favor.

– Tudo bem. Só que eu quero, depois do nosso compromisso, que você vá comigo buscar a minha prima que está chegando da França para o casamento. Ela é como uma irmã para mim.

Isso eu podia fazer e, sinceramente, eu estava muito abalada com tudo o que tinha acontecido até então, até porque fui eu que comecei.

– Tudo bem, agora boa noite, Brady. Eu preciso pensar em tudo isso, acho que está acontecendo tudo muito rápido.

– Uma vez eu ouvi alguém dizer que o amor acontece de formas e em tempos diferentes, conforme a pessoa. Acho que a nossa relação está indo super rápido, porém é mais forte do que o de qualquer outra. Pense nisso.

Ele veio até onde eu estava parada, enrolada na toalha, e me deu um selinho. Quando ele ia fechar a porta, eu me lembrei que ele estava só de sunga e que, assim, ele iria causar um ataque nas pessoas que passassem no corredor.

– Brady, espera. A sua roupa! Você vai assim? Alguém pode ter um infarto ao ver você.

Ele riu, porém era um sorriso triste, como se tivesse adivinhado o que eu estava pensando... Que uma mulher iria vê-lo assim e o puxaria para o quarto. Será que ele faria isso? Por que, simplesmente, eu não fiquei calada? Ele esperou que eu o olhasse nos olhos. Ele mataria qualquer mulher só por existir.

– Não se preocupe, minha fada, eu me mudei para a suíte 149. Não posso ficar longe de você, uma parede é o máximo de distância que eu posso suportar.

Sério, ele não podia dizer que tinha se mudado para o quarto ao lado do meu e ir embora. Agora quem ficaria pensando nele seria eu. E como seria a minha noite?

Ele mudou de direção e foi pela sacada e eu fui atrás dele. Vi quando ele deslizou a porta e entrou no quarto ao lado. Depois de tudo o que aconteceu, ainda tinha mais essa... Eu vou ficar maluca e eu não posso nem ficar de porre, porque promessa é algo que eu não quebro nunca. Ainda mais uma promessa para George.

Ok, Elizabeth, você consegue ficar sem pensar nesse homem por uma noite...

Com isso, me vesti e fiquei deitada assistindo TV. Eu passava pelos canais sem nem me concentrar. Quando eu olhei meu celular, vi que já eram onze da noite. Que horas seriam em Nova York?

Eu queria falar com uma das minhas amigas para dizer o que estava acontecendo comigo, mas elas estavam super ocupadas. Eu sabia que só dormiam uma ou duas horas por noite quando estávamos com um fluxo de trabalho intenso. Entrei na internet e vi que elas estavam on-line, então mandei uma mensagem para elas dizendo que eu precisava conversar. O meu celular tocou logo depois que eu enviei a mensagem. Karen ligou primeiro. Ninguém ganha dela na discagem rápida.

– Karen.

– *O que houve? Você nunca faz esses pedidos na internet. Não me diga que o meu pai conseguiu e eu não vou ter que aturar aquela magricela.*

– Melane é uma pessoa legal, só é burra. Ela não tem culpa de ser desprovida de inteligência.

Pelo menos eu ri, já era um começo.

– *Ok, se não é sobre você e o meu pai, quem é o cara? Vai logo dizendo, pois eu estou cansada, enquanto você está em Cancún com um ficante. Isso é muito injusto.*

Eu precisava falar com alguém, e quem melhor do que a amiga meio irmã?

– Olha, ele é incrível, lindo, gostoso, beija super bem, tem mãos maravilhosas. Só que, segundo ele mesmo, era um mulherengo até ontem quando nos conhecemos. É isso, eu estou surtando! Quase fizemos amor no banheiro há alguns instantes.

– *O quê? Sexo? Já? Quem é você e o que fez com a minha melhor amiga?*

– Karen, pelo amor de Deus, me ajude! Ele se mudou para o quarto ao lado do meu, ele é o meu par como padrinho do casamento e ele terminou com a namorada de um ano.

– *Me diz quem é o cara para eu saber se vai dar pé.*

– É Brady Blinner, o playboy mais cobiçado do norte dos Estados Unidos da América.

– *O quê? Nossa, eu já o vi em algumas revistas e programas de fofocas. Ele namora com a modelo mais bem paga do mundo e é lindo. Não, maravilhoso. Uma vez eu vi uma foto dele de sunga. Nossa, ele é um deus grego e você, amiga, está encrencada.*

Me diga algo que eu não saiba.

– Eu sei, ele está disposto a tudo... E se eu te contar que ele é divertido, inteligente e parece estar realmente apaixonado por mim? Só que eu me preocupo em entrar numa relação de cabeça e no final ele ficar com outra. Ontem ele estava com duas na piscina, e o pior é que admite que já traiu muitas e muitas vezes. Brady saiu do meu quarto só de sunga e só sei que agora ele está bem aqui ao lado... Estou perdendo o bom senso.

– Olha, eu sei que você não gosta de cair de cabeça em relacionamentos, mas, às vezes, você tem que arriscar, tentar para ver o que vai dar. O casamento da sua mãe é no sábado e depois vocês tem mais uma semana para curtirem antes de iniciar as questões mais sérias. Por que você não dá uma chance a ele e vê no que vai dar? Você racionaliza demais.

Ela e seus conselhos... O medo me corroía.

– Será? Ele me chama de Ann e diz que eu sou uma fada.

– *Sério? Ninguém te chama assim, que original, eu amei. Ponto para o sr. garanhão.*

– Droga, Karen, queria que você e a Susan estivessem aqui.

– *Ai, Liza, eu também. Mas trabalho em primeiro lugar, esqueceu?*

Ela bocejou. Coitada elas, estavam trabalhando em dobro, só para eu poder estar aqui no casamento. Nós três éramos demais. Nós éramos muito unidas e eu sabia que poderia contar com elas para tudo.

– *Amiga, se você precisar de mim me liga. Vou falar a novidade para a Susan que deve estar tentando te ligar e com ódio de eu ter conseguido primeiro.*

– Ok, boa noite. Eu vou pensar no que você me disse.

– *Boa menina. Use bastante aquele corpo, beijos.*

– Tchau.

Eu me deitei na cama e fiquei rindo... Essa Karen era louca, normalmente ela liga depois só para me provocar.

O telefone tocou de novo e, com certeza, ela queria bagunçar comigo.

– Karen, pelo amor de Deus, eu vou pensar, ok? Talvez eu o use muito, mas isso fica para outra hora, vai dormir.

– Que tal se for agora? Eu só queria um beijo de boa noite, mas se você quiser me usar, eu aceito.

Foi então que eu percebi que não era ela do outro lado da linha.

Droga! Era Brady... Só o que me faltava.

Ai que vergonha. Só acontece esse tipo de coisa comigo.

– Brady, eu achei que fosse a minha amiga, desculpe.

– Eu percebi. Você vai pensar em nós, sério?

– É, vamos tentar nos conhecer melhor. Não estou dizendo que estamos namorando, só nos conhecendo. Agora vá dormir.

– Eu quero o meu beijo, estou indo para o seu quarto. Tchau, minha fada, é só um beijo.

Quando ele desligou, eu fiquei com taquicardia. Disse que queria usá-lo e que nós tentaríamos nos conhecer. Deixei isso bem claro. Será que ele iria entender? Um beijo levaria a outras coisas...

– Ann?

Eu fui para a porta da sacada e, quando eu abri, ele estava só de short, e tudo o que eu podia pensar naquele momento é que Brady é completamente lindo. A chuva já havia passado, ele podia ir e vir da sacada quando quisesse, isso era ótimo e eu ficaria sem dormir pensando nisso.

– Eu já estava com saudade de você, não quero que se arrependa de me dar uma chance. Agora, que tal me dar aquele beijo de boa noite? Fica paradinha aí.

Ele me puxou e me prendeu na parede. Nós ficamos nos olhando, ele chegou a centímetros da minha boca e ficamos assim. Como ele percebeu que eu não o afastei, foi em frente.

– Obrigado por me dar uma chance, você não vai se arrepender.

Nós mal podíamos falar, o beijo tinha sido um cataclisma de emoções e sensações, a voz dele estava rouca pelo desejo.

– Eu espero que possamos nos conhecer realmente.

– Você quer que eu te acorde amanhã umas oito e meia? Está bom para você? Não vamos sair antes de você tomar café.

– Ok. Como você descobriu o meu número, afinal?

– Eu pedi ao meu pai e ele me deu, só falta uma coisa.

– O quê?

– Cadê o seu telefone?

Com ele, tudo o que eu controlava ia para o espaço. Eu o queria mais do que tudo. Peguei o celular e ele estava rindo para mim. Aquelas covinhas deixavam qualquer mulher sem ação. Quando entreguei o aparelho para ele, nenhum pensamento passava pela minha cabeça.

Ele ativou a câmera e tirou uma foto dele mesmo, sorrindo. Não sei como ele salvou mas, depois que ele saísse, é claro, eu veria o que tinha feito.

– O que você está fazendo?

– Só estou salvando o meu número no seu celular. Agora eu vou tirar uma foto sua e colocar no meu.

Foi aí que eu vi que o celular dele estava pendurado no short. Ele devolveu o meu telefone e estava curiosa para ver o que ele tinha colocado. Mas, espera... Tirar uma foto minha assim?

Brady tirou a foto e já estava salvando quando eu tomei o telefone da mão dele.

– Você ficou louco, eu estou horrível.

Ele veio super rápido e me jogou na cama, tomou o celular da minha mão e me beijou. No começo, eu me debati, e depois me deixei levar pela sensação incrível que era beijá-lo, a boca macia, quente e carnuda. Parou de me beijar, riu e mordeu de leve o meu pescoço, o que acendeu ainda mais a vontade de fazer amor com ele.

– Ann, você me encanta e me deixa te querendo tanto que, se eu te beijar mais uma vez, eu vou ter que fazer amor com você, agora.

Eu entrei em pânico, eu não podia me entregar assim. Não. Eu ainda estava digerindo tudo o que aconteceu.

– Brady, nós não podemos, ainda não.

Ele fechou os olhos. Eu já tinha percebido como ele era bem dotado quando ele estava só de sunga. Sabe aquele homem perfeito? Pois é.

– Brady, amanhã você me acorda, agora vá tomar um banho frio.

– Minha fada, nem um banho no Polo Norte serviria para esfriar o que eu estou sentindo por você agora.

Que voz sexy e sedutora ele tinha. Era forte e um calor emanava do corpo dele. Tinha um cheiro delicioso, masculino, que me deixava em transe.

Cada parte do meu corpo estava pronta para o toque dele. Ele estava beijando e lambendo o meu pescoço, e isso estava me deixando toda arrepiada e totalmente consciente de cada parte do corpo dele. Eu só conseguia sentir, eu não conseguia falar mais nada.

Droga, eu queria tanto tocá-lo, porém, se eu o tocasse, nós não pararíamos por aí. Eu precisava recuperar, pelo menos, a minha voz.

– Brady, por favor, nós ainda...

– Ann, posso dormir aqui com você?

– Não.

Ele riu.

– Só dormir, eu prometo.

Eu estava cansada e ele parecia cansado também.

– Tudo bem.

Assim, dormimos abraçados.

Brady

Ela era perfeita com os cabelos bagunçados pelo vento que entrava pela sacada. O rosto estava rosado, o que a deixava mais encantadora ainda. Ela era perfeita para mim. Já era a segunda vez que eu a encontrava assim. O que eu mais queria era olhar para Ann todas as manhãs e ter essa visão todos os dias. Agora eu faria o serviço de quarto para a minha pequena fada dorminhoca.

O cheiro dela na cama, que ainda estava quente, estava me deixando louco, só de pensar no calor do corpo dela. Cereja, era essa a fruta que faltava no cheiro dela. Que coisa mais idiota para se falar, ela só riu da minha reação.

Ela estava me analisando. Hoje eu estava feliz pelas horas de malhação diária, pois ela me olhava com um desejo e isso estava me deixando no limite, nós sabíamos o que poderia acontecer. Eu posso sentir a tensão que nos liga, mesmo assistindo TV. Poderia tocar aquelas pernas delicadas, branquinhas e a cintura fina, nessa roupa de dormir de algodão simples. Tudo o que eu mais quero é tocar a pele dela, sentir o seu perfume. Eu precisava ter calma.

Se ela achava que eu iria desistir estava sonhando... Não, eu não deixaria isso acontecer, eu não seria o outro de jeito nenhum.

Ela era dureza. Só assim eu teria certeza de que nenhum palhaço ficaria sondando o que é meu. Com ela em meus braços, sussurrei a centímetros dos lábios de minha amada. Eu sentia que o olhar dela mexia com todos os meus músculos que vibravam. Seria o céu quando eu a tocasse.

Eu sabia que ela iria ficar chateada, porém Ann era tudo o que eu precisava e queria. Apesar de gostar de Sam, nunca seria nem a metade do que eu estava sentindo pela Ann.

Pelo menos ela não me colocou para fora, com certeza era o que eu estava esperando.

Ela fugiu para ter um tempo e me deixou sem saber o que fazer. Nunca precisei esperar e isso era péssimo. Levantei da cama enquanto ela tomava banho. Tinha que sair de perto do cheiro dela, senão eu arrombaria a porta do banheiro, o que seria pior. Fui até a sacada e estava chuviscando. O vento estava forte, muitos relâmpagos cortavam o céu e os trovões eram ensurdecedores. Mesmo assim, e apesar de estar escuro, eu percebi uma trilha que passava bem perto da sacada. Será que era por lá que minha fada escapava até a praia?

Deixei o chinelo na sacada, pulei a mureta e fui andando devagar, até uma bifurcação. A piscina era para a direita, dava para ver as luzes, e a outra deveria dar direto na praia. Acabei seguindo a da esquerda, queria ver por que ela gostava do mar à noite. Continuei mais uns cinquenta metros na escuridão e a visão me pegou desprevenido.

O mar era maravilhoso, com as ondas enormes, e a espuma parecia tão branca na escuridão que era como se fosse pintada. Eu fechei os olhos e pedi a Deus que me ajudasse a conseguir amar e ser amado. Estava me sentindo tão conectado à vida. Tudo havia mudado em apenas um dia, e eu queria passar a vida toda ao lado dela, tinha certeza. Como alguém poderia amar mais o mar à noite do que durante o dia? Só mesmo a minha fada. Ela era tudo o que eu queria.

O toque dela era incrível, me deixava elétrico, mas ela tinha que se secar para não ficar doente. Eu a beijei, e olhar para ela no meio da chuva foi perfeito, ela se encaixava completamente na minha vida. Ela abriu os lábios e eu a beijei para valer, eu queria muito isso. Mordiscava os lábios e o sabor dela era de menta e mel. Ela era incrível! Quando a chuva engrossou, eu a levei de volta e a coloquei na sacada. Entramos no quarto e molhamos tudo. Eu tirei a minha camisa, torci e deixei na cadeira.

Quando virei para tirar a bermuda, ela me olhava... Estava pingando e de boca aberta. Eu tirei a roupa dela e a coloquei debaixo do chuveiro quente, acabei entrando também. Ficamos abraçados até que o tremor parou. Ela era delicada e a visão dela de roupa íntima era um soco no meu estômago, eu estava preocupado, pois ela poderia pensar que eu estava me aproveitando da situação. Mas, por favor, eu não sou cego e percebi o quanto ela estava atraída. Eu sabia que ficaríamos juntos e ela seria minha para sempre.

Quando eu senti o quanto ela me queria também, ela arqueou o corpo instintivamente, enquanto eu beijava e lambia seu pescoço. Eu estava pronto para fazer amor e sei que ela sentiu o quanto eu a queria. De qualquer maneira, não dava mais para esconder.

Mas que merda, por que o Peter tinha que ligar justo agora? E essa música idiota que ele escolheu. Eu sou um imbecil de deixar ele colocar, merda. Sempre sonhei com a loja de motos, mas se o negócio desse errado, eu teria um prejuízo de muitos milhões de dólares na venda das motos.

Ela tinha razão, eu precisava de um tempo mesmo. Ela desconfiava tanto de mim que era difícil saber se um dia ela acreditaria que ser mulherengo é passado. Nunca imaginei que uma coisa tão pequena doesse de verdade.

Depois que eu soube que ela pensava em me usar, precisava ter meu beijo de boa noite. O cheiro dela me deixava fora de mim. Eu queria ir com calma, porém a minha vontade e o meu desejo por ela superavam a lentidão que eu tinha programado para aquele beijo. Eu simplesmente devorei e explorei cada parte da boca sensual da minha fada. O sabor dela era viciante. Como eu a queria... Até que, por fim, eu tive que finalizar o beijo. Ann não seria totalmente minha se nós acabássemos na cama. Mas como eu queria que isso acontecesse... Sei que ela vai ser minha e, quando isso acontecer, eu quero fazer com que nós não esqueçamos jamais.

Eu passei de leve o nariz no pescoço dela. Ela se retorcendo embaixo de mim estava me deixando a ponto de esquecer o que tínhamos combinado anteriormente, eu sentia a pulsação dela nas alturas. Eu queria que ela sentisse o que eu sentia neste momento, era tão forte. Era verdade. Eu estava acabado, dormir junto aliviaria todo o stress de ficar pensando nela. Pelo menos por enquanto.

As flores

Capítulo 8

Eu acordei encostada em algo duro, e que respirava tão gostoso. De repente, veio tudo o que aconteceu durante a noite, e ele estava beijando o meu pescoço e me abraçando.

– Bom dia, minha fada, desculpe te acordar tão cedo. Vou tomar banho e vou para a academia malhar. Volto em uma hora e meia para te buscar para o café da manhã. Volte a dormir, vou fechar a cortina. Sonhe comigo, não demoro.

– Brady.

Eu estava tão mole ainda que eu não podia nem abrir os olhos

– Volte a dormir, sabe o que eu descobri?

– Hum...

– Eu descobri que eu não estou só apaixonado por você: eu te amo!

Com isso, ele me beijou com um selinho, chupou o meu pescoço e chegou perto do meu ouvido.

– Eu te amo, minha fada, agora durma.

E eu cai no sono até ele voltar. Amor? Será que poderia ser verdade? Eu estava tão relaxada, tinha tido uma noite maravilhosa, dormir com ele era tão bom.

Quando eu acordei de novo, o quarto estava gelado, a cortina fechada e o Brady tinha ido embora. Eu senti falta do calor do corpo dele junto ao meu. Mais uma vez eu tinha me deixado levar e ele disse que me amava. Dizer que eu acreditava totalmente era uma ilusão, mas fiquei muito feliz em escutar. Me espreguicei e desliguei o ar. Quando eu abri as cortinas o sol estava tão forte que eu precisei fechar os olhos um pouco para me acostumar. Então, alguém bateu na porta.

Eu sabia que era ele. Será que ele nunca podia chegar quando eu estivesse arrumada? Ele bateu de novo, será que não desistia?

– Brady, nós não íamos tomar café no restaurante?

– Eu disse que nós iríamos tomar café antes de sair, mas prefiro no seu quarto, assim aproveito um pouco mais de você sem ninguém bisbilhotando. Tem vários jornalistas chegando. Depois de descobrirem o local e a data do casamento dos nossos pais, e acho que já deve ter saído na mídia sobre o final do meu namoro com a Samantha, eles devem estar querendo saber com quem eu estou.

– Com toda a sua fama, não é de se estranhar.

– Eu sei. Posso entrar? Estou faminto e você também deve estar.

– Ok. Estou com muita fome também.

Ele me pegava pela barriga, eu sou uma faminta e ele também, só que a diferença é que eu sou uma sedentária de carteirinha. Brady colocou o carrinho perto da mesa e me puxou para perto dele.

– Vamos, venha tomar café, depois eu te dou um banho.

– Brady, não tem graça, você não vai me dar um banho.

Ele me fez sentar, deu um beijo no meu pescoço e sentou ao meu lado. Estava lindo como sempre, com uma calça desbotada e uma camisa branca. Ele ficava perfeito de qualquer maneira.

– Ainda não, pois com certeza vamos chegar atrasados na floricultura.

Nós nos servimos e comemos quase tudo o que veio no carrinho: sanduíches, panquecas, sucos, iogurte, café com leite, e geléia com torradas, que eu percebi que ele gostava muito. Enquanto comíamos, conversamos sobre o meu trabalho e o trabalho dele. Ele me contou que tem uma loja de carros da Lamborghini e que estava trabalhando na inauguração de uma loja de motos da BMW.

– Quando estivermos em Detroit, quero te levar para passear na minha moto, você vai gostar muito. De repente, até te dou uma de presente.

Ele estava louco, eu nunca andei de moto, a taxa de acidentes é altíssima em comparação com os carros. Não mesmo.

– Eu tenho pavor de andar em motos.

– Amor, eu jamais colocaria a sua vida em perigo.

Com isso, ele me beijou e lambeu o meu pescoço. Ele adorava fazer isso e eu nunca me acostumaria com a sensação da boca e da língua dele, o meu corpo todo se arrepiava.

Brady, o que você está fazendo?

–Só quero demonstrar o que eu sinto por você.

Ele murmurava, enquanto mordiscava o lóbulo da minha orelha.

– Você gosta?

– Eu, eu...

– Gosta quando eu faço isso?

Ele me beijou forte, foi quando ele deu uma mordida de leve nos meus lábios e me colocou no colo dele. Não sei porque eu envolvi a cintura dele com as minhas pernas, era como se o meu corpo tivesse vontade própria.

– Brady, você faz o meu corpo fazer coisas que o meu cérebro diz que estão erradas.

– Nós dois somos certos um para o outro, eu vou provar que eu só quero você.

Ele me beijava enquanto apoiava uma mão na minha nuca e a outra, que estava me apertando contra ele foi para baixo da minha blusa, mas só tocou na minha cintura. Se ele subisse um pouco mais, as coisas poderiam fugir do controle.

O que fazer com um homem que parece um trator? Vai avançando e me deixando sem saber o que fazer.

– Eu te amo, minha fada.

Era difícil ter que parar. Se, de fato eu quisesse mostrar que era diferente, teria que dar tempo ao tempo.

– Eu amo te olhar, e assim você fica perfeita. Agora vá tomar banho enquanto eu faço umas ligações. Coloque um biquíni por baixo da sua roupa, quero te levar a um lugar mágico! Uns amigos me recomendaram, mas nunca tive vontade de ir. Agora eu quero ir com você, mais tarde.

– Eu não quero colocar um biquíni.

Eu sei que estava sendo teimosa, mas no ritmo que as coisas estavam indo, seria impossível pensar racionalmente.

– Então você vai tomar banho sem nada, e aí eu não me responsabilizo pelos meus atos.

Eu fiquei calada, o que eu poderia falar? Ele parecia estar falando sério, e o sangue irlandês era forte até na forma de pronunciar as palavras, com um sotaque tão carregado, que eu tive certeza que ele realmente estava falando sério.

– Tudo bem, então.

Acenei com a cabeça, ele me beijou, virou e foi para o quarto. Eu vi quando o tom de azul dos olhos dele escureceu pelo desejo. Eu amava aquela mudança. Tudo estava contra a minha racionalidade em me envolver, eu não sabia muito bem como agir. Seria possível me amar assim do nada? Acho que eu não poderia me entregar assim, não tão rápido. Fui tomar banho enquanto eu escutava ele falar com o tal Peter, ele xingava depois ria. Era ótimo escutá-lo, era uma sensação de tranquilidade que eu não conseguia explicar muito bem.

Terminei o banho, me sequei e voltei para o quarto, ele estava na varanda comendo uma maçã. Acho que ele tinha que comer muito para manter um corpo de quase dois metros de altura e todo musculoso, precisava ter energia. Ele virou como se soubesse que eu o estava admirando e riu.

– Vem aqui.

Ele estava com aquele azul anil no olhar e isso me dizia que algo poderia acontecer. Eu só sacudi a cabeça dizendo não. O que ele fez me impressionou. Brady deu uma gargalhada, sabia que eu estava com medo.

– Vem aqui, se não eu vou te beijar a manhã toda e vamos ter que remarcar a floricultura para outro dia.

Eu fui devagar até a porta da sacada e ele ficou sentado na muretinha. Com o dedo indicador ele mostrou que era para eu ficar entre as pernas dele. Continuei andando devagar e ele puxou e me abraçou, o calor da respiração dele no meu pescoço e no meu cabelo fazia a minha pele ficar toda arrepiada.

– Olhe para mim, eu te quero tanto... Quero saber se você quer que eu te beije de verdade.

Agora ele estava me pedindo permissão? Vai entender... O pior era que eu queria muito esse beijo.

– Você quer que eu te beije?

– Só um beijo e eu vou me arrumar.

Acho que ele era treinado para ser rápido. Quando eu percebi, ele desenrolou a toalha e me beijou forte. Eu amava esse modo bruto de ele me pegar. O corpo dele cobria o meu pela frente e a toalha por trás, eu me senti exposta. Quando eu protestei, ele me levantou e fez eu me enrolar na cintura dele.

Ele me carregou até o quarto de volta e sentou na cama comigo no colo, nunca deixando a minha boca. Era um beijo devastador, até que ele parou e beijou de leve o meu pescoço.

– Ann, eu vou fechar os olhos e você vai se arrumar, não posso te ver sem nada mostrando esse corpo delicioso.

Ele me soltou de olhos fechados e colocou o braço em cima dos olhos, dava para perceber o quanto ele me queria. Levantei devagar, fui até o armário e coloquei um biquíni. Quando eu ia colocar a roupa, veio um pensamento pecaminoso de deixá-lo louco, assim como ele fazia comigo. De novo, meu corpo tomava conta dos meus atos.

Como ele estava na mesma posição, eu fiquei na frente dele. Brady tirou o braço e me olhou chocado, era ótimo saber que ele não esperava isso de mim. Eu fui tocando a barriga dele, levantando a camisa, até que ele me ajudou a tirá-la.

– Ann, eu te amo.

Os meus pensamentos estavam incoerentes. A sensação de loucura se desfez quando ele se afastou um pouco e disse que me amava. Eu não conseguia acreditar que, de novo, estávamos a ponto de fazer uma completa loucura, só que isso não podia acontecer.

– Brady, nós não podemos, por favor.

– Amor, precisamos terminar o que começamos, pois você vai ficar com isso no corpo e na cabeça assim como eu. Sei que você tem medo, mas, acredite, eu te amo e tudo que eu quero é ter você ao meu lado. Eu quero você.

Ele me beijou lentamente, eu abri os lábios e ele me beijou delicadamente, passou a ponta do nariz pelo meu pescoço. Ele me fazia querer que o meu juízo virasse vapor com todo o fogo que passava entre nós.

– Amor, eu vou ter você, e nesse dia eu não quero dúvidas, pois quero você toda para mim.

Caímos na cama e ficamos abraçados por muito tempo sem dizer nada. Ele acariciava as minhas costas, como para se acalmar, eu que fui procurar por isso. Queria explicar por que dizia que queria e ao mesmo tempo eu não queria.

– Brady, eu deveria ter pensado melhor antes...

Ele me calou com um beijo lento e a minha reação foi a mesma de sempre, ficar a mercê do toque dele.

– Eu sei que você me quer, e vou provar que você pode se entregar sem medo. Agora é melhor você se arrumar.

– Não estou em condições de discutir.

Ele riu e me carregou de novo no colo. Ele não tinha jeito mesmo...

– Brady, eu já disse que eu sei andar.

Eu não iria dizer que, no momento, eu achava até difícil ficar em pé.

– Eu adoro te carregar, agora vamos.

Eu tinha que rir, ele me deixava com uma sensação de liberdade. Então, ele veio por trás de mim e cruzou os braços na minha frente enquanto andávamos até o armário. Ele mordeu o meu ombro, se afastou enquanto eu colocava uma calça jeans e passava desodorante e perfume. Coloquei uma blusa azul, me maquiei rapidamente e coloquei um brinco delicado, acho que estava bom para um compromisso.

Ele me observava atentamente, mas isso já estava ficando normal. Ele veio e me beijava o tempo todo rindo, a alegria dele era contagiante. Eu percebi que o botão da calça dele estava aberto e, como eu já estava vestida, me sentia mais confiante em tocá-lo então, com uma ousadia que eu desconhecia, abotoei a calça dele.

– Vem cá.

Dessa vez eu fui e nos beijamos no meio do quarto. Foi a melhor manhã que eu já tive na vida, e ainda era segunda-feira, faltavam cinco dias para o casamento. O que eu iria fazer com ele depois? Era o prazo máximo que ele me daria, eu tinha certeza, a decisão teria que ser tomada.

Ele se afastou e pegou o celular e a chave do quarto dele, só nesse momento eu percebi que ele estava descalço. Ele olhou para o celular e balançou a cabeça.

– Estamos atrasados. Se for para ficar com você, eu nem ligo, os outros que esperem. Você vai de sandália?

Eu corri, peguei uma rasteirinha dourada. E, quando eu me virei, ele estava rindo ao ver a minha pressa.

– E você vai descalço?

– Vou comprar um sandália na loja.

– Você vai deixar a atendente feliz em duplo sentido.

– Não se preocupe, amor, você não vai sair do meu lado e sei que vai me proteger.

Nós deixamos as nossas chaves na recepção e, quando estávamos na loja comprando a sandália de borracha, a atendente me olhou triste. Naquele momento, o meu sentimento de posse estava presente, pois ele, em nenhum momento, largou a minha mão. Eu peguei os meus óculos de sol e foi aí que eu percebi que os dele estavam na minha bolsa. Quando ele tinha feito isso?

– Como os seus óculos vieram parar dentro da minha bolsa?

– Eles estavam no meu bolso, podiam quebrar, achei melhor colocar onde nada poderia acontecer com eles. Coloca em mim.

O que eu fazia com um ser humano que não tinha o menor pudor? Quando eu coloquei, ele riu e me beijou, só que os beijos dele eram sempre de tirar o meu fôlego. Depois que saímos da loja tinham uns cinco ou seis jornalistas tirando fotos e nós passamos direto. Quando saímos, ele abriu a porta de um Hammer amarelo que estava estacionado e ligado na frente do hotel. Ele me carregou, me sentou no banco e prendeu o cinto de segurança. Para finalizar, me deu um beijo.

Não dava para ver os olhos dele, com o óculos de sol, mas eu podia imaginar o sorriso zombeteiro dele. Os fotógrafos não paravam de clicar as câmeras, e eu sabia que logo o mundo ficaria imaginando que estávamos namorando. Nós parecíamos namorados, só que ainda estávamos nos conhecendo, era isso que eu tentava pensar enquanto ele dava a volta e entrava pelo outro lado.

– O que eles vão pensar sobre nós dois?

– Vão pensar em como eu estou apaixonado pela mulher mais linda e perfeita do mundo. Sinceramente, não ligo a mínima, uma hora ou outra eles iriam descobrir mesmo. Amor, eles precisam ganhar a vida, são trabalhadores também.

– Você não se preocupa com o que vão dizer os noticiários e revistas de fofocas?

Ele riu e beijou a minha mão.

– É claro que não. Eles gostam de especular, só que agora eles não precisam mais, está na cara que você me conquistou.

– Mas se eles me pararem, eu não estou acostumada a esse tipo de coisa, Brady.

– Não se preocupe, minha fada, eu te protejo do mundo todo, ninguém chega a um metro de você. Estarei sempre do seu lado, e depois você não vai ser só minha namorada, vai ser a minha mulher.

Ele era tão direto e decidido que eu achei melhor perguntar sobre algo mais trivial e fugir um pouco do ponto principal, enquanto estávamos pegando a estrada. Foi aí que eu vi uma caixa no banco de trás, era média e tinha uma rosa vermelha em cima e um cartão. Ele percebeu que eu vi, e riu quando eu não falei nada. O que ele estava aprontando? Será que era do dono do carro? Pelo sorriso que ele deu sabia o que era.

Brady parou o carro, destravou o cinto de segurança e me colocou no colo dele de novo. Ele queria mostrar que não era só o meu corpo que o interessava.

– Brady, porque você parou? Nós estamos atrasados.

– Calma, amor. Comprei um presente para você ontem à noite e quero ver como fica.

– Não precisa me dar nada, Brady.

Ele pegou a caixa, beijou a flor e me deu.

– Primeiro, quero que você saiba que, de hoje em diante, quero namorar sério com você, inclusive vou falar com a Bárbara e fazer o pedido. Segundo, todos os dias você terá uma flor e esta aqui é especial, pois eu mandei aplicar um produto para ela não murchar, quero que você a tenha para sempre, como o meu amor.

Ele me deixava totalmente apavorada e encantada ao mesmo tempo. Já estava completamente entregue e isso estava me deixando maluca, agora eu queria saber o que tinha na caixa.

– E a caixa?

Eu tinha visto o símbolo da *Tiffany*, e eu estava com medo do que ele poderia estar me oferecendo naquele momento.

– Bem, amor, eu sempre comprei presentes para minha mãe nessa joalheria. Nunca comprei nada lá para dar a outra mulher. Mas, você é a mulher que eu escolhi para mim. Ontem à noite, antes de voltar para o seu quarto, eu fiz o pedido para que eles entregassem hoje de manhã. Agora abra.

Ele era tão decidido que me fazia crer que realmente havia mudado. Eu abri bem devagar enquanto ele me olhava com aqueles olhos incríveis. Quando a caixa estava totalmente aberta vi que era um bracelete e, em cima, havia uma fada voando. Era delicado e lindo. Ele sabia exatamente o que estava fazendo comigo.

– É lindo, mas eu não posso aceitar.

Ele pegou o bracelete e colocou no meu braço.

– Como eu falei, é um presente para a minha namorada e futura esposa. Ficou perfeito em você. Eu medi seu braço ontem, quando deslizei minha mão sobre ele.

Ele riu e eu acabei rindo também. Era impossível dizer não para ele. A felicidade dele era enorme. Mas, seria certo ficar com um presente tão caro? E se não durasse?

– Amor, não se preocupe, se você não me quiser mais pode fazer o que quiser com os presentes que eu vou te dar. Esse é o único perigo que você corre, porque eu vou te amar para sempre, pode ter certeza disso.

Ele me beijou até eu perder o pensamento racional sobre o assunto. Então, ele interrompeu o beijo e beijou a palma da minha mão. Me colocou sentada e puxou o cinto de segurança. Outra dúvida surgiu, já que ele tinha sempre tudo programado nos mínimos detalhes.

– Brady, cadê o seu carro?

– Tive que trocar com o Nic, senão, depois do almoço, quando a Mandy chegar, ela vai ficar estressada por ter que dirigir depois de uma viagem longa.

– Eu posso dirigir, nesse caso.

Ele caiu na gargalhada de novo e beijou a minha mão, que ele não soltava para nada, e eu suspirei.

– Brady, por que você está rindo? Eu sei dirigir muito bem, para a sua informação.

– Eu não duvido, minha fada, só que você teria que ficar no meu colo, já que o carro só tem dois lugares. As coisas da Mandy não cabem naquele carro, ela anda com o triplo do que necessita.

Era melhor eu ficar calada, pois eu não queria me imaginar meia hora no colo dele, fora que a prima estaria do nosso lado e as coisas eram sempre quentes entre nós dois.

– Você poderia me deixar dirigir um pouco, então.

Ele riu de novo.

– Só se você ficar aqui no meu colo, você quer vir?

– Brady, deixa de brincadeira. Em Nova York eu quase não posso usar um carro, pois a Karen sempre quer ir me buscar. Ela é uma pessoa como você, que está sempre acostumado a ganhar.

– Amor, eu sempre ganho porque eu tenho razão. E eu adoro dirigir, e se eu estivesse no banco do passageiro, com as duas mãos livres, imagine o que eu iria fazer com você. Acho que não andaríamos nem um metro.

– Pensando bem é melhor não trocarmos de lugar.

Acho que ele era bem capaz de fazer isso mesmo, e eu não pagaria para ver.

– Ann, você passou protetor?

– Não, esqueci.

Ele me olhou feio.

– Tudo bem, eu já vou passar. Você pode largar a minha mão?

– Só se for rápido, e como é por uma boa causa, me preocupo com você.

Fui passar o protetor no rosto, no pescoço e nos braços, enquanto isso ele alisava a minha coxa, de uma forma tão gentil... De repente ele apertou, e a emoção chegou até o centro do meu corpo.

– E você? Eu sei que você gosta de ficar bronzeado. Acontece que os raios solares são prejudiciais em certos horários. Você, e alguns dos seus irmãos, são tão diferentes, a maioria é como o seu pai, tipo irlandês.

– A minha mãe era descendente dos apaches e ficou uma mistura louca mesmo. Mais tarde eu tiro a roupa para você passar protetor em mim.

Ele piscou e riu. Eu precisava mudar de assunto, algo fácil de falar sem criar ideias na minha cabeça. O som de uma música tranquila, acho que devia ser do estilo do Nicholas, completava o clima.

– Você conhece o lugar para onde estamos indo?

– Sua mãe me disse que é uma floricultura pequena no início da rua Miraflores. Já estamos perto. Olhe, é ali, Cancún Flowers.

Nós estacionamos. Se a loja era pequena, imagine a grande. Minha mãe, como sempre, era um exagero em pessoa. Fomos de mãos dadas e ele abriu a porta para eu entrar, sempre um cavalheiro. A loja era repleta de todos os tipos de flores e cores, e o cheiro era algo indescritível.

Ele vinha segurando na minha cintura quando uma senhora veio falar com a gente.

– *Buenos días, señorita*!

– Bom dia, nós viemos para escolher as flores dos buquês das madrinhas para o casamento de sábado.

– Sem problema, *señorita*, eu preparei quatro opções de buquês, venham por aqui.

Nós a seguimos e Brady chamou uma das atendentes, falou bem baixinho no ouvido dela, será que eles se conheciam? A moça sorriu e foi correndo providenciar alguma coisa.

– *Señorita*, aquí estão as opções de buquês.

O primeiro era montado com rosas em rosa claro e outras mais escuras, mas não combinava com o casamento da minha mãe. O segundo tinha só rosas cor-de-rosa claro e flores do campo, também achei que não ficaria legal com o vestido. O terceiro era lindo, uma mistura de orquídeas brancas com as pontinhas rosas, pequenos lírios, algumas rosas brancas e um toque com flores do campo. Era muito lindo mesmo.

De repente, a moça chegou com o último buquê e uma nota que Brady nem olhou. Puxou do bolso de trás da calça a carteira e entregou o cartão de crédito.

– Pode debitar tudo da minha conta.

– Ok, senhor, volto em um minuto com a sua nota finalizada.

Ele virou para mim e me entregou uma rosa imensa amarela. Por que ele tinha escolhido justo a amarela? A vermelha que simboliza o amor, não é? Acho que ele percebeu a minha dúvida e tirou o óculos, aqueles olhos me hipnotizavam.

– Sabe por que eu escolhi essa cor para você?

Ele me puxou pela cintura e eu perdi a voz, só sinalizei com a cabeça que não e o sorriso dele aumentou.

– Como eu já dei uma rosa vermelha hoje, eu escolhi a amarela, por que, para mim simboliza o sol. Você é o meu sol, eu te amo.

Depois disso ele me beijou até todo o meu corpo estar tremendo de desejo por ele. Só então eu lembrei que estávamos em uma floricultura. Ele me deu mais um selinho e todos que estavam na loja aplaudiram. Fiquei morta de vergonha, mas feliz por ele demonstrar os sentimentos por mim.

– Eu amo o seu cheiro de sol. Qual o buquê que você escolheu?

– Esse último, ele tem margaridas, rosas, flores do campo e essas minúsculas flores azuis e outras roxinhas que dão um toque especial. Amei esse, pode separar. São seis, por favor. E, para os padrinhos, pode fazer só uma margarida com flores do campo. Não quero que as flores roubem a atenção da noiva.

Brady me abraçou por trás e susurrrou no meu ouvido.

– Você acha que eu posso roubar a atenção da festa, mas acho que a minha princesa vai fazer todos os homens babarem. Só que vou estar ao seu lado o tempo todo, para ninguém te roubar de mim.

– Nós vamos almoçar com os nossos pais hoje?

– Parece que o meu pai tem algo importante para comunicar a todos, e isso inclui a minha namorada.

Eu ri, pois sabia que eu iria provocar o meu namorado, será que eu me acostumaria a pensar isso dele?

– Que namorada?

Ele me apertou mais ainda.

– Você é tudo que eu preciso e você é minha namorada, e vai ser muito mais.

– Eu ainda não disse sim.

Brady me girou e ficou me encarando sério.

– Diga a verdade para você mesma, nós sabemos o que vai acontecer e sabemos o que você quer agora.

Brady me carregou no colo, pegou o cartão e a moça abriu a porta para nós passarmos. Destravou o carro, fomos para o lado do motorista. Como estava muito quente, ele me colocou no banco, ligou o carro e o ar-condicionado. Ele me colocou no colo dele e fechou a porta, me prendeu entre o volante e me beijou, me mordia de leve, parecia que nós estávamos em um oásis no meio do deserto. Se era a verdade que ele queria, era isso o que ele teria.

– Tudo bem, eu quero você demais, muito mesmo, e isso me assusta. Pronto, falei.

– Agora vá sentar no seu banco, já é quase meio-dia. Mandy chega meio-dia e meio e ela detesta esperar.

– Como é a Amanda?

Bem, eu precisava saber mais da minha nova família. Era uma simples curiosidade e o aeroporto era razoavelmente perto. Brady ia a passo de lesma, acho que era para ficarmos conversando.

– Ela é incrível, logo de cara você vai entender. Tem um modo de ser só dela. Aparentemente é bruta, sem dúvida é autoritária e sempre foi apaixonada pelo David, mas nunca rolou nada entre eles.

– Por que não?

David era o irmão com cara de anjo que estava dando em cima de mim. Coitada da Amanda, deveria ter um amor platônico, e isso é um saco mesmo. Já Brady é estilo *bad boy.*

– Acho que ele nunca quis mudar o status de primos e amigos, mas ele vai se surpreender ao vê-la. Além disso, ela está namorando um sheik da Arábia, acho que o nome dele é Amir. Ela morou com a gente desde criança. A mãe dela se chama Ellen Russeau, é pesquisadora e teve que terminar o PhD na França, quatro anos atrás. O pai da Mandy morreu quando ela era ainda um bebezinho e a mãe se casou de novo com um duque que conheceu na França. Amanda sempre foi uma menina bacana, super alto astral.

– Então, agora ela é uma duquesa?

– É. Parece tudo muito louco. Ela adora o padrastro, que nunca teve filhos, então ele a trata como filha. Até já deixou a herança do título para ela e para a minha tia. Elas dizem que estão vivendo no paraíso.

– O que ela faz?

Agora eu estava muito curiosa.

– Chegamos, vamos estacionar, e no saguão eu te conto mais.

Brady

Eu acordei e estava amanhecendo, os raios do sol passavam por entre as nuvens e prometiam um dia ensolarado. Eu peguei o celular para ver que horas eram. Seis e meia da manhã, hora de uma corrida. Ann estava toda enrolada em mim e parecia uma bonequinha com as bochechas rosadas e a boca ligeiramente aberta. Eu a amava e, naquele momento, eu soube que eu precisava dela na minha vida, ela seria a minha mulher, totalmente diferente de tudo o que eu esperava. Sabia que era ela.

Uma bagunceira, desconfiada e completamente perfeita para mim. Eu tinha que voltar para o meu quarto, tomar uma ducha e ir para a academia, não sem antes beijá-la mais um pouco. Peguei o meu celular que ela não conseguiu apagar a foto e fechei a cortina para a minha dorminhoca. Eu iria mimá-la de todas as formas, mas ela não iria escapar de mim.

Eu a deixei dormindo, fui para o meu quarto tomei um banho e fui fazer uma corrida de uma hora na academia. Eu gostava desse horário quando haviam poucas pessoas e eu podia pensar no que fazer para conquistar o coração da minha princesa das fadas. Ela me deixava completamente sem saber como agir.

Eu queria dar um presente para ela, então resolvi entrar no site da Tiffany e logo encontrei algo prefeito para marcar o início do nosso namoro. Pedi para entregarem na recepção e depois resolvi ligar para o Nic.

– Nic.

– *O que é, Brady? você sabe que horas são, seu imbecil?*

– Hora de tirar essa bunda da cama. Agora, preciso do seu carro hoje, preciso pois a Mandy me mata se não tiver espaço para as malas dela.

– *Certo, vou mandar liberar o carro do jeito que você gosta. Agora me deixa.*

– Preciso que pegue uma encomenda na recepção e deixe dentro do carro.

– *Tá certo, agora me esquece.*

E simplesmente desligou na minha cara. Certo, eu fazia isso também. Decidi ligar para a recepção e pedir um café da manhã completo para o meu quarto às oito e meia. Eu levaria para ela. Quando ela abriu a porta, tomou um susto de novo, eu estava pronto e empurrando o carrinho com o café da manhã.

Ela estava certa, pois eu queria ir mais devagar, ser mais romântico. Estava difícil fazer isso com ela. Ela era tão macia e eu mal tinha tocado nela. Tudo que eu queria era amá-la. Quando ela gemeu de novo, eu a apertei mais uma vez. Como é possível uma mulher deixar um homem tão louco? Se ela pensava que eu a deixaria escapar facilmente estava completamente enganada.

Ela subiu as mãos e acariciou meus ombros, depois os meus cabelos. O que eu sentia quando ela me tocava era o céu, um desespero maravilhoso. Ela colou o corpo junto ao meu enquanto o nosso beijo ficava cada vez mais quente, era um desejo febril, só conseguia pensar em tocá-la, a pele dela era como uma seda e eu queria muito mais.

Ela tinha começado a se entregar, com isso eu tinha ido ao limite. Quando ela disse não com aquela voz rouca e o corpo tremendo pelo meu toque, eu sabia que ela tinha medo de se entregar, principalmente por conhecer a minha fama. Isso é ridículo, ela me deseja tanto quanto eu a desejo. Eu amava até a forma como ela se movimentava, eu aproveitaria cada momento, ela estava me tocando cada vez mais e isso só mostrava o quanto ela me queria.

Achei melhor deixar que ela terminasse de se arrumar, assim eu poderia fazer o que eu já havia pensado, pois eu tinha certeza que ela seria minha mulher.

Não sei o que acontecia com as minhas sandálias de borracha: elas simplesmente evaporavam no ar. Ela ficava linda preocupada. É claro que não precisava se preocupar com nada, pois eu só tinha olhos para ela. Eu nunca a deixaria a mercê, com certeza estaria sempre ao lado dela para tudo e com o tempo ela iria se adaptar, pois ela seria uma Blinner também. Nunca tive medo e nem preocupação com jornalistas, afinal, eles são trabalhadores, mas eu queria que o mundo soubesse que estávamos juntos e não me preocupava com as especulações. Se ela achava que eu me intimidava com este tipo de coisa, estava completamente enganada. Quando dei a caixa de presente, fiquei feliz que eles lembrassem da rosa. Sempre dava uma dessas para minha mãe, sabia que com a Ann seria diferente e minha mãe aprovaria com certeza. Isso me dava um alívio enorme. Vi que ela tinha gostado do presente. Só o tempo dela passar o protetor, era muito ruim ficar sem tocá-la. Eu sabia que ela estava com medo de ficar comigo, por tudo o que eu fiz. Mas agora era diferente, ela mudou tudo o que eu pensava ser felicidade.

Mandy

Capítulo 9

Nós descemos e o calor era demais. Fomos rapidamente para o saguão esperar Amanda.

– Vamos comprar uma água e sentar para esperá-la. Ainda faltam, mais ou menos, vinte minutos. Meu pai pediu para que nós viessemos buscá-la e depois fossemos para uma reunião importante, e que eu não me atrasasse. Se isso acontecer, ele vai me pendurar de cabeça para baixo por uns dois dias.

Eu comecei a rir. Pelo tamanho do pai, poderia até ser... Dava para ver que ele tinha uma relação maravilhosa com os filhos.

– Se eu desobedecê-lo, ele consegue descobrir. Além do mais, temos uma situação complicada para discutirmos na reunião.

– Qual é o assunto?

– Mandy. Mas deixe-me responder a sua pergunta anterior. Ela foi estudar gastronomia em Paris. Eu e meus irmãos a amamos como uma irmã e não a vemos há anos. David também a ama, porém, ele não admite, pois acha estranha toda a questão de parentesco.

– Ela tem sorte em ter uma família que a apoia. Quando eu estava na faculdade, conheci muitas pessoas que tinham problemas com a família.

– A Mandy é a pessoa mais resolvida que eu conheço. Ela é meio roqueira. Há alguns meses ela me mostrou, pela *webcam,* um piercing na sobrancelha, outro no nariz e um nos lábios. Disse que o último doeu.

– Eu morro de medo de agulha. Uma vez eu desmaiei só de ver a minha amiga Karen aplicar insulina, e a agulha era minúscula.

– Acho que você vai ter que superar isso. Enquanto eu não fiz uma tatuagem, ela não sossegou. Foi ela que me incentivou a fazer.

Eu tinha que perguntar, era mais forte do que eu.

– Foi ela quem escolheu o desenho?

Ele só sacudiu a cabeça e deu um sorriso triste. Eu detestava fazer com que ele se sentisse assim.

– Não, minha princesa, eu queria um dragão diferente e achei que esse combinava comigo.

– Ele combina muito com você.

Nós rimos. O que era aquilo? Estava flertando com Brady... Eu não tinha mais consciência?

– Brady, a Amanda superou o que sentia pelo David?

– Ela está namorando, coisa que ela nunca fez. Acho que ela perdeu a virgindade também. Esse sheik foi ao restaurante em que ela trabalhava em Paris e, depois, voltava quase toda semana. Até que, um dia, ela foi falar com ele, perguntar o que ele gostava mais na comida.

Parecia uma história linda, fiquei curiosa mesmo.

– O que ele disse?

– Que além da comida maravilhosa, ele amava olhar para ela. Assim, depois de alguns meses, eles começaram a namorar. Acho que foi logo nos seis primeiros meses em que ela estava morando em Paris.

– E David? Ele sabe do sheik?

– Sabe, mas diz que ela fez bem em encontrar alguém que a valorize e a ame. Só que ele ainda não a viu de novo. Ela tinha um cabelo enorme e agora tudo nela está diferente. Você vai entender quando ela chegar.

Eu olhei para ele desconfiada, ele riu de verdade e me fez sentar no colo dele no aeroporto. Eu fiquei roxa de vergonha, pois as pessoas passavam comentando e ele nem ligava.

– Minha fada, eu e Mandy somos irmãos de coração, nunca nem passou pela minha cabeça ter qualquer coisa com ela, ok? Só que ela é linda, por dentro e por fora, e eu a amo demais. Eu queria que ela fosse modelo, mas ela disse que não conseguiria viver de vento, fazendo dieta o tempo todo. Ela vai te conquistar também.

Falando em modelo, eu lembrei da Samantha. E se ela também fosse tão bonita como ele estava dizendo? Eu sabia que acabaria sentindo um pouco de ciúme. De repente, anunciaram a chegada do voo de um jatinho particular, que deveria ser do sheik. Nós fomos para a área do desembarque e, quando ela dobrou o corredor, todo mundo parou.

Ela era alta, estava com uma sandália alta de tirinhas que subiam até a metade da panturrilha. Estava com um short jeans todo desfiado, um espartilho preto, que delineava um corpo completamente cheio de curvas. Vinha na nossa direção com um sorriso enorme e uma bolsa imensa. Amanda tinha a pele bem branquinha que fazia um contraste com a cor dos cabelos pretos, em corte Chanel e com a cor da roupa. Ela usava muitas pulseiras, de vários materiais, todos nas cores preto, branco e prata. O que dava para ver era o piercing do nariz, que era um brilhante minúsculo, e era um charme extra para ela. O nariz era bem fino e pequeno, que mal segurava o mega óculos de sol preto que ela estava usando.

Acho que o gene da família era algo que não podíamos negar: todos eram lindos! Mas Brady superava qualquer um. Enquanto estávamos aguardando ela sair do desembarque, ele ficou agarrado à minha cintura.

Ela vinha praticamente correndo na nossa direção. Brady a abraçou, mas não me soltou.

– Brady, eu estava com tanta saudade! E... Nossa! Você parece uma fada mesmo, linda de morrer. Ann, não é?

Ele tinha falado de mim para ela? Eu devia estar vermelha como um tomate.

– Meu nome é Elizabeth Ann, mas Brady quis me chamar assim. Todos os meus amigos me chamam de Liza.

Ela riu e me abraçou. Amanda tinha cheiro de Paris.

– Bem, então se ele pode, eu posso o dobro. Eu sou Mandy para você e Amanda para os outros.

Realmente ela era completamente carismática, e eu tinha que admitir que seria difícil não gostar dela.

Brady olhava com a sobrancelha erguida, o que ele estava procurando?

– Mandy, onde está sua bagagem?

Vinha um carrinho com... Sei lá, cinco a seis malas enormes, não dava nem para ver quem estava empurrando. Só que as malas pareciam estar para explodir, de tão cheias.

– Mandy, pelo amor de Deus, são só cinco dias para a festa, para que tudo isso?

– Brady, em primeiro lugar, vamos andando porque eu estou viajando há quase vinte e quatro horas. E não me diga que você trouxe um carro pequeno. Eu detesto todos eles.

Ela se agarrou no outro braço dele, enquanto praticamente nos tirava do saguão do aeroporto. Brady colocou o braço nos meus ombros em uma atitude possessiva, e, quando nós saímos, havia uns dois fotógrafos que tiraram fotos nossas. Pelo visto eu receberia ligações de Nova York, tanto do George, como de Karen e Susan, ainda hoje.

Quando ela percebeu que estávamos indo para o Hammer ela deu um suspiro.

– Ainda bem, pois se eu tivesse que dirigir, eu te esganaria aqui no estacionamento do aeroporto e te deixaria jogado para que te atropelassem. E tem mais, eu levaria a Ann comigo para um dia de garotas em um club noturno.

Nós três começamos a rir. Essa era uma das muitas ameaças que ela deveria fazer para que os meninos fizessem o que ela queria.

– Calma, Mandy. Em primeiro lugar, eu fiz tudo do seu agrado, nobre duquesa, e quanto a levar a minha fada para longe de mim, isso é um golpe muito baixo e não tem a menor chance de acontecer.

Brady abriu a porta para a Mandy entrar e me beijou, me agarrando mesmo, como se o mundo fosse acabar.

– Ei, por favor, me respeitem, tá. Eu estou sem beijar já faz algum tempo e isso me deixa com saudade da minha casa, ok?

Ele me colocou no banco e fez o de sempre, prendeu o cinto e me beijou de novo. Foi para o lado do motorista e ligou o ar, fechou a porta e foi ajudar o carregador a colocar as malas no porta malas.

Ficamos só nós duas dentro do carro. Mandy veio mais para frente e eu virei um pouco para conversarmos.

– Meus parabéns, Ann, Brady vai te fazer muito feliz. Agora eu vejo porque não dava certo com ninguém, ele nunca ficou assim, a felicidade dele é visível. Ele tem uma fama horrível: é lindo, gostoso, rico, as mulheres se jogam para cima dele, por isso dê um desconto. Brady me disse que vai casar com você, ele nunca falou nem em namoro sério, por isso acredite que ele te ama de verdade, pois ele não mente sobre sentimentos sérios. Quanto à Samantha, foi ela que insistiu, quase se jogou nua em cima dele. Nunca nos demos bem, pois eu sabia que eles eram só amigos. Atração é legal, mas não é tudo.

Ela falava de um modo tão apaixonado que eu sabia que era tudo verdade.

– Mandy, nós estamos nos conhecendo ainda.

– Sabe de uma coisa, eu aprendi que temos que aproveitar o que a vida nos oferece. Aproveite o amor que ele está te oferecendo, pois todas tentaram e nenhuma conseguiu.

Ele entrou no carro e percebeu de quem nós estávamos falando. Me puxou, segurou a minha nuca e me beijou de novo. Era delicioso. Será que eu deveria aproveitar e não pensar nas consequências? Só que essa não sou eu. Brady deu um beijo na ponta do meu nariz e virou para a Mandy que estava deitada no banco.

– Pare de falar do meu romance e me explique porque, sete malas lotadas de coisas. Estou falando sério. O que houve?

Realmente, sete eram muitas malas para apenas cinco dias.

– Tio Arthus não falou nada? Eu pensei que ele tinha dito algo para vocês.

Brady já estava na pista de volta para o hotel quando olhou feio pelo retrovisor e ela se encolheu. Acho que ela estava tímida. Fiquei com pena dela e tentei ajudá-la, mas Brady foi mais rápido.

– Desembucha, pirralha.

Pirralha... Nós tínhamos a mesma idade. Será que ele me achava criança?

– Ok, velhote.

Ainda bem. Parecia coisa de irmãos mesmo, foi por pouco que a paranoia não apareceu.

– Bem, tio Arthus vai me dar de presente de formatura um restaurante em Detroit, o que eu escolher, onde eu escolher. Mamãe está furiosa e disse que, quando passar a festa de casamento, vai estripá-lo e pendurá-lo de cabeça para baixo.

– Desculpe, Ann, as ameaças são uma característica da família, não pude fazer diferente.

– Você vai voltar a morar com a gente?

Ele estava eufórico e eu fiquei com ciúmes, pois eu iria para Nova York e ele voltaria para Detroit. Relações à distância não dão certo.

– É claro que não. Imagine, eu ganhei um apartamento da minha mãe com zilhões de metros quadrados e eu espero ganhar um carro de alguém. Mesmo odiando aquelas latas de sardinha, se alguém quiser ajudar sua pobre prima, a mais amada, não vou achar ruim.

Com isso, ela tirou os óculos de sol de seus olhos e acho que nunca tinha visto olhos completamente verdes, que pareciam duas pedras de jade. Ela era linda. Batia os cílios rápido, fazendo charme, Brady ria. Eram tão íntimos que eu fiquei meio encabulada.

– Você é a única prima que eu tenho e, desde quando você tem algo de pobre? Mas estou tão feliz em saber que você vai voltar para Detroit, que eu sou até capaz de pensar no assunto, pirralha.

Eles conversavam e eu gostei de fazer parte das brincadeiras. Como eu, Mandy era filha única e deveria amar estar no meio dos primos bagunceiros. Talvez não com David, mas tudo bem, com o tempo acho que descobriríamos.

– Estamos chegando. Vamos despachar a pirralha e depois vamos almoçar para ficarmos um pouco sozinhos.

– Brady, o seu pai quer falar conosco, você não lembra? Depois do almoço.

– Droga, mas vai dar tempo de irmos até lá.

– Acho que depende do tempo que o seu pai vai demorar para falar o que ele quer.

– Quem diria que o grande Brady Blinner seria despachado? Agora podem voltar a esse namoro meloso, eu só quero chegar, ir direto para o meu quarto e dormir por mais 24 horas.

– Mandy, hoje você janta com a gente, ok? Chegamos. Eles devem estar aí no saguão te esperando.

Ela deu um pulo e abriu a porta, ela era pura energia.

– Não vejo a hora de vê-los também.

Quando saiu do carro as pessoas paravam para olhar para ela, não sei se pela beleza ou se por não ser o tipo de pessoa que costuma ir à praia. Brady entregou as chaves para o manobrista e o carregador foi pegar as bagagens, nós fomos de mãos dadas atrás dela.

Não sei se Brady notou, mas David fez uma careta ao nos ver de mãos dadas. Quando olhamos, ela havia parado na porta, atendendo ao telefone. Depois riu e desligou. Entrou e colocou os óculos no cabelo. Quando viu que todos estavam a espera dela, abriu um sorriso e eu olhei para o David disfarçadamente.

Ele estava parado, nem piscava, eu sabia muito bem qual era a reação das pessoas ao verem que você tem alguém ao seu lado que é incrivelmente lindo, e ela era tudo isso.

O sr. Arthus foi o primeiro a abraçá-la e depois a girou no ar. Ele a colocou no chão e todos vieram. David foi o último, ela o abraçou normalmente, como os outros. Eu percebi como ele a olhou com desejo, dava para ver a mudança na postura.

– Greg, como você cresceu, meu príncipe!

Ela o abraçou e jogou o garotinho para o ar, ele era magrinho e caiu na gargalhada.

A minha mãe e a Mag chegaram. Ela deixou o garotinho para falar com a Mag, e todos ficaram olhando paralisados para aquela mulher escultural.

– Mag, que saudade de você. Eu vou te roubar quando eu casar também.

Todos eles começaram a falar, a brigar e a dizer que era muito cedo para ela tomar a decisão. David ficou um pouco pálido e disfarçou muito bem.

– Calma, povo, não se preocupem. Eu vou montar o meu negócio e depois é que pretendo avaliar essa situação, ok? Não se desesperem.

A minha mãe já estava com lágrimas nos olhos.

– Bárbara, fiquei super feliz de saber do casamento. Minha mãe não pode vir, pois o meu pai tinha algumas reuniões e ela precisava ir junto. Olha, eu trouxe presentes para todos. Amir mandou um especial para você.

Ela fez o sinal de escoteiro, era hilária, mas tinha alguém que não estava gostando da conversa. Brady me abraçou e falou no meu ouvido.

– Eu percebi também, minha fada. Talvez David tenha caído na real, só que agora pode ser tarde demais. Antigamente ela não tirava os olhos dele, agora parece o oposto. Acho que o amor está no ar nesta família.

E lambeu o meu pescoço, eu mordi os lábios para não gemer, senão eu morreria de vergonha.

– Ok, povo, agora onde é o meu quarto? Preciso dormir mais vinte e quatro horas para voltar a ter uma mente coerente.

– Mandy, vamos, querida. Você está na cobertura, o seu tio quer você ao lado dele.

– Desculpe, mas eu não quero ficar na cobertura. Onde você está, Mag?

– Eu estou no quarto 146.

– Então eu quero o 147. Tio, veja se dá para trocar, eu quero ficar perto da Mag, por favor.

– Porque isso, Mandy? Você adorava a cobertura.

– Tio, eu quero ficar com Mag, Brady e Ann. Ele me disse que estava no mesmo andar e que tem saída para o mar, me convenceu a mudar também.

Ela bocejou.

– Agora, eu vou ficar no quarto da Mag até o senhor conseguir. Se conseguiu para ele, para mim vai ser moleza.

Nós ficamos pasmos. Ela abraçou a Mag e foram andando pelo corredor. O sr. Arthus pediu à minha mãe que fosse tentando fazer a mudança enquanto ele conversava com a gente.

– Olhe, precisamos ir para o quarto do Brady, é urgente.

Percebi que Brady não gostou do desespero na voz do pai e acho que eu também não.

– Por quê? Pai, o que está acontecendo com Mandy?

Pegamos nossa chave e fomos andando rápido.

– Filho, nós não podemos ficar longe da Mandy. A Ellen recebeu várias cartas de um admirador que tem se tornado ousado ao ponto de invadir a mansão dos Russeau, só para deixar uma carta no quarto dela, vamos.

Todos eles ficaram super nervosos. Quando passamos pelo quarto da Mag, escutei a Mandy falando sobre o quarto. E agora, esse quarto dava fácil acesso para qualquer lugar. Era por isso que ele a queria na cobertura. Brady estava perdido, se algo acontecesse a ela, ele iria se culpar.

Entramos, fechamos as cortinas e deixamos o ar ligado. Fiquei sentada em frente à mesa onde estava o computador. Ele me levantou e me sentou no colo dele. Todos perceberam nossa intimidade.

– Ok, meninos, é o seguinte: Ellen está tentando tirar Mandy de Paris, por isso eu dei a ela de presente de formatura um restaurante e a Ellen deu um apartamento, assim ela sairia logo de lá. Foi por isso, também, que eu e a Bárbara resolvemos antecipar um pouco o casamento.

– Por que ninguém falou nada?

Quando David falou, acho que todos eles perceberam a aflição dele. Ainda bem, pelo menos tinha passado a obsessão por mim. Talvez tenha sido só uma forma de competir com Brady.

– Olhem, a polícia está fazendo uma investigação. Agora, imaginem se isso cai na mídia? Pelo amor de Deus! Só que eu não esperava que ela fosse querer sair da cobertura e ficar em uma suíte onde qualquer um pode sair e entrar a hora que quiser.

– E agora? O que vamos fazer, pai? Ela é mais teimosa do que uma mula.

Brady estava arrasado por ter sugerido a troca dos quartos, eu sentia isso e o abracei para confortá-lo. Ele apoiou a cabeça no meu pescoço e me abraçou mais apertado.

– Eu vou falar com o Amir. Ele mandou cinco seguranças disfarçados que já devem estar hospedados na cobertura. Agora vão ter que descer para não perdê-la de vista.

– Vou colocar dois vigiando o corredor e três escondidos na área fora do quarto dela. Não vou arriscar perder minha menina. Me desespero só de pensar em alguém a sequestrando ou fazendo mal a ela.

Todos ficaram calados e emocionados por pensarem o mesmo.

– Ela vai dormir até tarde, mas o que vamos fazer quando ela acordar? Vai querer ir na cozinha do hotel, na piscina à noite, passear pela cidade.

– Amanhã de manhã vou velejar, talvez ela queira ir comigo.

– Olhe, filho, no passado a Mandy foi apaixonada por você, só que agora eu acho que ela não vai querer trocar conhecer a cozinha do hotel e dar uma volta na cidade para ficar um pouco com você. Além disso, ela não gosta muito de sol. Vamos deixar os outros tomarem a frente.

Ele encolheu os ombros.

– Sr. Arthus, amanhã eu posso ficar com ela para fazer o que ela quiser. Sou faixa preta em *karatê*, não deixo ninguém encostar nela, prometo.

– Pode ser, Liza, mas Brady vai ter que ir também. Vocês não se desgrudam! Gostei de saber disso.

Eu fiquei toda sem graça, a família me surpreendia. Eu sei que sou preguiçosa, mas estou de férias, não queria treinar como eu fazia nos dias de semana. Brady colocou a boca bem perto do meu ouvido e cochichou, o que fez com que meu corpo todo esquentasse.

– Você pode me defender também. O seu modo de ser independente e delicada ao mesmo tempo. Já disse que te amo?

– Vamos marcar um jantar com todos, já que o almoço está perdido. Acho melhor Amir ficar sabendo de tudo. É capaz que ele venha ainda hoje. Vocês estão dispensados, vou resolver a questão do quarto.

Ele saiu e ficamos todos calados, até que o John falou.

– Cara, isso é muito louco, fora que.... Uau! Mandy está mais do que um arraso e vai ser difícil espantar os caras de cima dela.

– Ok, gente, vão arrumar o que fazer. Não vamos deixar nada acontecer com ela.

Eles foram saindo e ficamos só nós dois. Ele se jogou na cama e eu me deitei ao lado dele. Eu tinha certeza que ele estava se odiando naquele momento.

– Brady, não fica assim, não foi culpa sua ela querer ficar no nosso andar.

Ele me abraçou e ficamos assim por um tempo, depois me deu um beijo e levantou da cama. Pediu almoço e sobremesa, é claro.

– A comida já vai chegar, minha fada. Estou faminto e você deve estar também.

Ele tirou a camisa e voltou a se jogar na cama, dessa vez em cima de mim. Nos beijamos e conversamos sobre o que estava acontecendo, ele levantou e sentou-se na cadeira perto do computador. Estava muito agitado.

– Brady, não se culpe, pois isso não tem nada a ver com você, não tínhamos como prever o que está acontecendo.

Eu podia perceber o ressentimento dele. Fui até a mesa onde ele estava sentado, fiquei entre as pernas dele e o abracei. Ele era tão alto sentado que a cabeça dele encaixou bem abaixo do meu pescoço.

Ficamos abraçados. Queria consolá-lo, mas sabia que se eu ficasse tão perto dele acabaria mal, pelo menos para os meus sentimentos. Como seria o nosso futuro? Nem ao menos morávamos na mesma cidade, fora que ele não passaria muito tempo sem sexo. Porém, tudo era esquecido quando ele me tocava.

Brady era firme, exigente, e a cada toque nós estávamos mais ligados. Só queria fazê-lo tirar aquela tristeza dos olhos, me doía quando ele estava sofrendo. Ele me carregou e me deitou na cama de lado e ficamos assim juntinhos.

– Eu te amo, minha fada. Vamos dormir um pouco, estou precisando de um pouco de pó de fada.

Cochilamos um pouco. Quando eu acordei Brady estava abraçado comigo e eu via um peito enorme e bronzeado. Queria provar o sabor que tinha aquele peito então o beijei. Ele gemeu me apertando um pouco mais. Olhei para ele, que tinha aberto os olhos em fenda, vi o azul lindo, emoldurado por cílios grossos e cheios. Eu achava meigo quando ele me abraçava e fazia carinho. Eu estava relaxada completamente, nunca tinha me sentido assim com ninguém.

Bateram na porta, Brady levantou e o garçom entrou com o carrinho. Ele deu uma gorjeta e agradeceu. Depois veio me puxar e me abraçar.

– Ann, eu te amo demais, você sempre é perfeita, sabia?

Sorri. Estava com um pouco de medo, porém, ele era tão aberto que dava para sentir a sinceridade dele.

– Você é que é perfeito em tudo. Posso te falar uma coisa? Não é para rir.

Ele riu.

– Diga, minha princesa.

– Eu nunca senti o que estou sentindo por você, é algo que me completa, não sei explicar em palavras.

Ao dizer isso olhei para ele, que me beijou delicadamente.

– Eu quero você para sempre. Serei só seu em tudo e para tudo, você despertou algo que eu nem sonhava em ter. Meus pais foram perfeitos, pois se amavam de verdade. Mesmo tendo problemas, eles conseguiam superar. Quero isso para nós dois.

Por que será que meu subconsciente não me deixava em paz? Ele beijou a ponta do meu nariz e isso me fazia piscar. Ele achava graça.

– Vamos comer para a comida não esfriar. Amor, obrigado por me consolar. Eu sempre me virei para resolver tudo, mas você mudou isso no sábado passado. Quero que acredite em mim quando eu digo que a minha vida tem outro sentido depois de te encontrar.

– Brady, eu estou tentando acreditar, mas para mim é muito difícil por ter ouvido tudo o que disseram que você era. Eu estava em busca de um príncipe encantado, calmo, com uma vida tranquila. Você já mudou muitas coisas em mim também. Só me dê um tempo, por favor.

Ele me abraçou, cheirou o meu pescoço e beijou a minha testa. Colocou as mãos ao redor do meu rosto e me encarou.

– Por você, eu faço tudo, eu te amo.

Almoçamos sempre conversando. Era gostoso ter alguém que eu poderia conversar sobre qualquer assunto, tudo se tornava interessante.

– Vamos, eu te dou banho.

Opa, ainda não, acho melhor não.

– Brady, eu vou para o meu quarto tomar banho e você fica aqui, ok? Vou deixar a porta da varanda destrancada para você entrar.

– Nem pensar! Deixe tudo trancado. Eu bato para você abrir. Não posso pensar em ninguém perto de você que não seja eu, por favor.

Quando eu olhei no celular, já eram cinco e meia da tarde. Fui para o meu quarto e, quando eu abri a porta, senti um perfume diferente. A cortina estava aberta e os últimos raios do sol entravam e destacavam as centenas de rosas amarelas. Em todos os lugares havia buquês de rosas amarelas. Fiquei maravilhada. Ele era louco.

Brady tinha conversado com a vendedora para me fazer uma surpresa. Entrei no banheiro e havia jarros com rosas até no chão. Nem sei como me senti. Parecia um filme romântico. Ele me surpreendia a todo instante. Ele não protestou quando eu disse que tomaria banho no meu quarto, queria que visse as flores.

– Ann?

Ele estava aqui.

Sentia o meu rosto molhado, pois eu estava emocionada quando ele entrou no banheiro com uma rosa na mão, a que eu tinha esquecido no quarto dele. O Brady estava só de sunga e, com certeza, ele tinha entrado sem bater, pois eu estava tão surpresa que havia esquecido de fechar a porta.

– O que foi? Eu achei que você ia gostar. Não chore, amor, por favor.

Eu o abracei.

– Brady, é lindo... Eu não sei o que dizer.

– Amor, se acalme, por favor. Quero ser algo essencial para você, como você é para mim. Você é como uma substância viciante, não vivo mais sem você.

Eu estava me apaixonando, ele era incrível e era tudo o que eu precisava também.

– Você está de sunga?

– Estou, e você está de biquíni, vamos tomar banho juntos?

Eu estava dando mais um passo e eu queria muito.

– Sim...

Ele riu, um sorriso perfeito, ele me rodou no ar e nos beijamos. Ele me ensaboou e eu passei xampu nos cabelos dele. Eram tão macios... Eu amava tocá-lo.

– Depois vamos chamar Mandy. É o tempo de por uma roupa e você também.

– Ótima ideia. Minha mãe me disse que vocês sempre jantam as sete da noite. Dá para aguentar até lá.

Ele riu enquanto tirava o xampu dos cabelos, eu achei lindo ele sacudir um pouco e passar as mãos para secar mais rápido.

– Vou sempre amar conversar com você durante o banho.

– E quando eu estiver em Nova York?

Isso me deixava sempre sem saber o que fazer no futuro. Será que ele não pensava assim?

– Onde você estiver, eu estarei lá. Eu quero que você entenda que eu te amo e quero você para sempre, todos os dias da minha vida.

Com isso ele me beijou delicadamente, parecia sincero. Ele riu, eu amava o sorriso dele, será que eu também o amava?

– Vamos, minha fada, tenho que te secar e vou ter que voltar para o meu quarto.

Ele me secou, enxugou um pouco os cabelos, as gotas de água escorriam pelo corpo dele e isso estava me deixando com água na boca. Ele era delicioso... Saiu do quarto pela porta da frente, eu sabia que ele tinha trancado as portas, era possessivo e eu achava perfeito.

Eu escolhi um vestido branco tubinho, e coloquei uma sandália alta amarela e dourada com dois braceletes dourados em cada braço, e prendi o meu cabelo em um rabo de cavalo alto. Eu estava me acostumando com a presença dele. Conversávamos sobre tudo sem medo de estar falando algo errado ou escondendo parte da minha personalidade.

Eu ficava feliz por estarmos juntos, o meu medo permanecia, mas às vezes eu deixava acontecer e me sentia bem. Brady me completava, às vezes nós utilizávamos as mesmas palavras e isso era delicioso. Meu telefone tocou e eu despertei do devaneio.

– Alô.

– Oi, Liza, é o Christopher.

Que saco, será que ele não percebia que eu tenho a mesma idade da filha dele? Não rolou nada entre nós dois, era muito constrangedor. Brady logo voltaria e eu não queria explicar esse telefonema.

– Olá, sr. Anderson, o que eu posso fazer pelo senhor?

– Liza, você não precisa ser tão formal depois do que já aconteceu entre nós dois, você não *acha*?

– Eu prefiro dessa forma, aquilo foi um erro e agora nós dois estamos comprometidos, e eu espero que o senhor pare de falar sobre isso.

– Se é assim que você quer, tudo bem. Eu liguei, pois a Melane quer muito conversar com você. Parece que você foi a causa da prima dela perder o namorado playboy que iria pedir a mão dela em casamento neste final de semana.

Eu já sabia que isso era mentira, mesmo assim eu fiquei chateada.

– Ela é prima da Samantha?

– É, e elas estavam escolhendo a roupa certa, o sapato ideal quando o seu garotão ligou para ela no meio de uma sessão de fotos. Que vergonha ficar com o futuro meio-irmão e, ainda por cima, destruir uma relação de mais de um ano.

Ele queria me provocar, mas não conseguiu, Brady que terminou assim com ela. Droga, o que eu poderia fazer?

– Olhe, sr. Anderson, acho que é melhor o senhor parar por aí, ok? Diga para Melane tomar conta da vida dela e do namorado que ela acha que é fiel. Por favor, não fique me ligando, pois acho que eu já lhe agradeci pela carona até aqui e tudo o mais. Adeus.

– Espera, Liza.

– O que foi?

– Ele vai te trair, ele sempre traiu as namoradas, principalmente Samantha.

– Se ele trair vai ser problema meu. Por favor, eu tenho coisas para fazer agora.

– Tudo bem. Desculpe por tudo o que eu disse, eu sei que você jamais faria isso com o namorado de outra mulher, me desculpe.

Agora pede desculpas, idiota! Os homens são uns asnos.

– Tchau, sr. Anderson e, por favor, não fique me ligando.

Eu bati o telefone na cara dele, quem ele pensa que é? Idiota. Me joguei de costas da cama, tinha perdido completamente a fome, mas Brady iria chegar faminto. Escutei alguém bater na porta, era ele, com certeza absoluta.

– Amor, abre a porta.

Eu levantei derrotada, pois escutar tudo isso me abalou. Eu não queria ser assim, não posso evitar me sentir dessa maneira. Acabei forçando um sorriso e fui abrir a porta. Ele me abraçou e me girou, e quando ele me colocou no chão, ele me olhou sério.

– O que aconteceu?

– Nada.

– Eu vou perguntar mais uma vez e espero que você me fale a verdade.

Eu olhei para aqueles olhos que estavam escurecendo pela raiva, e eu achei melhor esquecer o que aquele imbecil tinha me dito. Não sabia como acabaria a história, nem suspeitava. Simplesmente peguei o rosto dele nas mãos e o beijei. Acho que ele percebeu o que eu estava fazendo e tentou me afastar para continuar a conversa, porém eu continuei beijando apaixonadamente, e ele se rendeu.

– Me diga o que aconteceu para deixar uma tristeza enorme nos seus lindos olhos, por favor. Ninguém magoa você, eu não posso permitir, amor.

– Promete que não vai fazer nenhuma loucura?

– Não.

– Brady?

– Não, só me fale e eu digo o que eu vou fazer.

– Eu não quero falar agora, eu estou com fome *(mentira)* e a Mandy precisa ir com a gente para o jantar. Depois disso eu prometo que conto.

– Tudo bem, você é quem sabe.

– Brady, não fique assim, vamos conversar depois, ok? Prometo.

Então, peguei minha bolsa e fomos para o quarto de Mandy. Batemos na porta a primeira vez, a segunda e, na terceira,

Brady já estava ligando para o pai, quando ela abriu a porta de calcinha e sutiã rosa e com uma máscara de dormir na cabeça. Se eu não soubesse da história dos dois, eu desconfiaria dessa cena. Brady olhou para ela e riu. Não achei que essa seria a reação dele.

– Mandy, porra! Vai por uma roupa, pirralha. E se fosse outra pessoa? Tem um piercing no seu umbigo? Não quero nem saber se tem em outro lugar.

Ela piscou e entrou no quarto, então nós a seguimos. Estava tudo bagunçado, muito gelado e escuro, acho que nos daríamos muito bem mesmo. Mandy se jogou na cama e se embrulhou de novo.

– Porra, Mandy, acorda! Se você não for se arrumar agora, eu vou te carregar e te jogar debaixo da água gelada.

Ela deu um pulo que me fez rir. Eu estava gostando da conversa dos dois, era uma coisa que eu só tive com as minhas amigas, e nem chegava a esse nível.

– Ok, já estou acordada, sem movimentos suspeitos. Que horas são?

Ela parecia ainda meio sonolenta. Ela era linda ali parada só de roupa íntima, mas Brady não a olhava do modo que olhava para mim. Eles eram como irmãos, isso dava para notar.

– São seis e meia. Por favor, Mandy, vamos. O papai vai me matar se você não aparecer no jantar, você sabe que ele tem que jantar com toda a família reunida.

– Tudo bem, eu preciso de meia hora, pelo menos.

– Nada disso, te dou dez minutos, acho que todos já estão indo para o restaurante.

– Brady, será que ele não pode me liberar só hoje? Estou morta de sono.

– Ele disse que não, Mandy, deixa de enrolar.

– Vem cá. Desculpe a Mandy, ela é muito dorminhoca e eu precisava fazer algo drástico.

Eu fui até onde ele estava e ficamos abraçados esperando ela sair. Ele estava com raiva, mesmo assim ficamos abraçados, até que eu me afastei para falar com ele. Brady tinha os lábios franzidos em um ligeiro sorriso, no que ele estava pensando?

– O que foi, Brady?

O sorriso dele aumentou... Aí vem coisa...

– Já que você não quis me dizer o que estava acontecendo, vai ter que dizer sim para uma coisa que eu quero de você.

– Brady, primeiro diga o que é que eu vou pensar.

– Não, só diga sim. Você me deve essa por não me contar o que aconteceu.

– Eu disse que iria falar depois, e vou.

– Diga que sim.

Ele me puxou para perto, e eu tive que levantar um pouco a cabeça, já que ele era bem mais alto do que eu. O sorriso dele foi lento e incrivelmente sexy. Eu precisava resistir àquele charme que ele jogava para todas.

– O que você quer? Diga o que você quer.

– Se a minha fada aceitar, eu digo.

Ele me puxou e roçou os lábios dele bem de leve com os meus e sorriu. Brady estava jogando comigo e, pelo visto, estava ganhando. Eu teria que pagar para ver.

– Tudo bem, o que você quer?

– Isso é um sim?

– Sim, fale agora o que você tanto quer.

Brady riu, mostrando aquelas covinhas. Ele era o homem mais perfeito do mundo e o que conseguia tudo o que queria. O que eu já tinha feito para estar com ele, mesmo sabendo como ele era.

– Não, depois do jantar eu conto.

– Brady?

– Você me fez esperar, agora é a sua vez, só que a diferença é que o meu, com certeza, vai ser algo muito bom.

Ele falou tão sério que os olhos dele pareciam faiscar.

– Tudo bem.

– Vamos, Mandy, dá para você terminar logo?

– Estou indo.

Com isso ela saiu do banheiro e... Nossa! Todos os homens iriam babar em cima dela, principalmente um certo alguém que estava tentando disfarçar o interesse. Ela estava com um sári, sim, um sári verde transparente e com bordados em dourado. Por baixo usava um maiô preto de um ombro e uma sandália super alta dourada, as unhas pretas e o batom vermelho a faziam ainda mais exótica. Ela achou engraçado quando olhou para nós.

– Vamos.

– Ok, se prepare para o sermão do papai.

– Deixa que eu tiro de letra, eu vou para a piscina depois.

– Então tá, vamos.

Brady soltou o abraço, mas entrelaçou as nossas mãos. Ainda não tinha me acostumado com uma mão tão grande e forte segurando a minha, enquanto caminhávamos pelo saguão conversando sobre o tempo e como a Mandy gostaria de conhecer a cidade. As pessoas nos olhavam como se fossemos celebridades, até que, perto do elevador, um *paparazzi* tirou uma foto nossa, aí subimos para nos encontrar com a família.

– Ann, amanhã de manhã nós vamos no lugar que eu queria te levar hoje, não marque nada com a Bárbara. Mandy, o que você vai fazer amanhã?

– Eu vou dormir, depois vou na cozinha falar com o chefe e ver se tem algum prato que eu possa aprender para novas ideias para o meu restaurante, depois acho que vou às compras. Você topa, Ann?

– Claro. Mas eu vou logo avisando que, normalmente, a minha mãe deixa tudo separado na loja, eu escolho as que me agradam e, mesmo assim, vem umas peças que ela diz serem fundamentais no guarda-roupa de uma mulher.

– Eu levo as duas amanhã à tarde, ok? Quero ver minha fada experimentando todas as roupas possíveis.

Eu nunca vi nenhum homem dizer isso.

– Ai, que fofo, amei a mudança. Parabéns, Ann, meu irmão é um outro homem.

Eu não gostava da ideia de me lembrar do estilo de vida que ele levava. Brady era tão seguro de si e muito, muito... Sensual. Quando ele me olhava de lado com o corpo dele junto ao meu ficava completamente abalada.

– A Ann é a minha mulher agora.

Ele riu e, quando nos olhamos, eu senti uma estranha sensação correndo pelas minhas veias, tão incontrolável: era paixão, desejo, medo e acho que uma pitada de ansiedade. Brady me puxou e ficou abraçado por trás de mim beijando meu pescoço e me cheirando, me deixando sem chão.

– Por favor, parem com isso, estou sozinha e, pelo visto, vou ter que trair o meu namorado e futuro noivo se vocês continuarem assim.

– Nem pense nisso, Mandy, é só você virar para frente.

Graças a Deus o elevador chegou ao décimo andar, onde ficava o restaurante com vista para o mar, e que estava iluminado por tochas, era lindo. A família estava toda reunida, então eu percebi David ficar com a cara amarrada. Ele saiu, parece que os dois estavam se evitando ao máximo.

– Mandy, que diabo de roupa é essa?

– Calma, tio, vou tomar banho de piscina depois, foi só isso.

Ela bateu os cílios e ele se desarmou, acho que ela sabia mesmo o que estava fazendo. O jantar foi tranquilo, conversamos com todos. Nós dois comemos muito e, quando estávamos terminando de jantar, Brady falou bem baixinho no meu ouvido que me amava. Foi nesse momento que a minha mãe levantou e bateu com a faca em uma taça para chamar a atenção de todos. O que ela estava aprontando agora?

– Todos, por favor, atenção. Eu gostaria de um minuto da sua atenção. Bem, eu gostaria de convidá-los a participar de um baile à fantasia, amanhã à beira-mar.

Todos aplaudiram. Brady e eu levantamos junto com os irmãos dele e fomos para perto dos nossos pais. Enquanto Mandy conversava com o chefe na entrada do bar, acho que estava tudo programado para podermos conversar melhor.

– Mãe, o que aconteceu?

– Filha, meninos, nós achamos melhor distrair o foco da Mandy para que ela não perceba tantos guarda-costas. Vamos fazer esse baile e, todas as noites, faremos algo diferente até o dia do casamento. Espero que vocês nos ajudem com tudo.

– Não é mais complicado vigiá-la assim, Bárbara?

– Não, Brady, dessa forma nós podemos estar com ela durante o período mais preocupante. Ela estava falando em passar a noite na rua, e isso é mais complicado. Ela não pode perceber que está sendo vigiada. Ok, meninos, amanhã estarei com ela durante o dia todo, já que vamos ver as sobremesas e docinhos que ela vai fazer, por isso não se preocupem. Agora vão, qualquer coisa eu ligo, ela está vindo.

– Vamos descer, a sobremesa vai para o seu quarto.

– Mas vão perceber que saímos, todos podem achar que estamos fazendo algo a mais.

Eu não podia permitir que ele me tirasse até os meus pensamentos e me deixasse confusa sobre tudo.

– Você está com pensamentos pecaminosos, minha fada e acho que eles sabem que, quando as pessoas estão envolvidas, coisas acontecem. Agora levante essa bunda gostosa da cadeira e vamos logo para o seu quarto. Vamos, amor, eu preciso falar com você.

– Tudo bem, vamos.

Nos despedimos e descemos falando sobre o delicioso jantar, e quando foi a vez que mais comemos na vida. Era muito bom ouvir sobre as coisas que ele falava de uma forma engraçada e ao mesmo tempo séria.

Brady

Era melhor continuar com o que tínhamos parado, pois eu estava preocupado com o meu pai pedido uma reunião para falar sobre Mandy, ela era uma irmã para mim, eu sempre a amei muito. Ann me faz sentir o quanto uma desconfiança pode magoar, acho que mereço isso, pois já devo ter feito a mesma coisa muitas vezes com outras mulheres. Eu tinha que fazer a coisa funcionar e eu tinha planos para hoje ainda.

Depois de descobrir o que estava acontecendo com Mandy me senti um lixo. Ela tinha mudado de quarto por minha causa e coisas ruins poderiam acontecer a ela. Minha fada, tão delicada, estava me consolando, tão linda. Eu levantei a cabeça e ela me beijou de leve, depois beijou de novo. Nós sabíamos que, dessa vez, seria um passo a mais e ela estava disposta. O lugar certo para ela era no meu colo, como eu gostava de tê-la assim. Eu a apertava forte, ela era tudo que eu precisava.

Eu não fiz confusão para ela ficar no meu quarto, eu sabia que o dela estaria cheio de flores e eu queria muito ver a reação dela. Mostraria para ela que tudo o que eu quero é ela para sempre. Assim que eu entrei a encontrei no banheiro, as portas estavam abertas e, quando ela virou para mim, estava chorando. Ai que droga, fiquei sem saber o que fazer. Mais o alívio veio logo depois dela dizer que tinha amado as flores. O que ela queria? Será que ela estava realmente me convidando para tomar banho com ela?

Era esta a intimidade que eu procurava, nada mecânico e nem feito com segundas intenções. Só precisava dela assim comigo. Eu sabia que ultrapassar alguns limites na hora errada seria o fim e eu não podia ficar mais sem ela. Eu ri, tirando o sabonete do corpo dela.

Eu amava aquela mulher. Tudo nela me encantava, até uma simples conversa na hora do banho. Vou pedi-la em casamento amanhã. Sei que vai achar tudo muito rápido, porém não posso me separar dela que fica um vazio enorme no meu peito. Nova York era distante, eu não podia aguentar. Liguei para a joalheria novamente, e encomendei o que eu estava querendo para a minha pequena fada.

Meu telefone tocou, era David.

– Fala.

Eu entrei no meu quarto, a chave estava no meu bolso, fechei a porta e fui procurar uma roupa rápida de vestir, pois eu não queria demorar.

– Brady, o papai quer que você vá chamar Mandy para jantar às seis e meia, só que eu queria ir com você, pois eu preciso falar com ela.

Achei que não era uma boa ideia, porém eu nunca enganaria o meu irmão, eu teria que dizer a verdade, mesmo que isso o deixasse triste.

– David, Mandy está maravilhosa, super gostosa, os caras agora babam por onde ela passa. Não é mais aquela menina magricela, agora ela está em outra. Não consigo entender o que você quer. Ontem queria conhecer melhor a Ann, hoje precisa falar com Mandy...

Ele suspirou alto, parecia totalmente sem saber o que fazer. Eu conhecia aquele sentimento. Mas ele não podia fazer como eu, pedir uma reunião para tentar reconquistar a Mandy. Não teria o apoio de ninguém, nem o meu, pois ele a fez passar por muitas coisas, sabendo que ela era apaixonada por ele.

– Brady, nem eu mesmo estou entendo, só quero que ela esteja bem.

Era mentira, ele estava desesperado para que eu o ajudasse. Ela merecia ser feliz e eu não poderia fazer nada para prejudicar minha pirralha.

– Acho que é melhor você deixar para lá. Mandy te superou e você tem que entender que ela está em outra, ela está feliz.

– Eu vi. Você tem razão, só me diz que está tudo bem com ela, tá?

– Vou levá-la para o jantar e depois eu te digo como ela está.

– Ok.

Desliguei o celular e fui me arrumar. Eu queria impressioná-la, acabei colocando um jeans escuro e uma blusa azul de botão, enrolei a mangas, passei um perfume, calcei um tênis e fui para o quarto da Ann.

Eu sabia que algo estava errado assim que ela abriu a porta e ela teria que me contar. A minha fada queria me esconder algo. Que droga! Eu detesto segredos, isso é a pior coisa que pode acontecer entre duas pessoas. Se ela queria ir pelo lado de ter segredos, tudo bem, eu não ficaria mais insistindo e desisti. Acho que ela percebeu que eu estava chateado. Beijar sua boca era maravilhoso. Eu a levei para a cama e ficamos nos beijando, para descobrir o gosto exato que tínhamos. Por fim, minha curiosidade venceu.

Eu não preciso passar por isso, depois de começar com essa história de segredos, acho melhor eu dar um jeito na minha maluquinha primeiro. Fomos para o quarto da Mandy e o que era aquilo no umbigo dela? Eu arranquei o lençol de cima dela e a puxei para a ponta da cama pelas pernas, não sabia o que a Ann acharia disso. Eu ameacei jogá-la no chuveiro e dar um banho de água fria, eu já tinha feito isso algumas vezes, por isso ela sabia que era uma ameaça real.

Meu pai quebraria meu pescoço se eu não a levasse para o jantar. Ela foi emburrada para perto da mala, pegou um vestido transparente longo, um negócio preto e uma sandália, então Mandy foi para o banheiro sem dizer nada.

Ann estava desconfiada, só que essa eu ganharia e ainda por cima eu conseguiria tirar esse segredo a pulso.

Ela era tudo o que eu precisava, mas eu sentia ainda aquela desconfiança. Sorrimos, eu gostava quando as pessoas percebiam que eu queria uma vida diferente da que tinha levado até então. Ainda bem que Mandy me conhecia muito bem. Eu estava muito preocupado com a minha prima, eu sabia que o meu pai estaria fazendo de tudo para nenhum estranho chegar perto dela.

Quando ela chegou para falar com o meu pai, David voltou e se sentou bem distante dela. Coitado do meu irmão, eu percebi que ele tentava não olhar para a Mandy enquanto ela conversava animadamente com um rapaz, era uma situação, no mínimo, estranha. A Ann estava tão pensativa... Eu queria muito saber o que tinha acontecido e como a Bárbara estava tomando conta da Mandy. O gavião do meu pai não deixaria nada acontecer, poderíamos terminar a conversa em outro lugar.

Eu queria um tempo sozinho para conversar, eu nem iria fazer nada, só conversar e ficar juntinho.

Dias inesquecíveis

Capítulo 10

Quando chegamos na porta do quarto dele eu continuei em direção ao meu, e ele estava um pouco relutante.

– Brady, combinamos de ir para o meu quarto, não para o seu.

– Só quero pegar uma coisa e já vamos.

Entramos no quarto dele e Brady pegou uma sacola de couro preta. Minha curiosidade estava me deixando louca, o que ele pretendia fazer? Saímos e fomos para o meu quarto. Assim que entramos, ele me prendeu na parede, e só a expectativa do beijo dele já me deixava ofegante. Eu estava tonta com o perfume delicioso que ele usava, era melhor do que o perfume das mil flores que ainda estavam no meu quarto criando um ambiente mágico.

– Me diga quem era no telefone, e o que falou para você.

Por que ele me pegava sempre desprevenida? Não era o que eu tinha em mente. Eu o afastei e fechei a porta, com isso tive um tempo para pensar no que falar. Ele me puxou para a cama e me colocou presa entre as pernas dele, e eu não tinha como escapar.

– Me fale, eu quero ter uma relação diferente, quero sinceridade.

Eu fechei os meus olhos. Não estava acostumada a me abrir assim para um namorado, e até aquele momento estávamos mantendo uma relação de respeito e tudo mais, mas contar cada detalhe da minha vida, fazia com que eu me sentisse exposta.

– Promete que você não vai fazer nenhuma loucura?

– Não prometo nada. Só quero saber o que houve, acho que depois da sua decisão de me aceitar eu tenho direito de me envolver em tudo o que diz respeito a você.

Ele iria me convencer, eu estava sentindo isso. Acho que ele estava certo, mas essa intimidade com ele me assustava muito. Brady me beijou, eu fiquei sentada no colo dele e não conseguia pensar em mais nada.

– Me diz, amor, por favor, não deixe que nada fique em segredo entre a gente.

– Ok, Brady. Foi o sr. Anderson que me telefonou. Era para falar que a namorada dele estava querendo conversar comigo a respeito do rompimento do homem mais lindo do mundo com a super modelo, que, por acaso, é prima dela. Ele foi grosseiro e me magoou na hora. Ainda bem que logo percebi que aquela provocação não deveria me atingir, pois eu não fiz nada de errado.

– Você quer falar sobre isso, já que fui eu que, afinal de contas, a deixei triste?

– Não, Brady, acho que eu soube me defender e espero que ele fale para a Melane tudo o que eu falei para ele. Já passou e eu não quero pensar mais nesse assunto.

– Você é quem manda, minha fada.

Nós ficamos assim perdidos em beijos deliciosos, bem lentos e eu sentia cada toque e sabor. Era um momento de amor... Será que eu estava ficando louca? Como eu poderia amar alguém assim, tão rapidamente? Estava fora da minha lógica... Ele estava beijando outra mulher há dois dias!

Alguém bateu na porta, eu levantei do colo dele para pensar melhor em tudo o que estava acontecendo.

– Serviço de quarto.

– Sua torta chegou.

Ele levantou e foi abrir a porta. O rapaz entrou com uma variedade de tortas de morango e cereja que dava para, pelo menos, umas dez pessoas. Minha boca estava salivando. Eu amo doces. De repente, o rapaz pegou um pacote que estava na parte de baixo do carrinho e foi para a varanda. Brady me olhava com aquele sorrisinho no rosto. O que ele estava aprontando dessa vez?

O rapaz foi abrindo o pacote e, para a minha surpresa, era, uma rede branca enorme que ele pendurou na sacada. Eu nunca tinha usado uma, mas sempre via nas sacadas do hotel. Brady deu cem dólares de gorjeta, o rapaz foi embora e ele fechou a porta.

– Uma rede?

– Nós vamos dormir juntinhos hoje.

– Brady, eu nunca nem deitei em uma, com certeza eu não vou conseguir dormir.

– Depois a gente vê. Agora, que tal um pedacinho de torta?

– Sabia que você é um exagero em pessoa?

– Eu só sabia da torta de chocolate com pedaços de morango... Quem sabe você não acaba gostando de mais alguma? Prove todas!

Eu já estava provando, será que eu estava tão magra assim? Acho que não.

As tortas estavam divinas. Ele me olhava admirado. Ofereci um pedaço e ele me beijou com gosto de torta! Acho que nunca mais pensarei em uma torta da mesma maneira.

– Já terminou?

– Não consigo comer mais nada.

Eu ri, pois ele me olhava de forma tentadora.

– Vamos escolher uma roupa de dormir para você. Que tal essa aqui?

Ele pegou uma camisa do Miami Dolphins, foi até a porta da sacada, fechou a cortina e ficou atrás de mim. Foi baixando o zíper do meu vestido e deixou cair aos meus pés. Vestiu a camisa em mim, eu tirei o maiô e coloquei uma calcinha. Sabia que Brady estava analisando cada movimento meu. Era tão macia e o cheiro dele estava me dominando.

Eu me virei e nos beijamos. Eu o queria muito... Ele me afastou, chutou o sapato enquanto eu tirava a camisa e desabotoava a calça. Ele tirou as meias, ficando só de cueca boxer branca, que deixava o corpo dele incrível e a cor contrastava com o bronzeado perfeito.

– Trim, trim....

Era o meu telefone, eu me virei e ele ficou atrás de mim abraçado, enquanto eu olhava o visor e atendia. Era a Susan, que bom.

– Oi, Susan.

– *Você está sozinha?*

– Não.

– *Você está com ele?*

– Sim.

Eu sabia que dava para escutar o que eu estava falando e ele beijava o meu pescoço.

– *Eu quero falar com o sr. Brady Blinner.*

– Claro que não.

– Se você não me deixar falar com ele, eu vou conseguir o número dele de qualquer maneira. Você sabe que eu não desisto.

Era verdade. Mas o que ela estava aprontando? O jeito era passar o telefone para ele. Eu já estava morta de vergonha, pois agora o Brady ficaria sabendo que eu falei sobre ele com as minhas amigas.

– Ok, vou passar pra ele.

Ele levantou uma sobrancelha perfeita e riu. Pegou o telefone enquanto me girava para ficarmos frente a frente. Eu estava uma pimenta e ele com um sorrisinho convencido.

– Alô, amiga da Ann.

– *Você a chama de Ann?*

– Sim.

Eu tive que rir, essa era a Susan.

– *Eu sou a Susan e quero saber quais são suas intenções para com a minha amiga.*

– Só um minuto, pois não quero que ela escute a minha resposta.

Ele me soltou rindo e foi para o banheiro e se fechou lá. O que ele estava fazendo?

– Susan, estou no banheiro e a deixei no quarto. Eu quero pedi-la em casamento amanhã, inclusive eu já mandei fazer um anel com um diamante em forma de coração, deve chegar hoje à noite. Só que ela está com medo de me aceitar por causa do meu passado, mas quero dizer que a amo e nunca vou trair a confiança e nem o amor dela.

– *Bem, se é assim... Por um acaso você tem um irmão que esteja disponível, e que seja lindo também? Porque eu quero.*

– Eu tenho, mas não se preocupe com ser bonito, pois apresentarei você a todos eles.

– *Ótimo! Tudo bem, então. Você promete ser fiel a Liza em todos os momentos da sua vida?*

– Eu prometo. Ela é o meu mundo.

– *Ok, agora estamos acertados. Cuide bem dela, eu a amo muito também.*

– Não se preocupe, tenho que enfrentar uma dama ciumenta lá fora.

– *Boa sorte, você vai precisar para dobrá-la.*

– Obrigado, Susan.

– Brady, o que você está fazendo? Eu pensei que nós, quer dizer, que...

– Eu sabia que você estava pensando em sexo.

– Brady, claro que não é isso, eu só queria dizer que...

Eu queria muito, mas não podia. Ainda não.

– Claro. Agora deite aqui, vamos conversar um pouco e depois dormir juntinhos, minha fada.

– Você não vai dormir aqui, acho não seria muito conveniente nesse momento, já que nós começamos a namorar.

Ele riu e me abraçou, ele sabia que eu estava tentando afastá-lo um pouco para clarear os meus pensamentos, mas pelo sorriso dele eu podia esquecer.

– Você disse que eu poderia fazer algo com você e eu quero dormir assim. Só dormir, minha fada. Não se preocupe, a próxima vez que eu te tocar vai ser para finalizar o que já começamos. Vai ser difícil, mas quero provar a você que não é só sexo: eu estou completamente apaixonado por você. E agora, antes de você perguntar... Eu sei que alguém está muito curiosa.

– Ok, a curiosidade está me matando.

Eu estava super curiosa, o que ele poderia ter falado com Susan?

– Ela queria saber quais eram as minhas intenções com você.

– Sério? E o que você disse?

– Eu falei a verdade, que estou apaixonado por você e amanhã eu te conto o resto.

– Por que não pode ser agora?

– Simplesmente porque falta uma coisa para eu terminar essa conversa.

Ele estava aprontando alguma coisa. O que ele queria dizer com terminar a conversa?

– Relaxe, meu amor, eu só quero ficar aqui com você hoje e amanhã nós terminamos esta conversa.

– Brady, eu quero acreditar em você e espero que dê certo de verdade. Mas nós nos conhecemos no sábado, e acho tudo tão rápido que às vezes, me assusta, sem contar que você estava com duas mulheres três dias atrás. Isso me faz repensar nossa relação constantemente.

– Minha fada, vou falar mais uma vez para ter certeza de que você entendeu: eu mudei assim que nossos olhos se encontraram. Foi amor à primeira vista. No começo, não quis aceitar esta mudança, mas depois do jantar tive certeza.

Será que era verdade? Isso tudo parecia com novelas e com aqueles filmes melosos, mas sempre acontecia alguma coisa de muito complicada antes de um final feliz. Era isso que eu temia.

– Quero tirar todas as suas dúvidas. Vamos lá: eu tenho vinte e cinco anos, nasci em 1986, meu aniversário é dia 18 de maio, sou dono de uma loja de carros de luxo e estou abrindo mais uma loja de motos, que são as minhas duas paixões desde criança. Gosto de praticar esportes todos os dias, leio muito, gosto de ler livros de ação e gosto de jogar xadrez. Me formei na Universidade de Yale, em Administração de Empresas, aos vinte anos e, desde então, trabalho com compra e venda de carros.

Eu estava gostando da conversa, era interessante saber o que ele fazia, quais eram seus sonhos, como era quando criança? No futuro, eu investigaria. Se tivermos um futuro, é claro. Detesto ser pessimista, mas meu cérebro quase sempre não me acompanha em relação ao amor.

– Me fale sobre a rotina da sua vida.

– Bem, eu acordo todos os dias cedo e vou correr na esteira... Depois vou para o trabalho e só volto as sete horas para o jantar, que é sagrado. Gosto de me reunir com os meus irmãos e o meu pai todos os dias, principalmente depois que minha mãe morreu. Depois eu vou dormir, às vezes saio com alguns amigos.

– Sei, amigos...

Amigos? Por favor, conta outra...

– Sério... Eu costumava sair com os meus amigos e voltava acompanhado com mulheres diferentes quase todos os dias. Só que depois, eu não conseguia nem me lembrar direito delas. Elas me ligavam, só que eu conseguia ficar com elas só uma semana.

O meu medo estava se tornando realidade. Uma semana? Não queria descobrir o que essas mulheres sentiam ao ter um deus na sua cama e depois serem completamente esquecidas em uma semana.

– Amor, você mudou a minha vida. Eu achava uma besteira alguém ficar fazendo pequenos gestos, como sentir um cheiro e lembrar da pessoa amada, ver uma torta e pensar se ela gostaria de comer um pedaço. Estou mais feliz do que jamais imaginei só por estar assim, ao seu lado. Você me faz feliz só por existir.

Eu fiquei olhando para ele... Tinha que processar o que estava acontecendo. Será que ele seria fiel à nossa relação?

– Eu queria saber se você já foi fiel alguma vez.

Ele me olhou, eu já sabia a resposta antes mesmo de ele falar.

– Não, eu nunca tive a quem ser fiel.

– E a sua namorada?

– Nós éramos namorados por conveniência. Não sei, nós sempre fomos amigos e ela é uma mulher linda. Um dia, ela se declarou para mim e tudo começou, mas, no fundo, sabíamos que não daria certo.

– Porque você ficou com ela tanto tempo?

– Não sei, acho que foi conveniente em todos os sentidos. Ela aceitava tudo e eu ia levando. Eu queria que você tivesse conhecido a minha mãe, ela saberia na hora que você é a mulher da minha vida.

Por que ele mudou de assunto? Acho que as desculpas acabaram. Em uma semana ele vai me deixar mesmo... O que me resta é escolher se eu quero passar mais quatro dias maravilhosos, ou acabar tudo aqui.

– Amor, olhe a lua, está linda.

Eu bocejei, apesar de ter dormido muito. Ficar ali me relaxava, os braços dele ao meu redor. Não tinha nada de sexo, só carinho e, talvez, amor.

– Agora é a sua vez, me conte tudo o que eu deveria saber de você.

– Não é muita coisa. Nasci no dia 21 de dezembro de 1987, sou filha única, estudei em Harvard, fiz arquitetura e estou formada há três anos. Desde então, eu e as minhas duas melhores amigas montamos um escritório que tem nos dado bastante lucro, principalmente no último ano.

– Eu sei que você pode me achar possessivo, mas e os namorados, em?

– Acho que eu nem deveria falar sobre isso, pois a minha lista é bem menor do que a sua.

– Quando é menor tem mais significado, e é isso que me preocupa.

Eu comecei a rir. O playboy mais cogitado da costa leste estava preocupado com a concorrência?

– Ok, vamos lá: eu tive, até o presente momento, quatro namorados. O primeiro foi Clark, eu tinha 18 anos e namoramos por uns seis meses, mas ele era muito esnobe e não deu certo. O segundo, foi no início da faculdade, ele estudava medicina e faltava dois anos para a formatura. Não sei o que eu tenho com homens mais velhos... Perdi minha virgindade com ele aos vinte e dois anos e namoramos por um ano e meio.

– Por que vocês terminaram?

– Clark queria uma mulher que não tivesse pensamentos próprios e eu sou o oposto, por isso terminamos. Cansei das brigas e de não poder resolver nada sozinha. O último, talvez você não goste muito da história.

– Por quê? Só porque vocês foram noivos? É, infelizmente eu já sei um pouco e realmente não me agrada muito. Mesmo assim, prefiro ouvir de você do que de outras pessoas.

A minha mãe era uma linguaruda, mas depois eu me entendo com ela.

– O Richard Kane Júnior é um homem tranquilo, advogado, ele é amigo da família da minha amiga Susan, e foi assim: nós namoramos por um ano e três meses e ficamos noivos no dia do meu aniversário do ano passado. Só que, em janeiro, eu terminei com ele.

– Por quê?

– Para falar a verdade, eu nunca o amei. Nós dávamos certo juntos, porém não era só isso que eu queria.

Ele relaxou. Eu parei de olhar para a lua e virei de frente para ele.

– Você não sabe como isso me deixa mais tranquilo, se não há amor não tem perigo nenhum.

– Você está tão confiante do meu amor por você...

– Claro que você me ama, só está com medo de admitir. Mas não precisa, pois eu te amo e, mesmo que você não queira falar, eu vou lutar pelo que nós sentimos.

Será que ele poderia ser mais convencido e teimoso do que isso?

– E se, ao final das férias, nós continuarmos juntos, como vamos fazer? Pois moramos a mais de dois mil quilômetros de distância, quase três horas de viagem... Não vai me dizer que está tudo bem para você.

– Meu amor.

Ele me abala quando fala assim. Brady me encarava com uma seriedade impressionante.

– Eu não consigo ficar a uma parede de distância, como vou ficar em outra cidade? Eu vou morar em Nova York ou você vai para Detroit. Seja o que for, eu estou disposto a mudar tudo por você.

O quê? Era brincadeira, não era?

– Você está falando sério? E o seu trabalho?

– Por você eu faço qualquer coisa! Agora vamos dormir porque eu quero te levar a um lugar especial de manhã. À tarde temos que escolher uma fantasia para o baile. Boa Noite, meu amor, sonhe comigo.

Ele estava falando sério? Depois de falar tudo isso ele queria que eu dormisse?

– Eu acho que o meu sono foi embora. Você não pode me dizer tudo isso, assim, e ir dormir, como se fosse a coisa mais natural do mundo. É a sua vida.

– É aí que você se engana. Agora você é a minha vida. Depois de saber o que é ser realmente feliz, eu não vou sair de perto de você nunca mais.

Ele me virou e cheirou o meu pescoço, eu senti que ele estava me querendo e eu fiz carinho no braço dele. Brady prendeu as minhas mãos e lambeu o meu pescoço enquanto eu me contorcia esperando pelo toque dele.

– Meu amor, vamos dormir, lembre da minha promessa: se eu te tocar mais uma vez, simplesmente não vou suportar parar, por isso não me deixe no limite, só se você voltar atrás na sua decisão.

Ele estava certo, eu precisava de mais tempo.

– Ok, vamos dormir, então.

Ele riu e beijou o meu ombro, ficamos abraçados olhando o céu, a lua, as estrelas e, com o sussurro da respiração dele, eu adormeci.

Eu escutei uma respiração perto do meu rosto e, pelo cheiro e a forma do corpo que eu já conhecia tão bem, eu sabia que ele estava acordado. Por que ele não me acordou? Abri os meus olhos, só uma brechinha, para espiar o que ele estava fazendo.

Brady estava olhando o sol com um dos braços atrás da cabeça e o outro prendendo a minha cintura. Ele estava pensativo e os olhos azuis refletidos na luz pareciam ser de cristal puro.

– Eu sei que você está acordada, não adianta ficar me espiando.

Como ele sabia que eu estava olhando?

– Eu sinto quando você me olha, sei que com você é assim também.

Eu o encarei, a nossa ligação era tão forte que ele me sentia?

– Vamos, minha fada.

Ele me colocou no colo e levantou da rede, fomos para o banheiro, ele me colocou no chão e foi encostar a porta da sacada e fechar as cortinas. Brady era muito protetor.

Quando ele voltou, estava com a sacola de couro da noite anterior.

– Vamos, minha fada, temos que tomar um banho e sair, tomaremos café no caminho.

Muito engraçado.

– Eu vou tomar banho, enquanto você vai malhar. Aí, quando você voltar, eu já estarei pronta te esperando.

– Tudo bem, eu não demoro.

Com isso, ele me deixou no banheiro, escovou os dentes, colocou uma camisa e um short, calçou os tênis, foi até a varanda, trancou a porta e saiu para o corredor. Ele não tinha jeito mesmo.

Eu fiquei observando tudo o que ele fazia, eu amava tudo nele, isso estava me deixando sem saber o que fazer a respeito dos meus sentimentos. Resolvi deixar de pensar um pouco no meu namorado. Era até engraçado, mas era a verdade.

Tomei um banho bem demorado, me sequei e coloquei um biquíni azul claro, um short e um tênis branco. Quando eu prendi o meu cabelo, Brady bateu na porta, fui correndo atender. Eu abri a porta, ele estava parado, todo suado e com um sorriso irresistível.

– Amor, você está linda.

Ele me deu um selinho e entrou, o que ele estava fazendo?

– Achei que você já viria arrumado.

– A minha roupa está aqui, eu não demoro.

Brady pegou a bolsa e deixou a porta encostada, dava para saber o que ele estava fazendo lá. Sentei na cama e fui checar os meus e-mails, mas quando eu olhei ele estava de costas tomando banho. Eu não conseguia tirar os olhos daquele corpo, ele tinha os movimentos rápidos e eficientes. Desligou o chuveiro e eu me virei, pois não queria que ele me visse olhando para ele.

– Amor, me ajuda aqui.

Eu olhei para ele... Nossa, ele fazia de propósito.

– O que você precisa?

Brady caminhou até a cama e me puxou pelas pernas, segurou a minha cintura e me deu um beijo como se estivesse me marcando, e eu me entreguei à sensação do corpo dele vibrando junto ao meu.

– Vou terminar de me arrumar e vamos sair. Estou faminto de comida e de você.

Ele riu e foi colocar uma camisa, uma bermuda jeans e ele estava procurando algo. Eu já imaginava que seria uma sandália de borracha, eu tinha deixado uma que ele tinha comprado na lojinha dentro do meu armário.

– Obrigado, amor, você é a mulher mais linda do mundo, agora venha aqui.

Como ele era mandão.

– Por que você não vem aqui? É a mesma distância.

– Eu sei. Se eu for, nós não vamos sair daqui hoje.

Ele deu uma gargalha pela cara que eu fiz. Escutar a risada dele me deixava inquieta. Ele me afetava em todos os níveis possíveis e imagináveis.

– Vem aqui, mulher.

Eu ri e fui. Ele me levantou, eu enlacei a cintura dele e nos beijamos, foi forte e quente, tudo o que eu nunca tive. Ele me desceu bem lentamente, eu sabia que se ficássemos assim eu deixaria a atração assumir.

– Agora, vamos. Preciso pegar algumas coisas no meu quarto de novo.

Ele saiu me puxando. Só deu tempo de pegar a minha bolsa com toalha, protetor e a minha carteira. Fechei a porta e fomos para o quarto dele. Lá dentro havia mais uma bolsa pronta. Ele trocou e voltou a fechar a porta.

Nós fomos, às pressas, para a recepção. Olhei no meu relógio, eram oito e meia da manhã e eu já estava faminta.

– Ann, preciso pegar uma coisa na recepção.

– Ok, vamos lá.

Ele pegou uma caixa que parecia de relógio, estava embrulhada em um papel dourado e mais nada. Nenhum cartão, o que seria? Droga, a curiosidade matou o gato, não é isso que dizem?

– Vamos, minha fada, a aventura nos espera.

Ele continuou me puxando e lá estava a Hammer amarela, obviamente ligada, pois ele não queria que eu ficasse com calor. Brady abriu a porta e prendeu o meu cinto, depois deu a volta no carro. Quando ele entrou, eu tinha que perguntar o que tinha na caixa e para onde ele estava me levando.

– Brady, o que tem na caixa?

Ele começou a rir, eu já estava me sentindo uma palhaça, é claro que ele estava escondendo o jogo.

– Quando chegarmos ao nosso destino eu te mostro o que tem na caixa.

– Ok, e onde seria este destino?

– Alguém acordou muito curiosa hoje. Mas isso eu posso falar. Pegue o meu celular.

Eu peguei o celular e ele me instruiu a ligar o GPS e ver a rota do nosso destino. Percebi que deveria ser, mais ou menos, duas horas de viagem.

– Eu vi a foto desse local e, quando eu te conheci, a primeira coisa que eu pensei era que eu tinha acabado de ver uma fada. Eu estava em um veleiro e perguntei ao rapaz que estava limpando o casco como chegar lá. Quando nós chegarmos, eu quero que você me diga se não é o lugar perfeito para você.

– Por que para mim?

– Por favor, amor, você é a minha fada e é nesse lugar que nós vamos morar.

Eu ri. Ele era um bobo, mas esse charme e o sorriso fácil que ele tinha deveriam ter quebrado muitos corações. Será que o meu seria o próximo?

– Te dou dez doces pelo seu pensamento.

– Sério? Eu estou faminta e você nem tem dez doces.

– Quem disse que eu não tenho?

Ele tinha?

– Tem?

Aquele sorriso me fazia querer beijá-lo e fazer outras coisas que eu não deveria estar pensando.

– Vai me dizer?

– Tenho medo de me entregar nessa relação.

– Você ganhou os doces, abra o porta-luva.

Eu abri o pacote, meio desconfiada, havia pelo menos uns 30 doces... Ele era louco. Quando eu mordi o primeiro, ele parou o carro no acostamento, também deu uma mordida e me beijou. Era delicioso, meu corpo estava em chamas só pelo beijo de coco.

– Estamos chegando, daqui a uns duzentos metros nós vamos virar à esquerda para um restaurante rústico que o rapaz do barco me recomendou.

Quando entramos no desvio vimos uma casinha branca com uma grande varanda e um local para uns três carros. Parecia bem aconchegante. Brady parou o carro e fomos entrando. Uma senhora veio nos receber, ela parecia tão alegre e o cheiro de café fresco e pão assando fez o meu estômago roncar. Que vergonha.

– Bom dia, senhora.

– Bom dia, senhor, senhorita. Podem escolher qualquer lugar, o horário de maior movimento é a partir das dez horas da manhã, pois estão construindo o hotel aqui próximo. Bem, o que vão querer?

– Vamos querer tudo o que você tiver para o café, a minha mulher está com muita fome e eu também.

Mulher?

– Claro, senhor, vou trazer de tudo um pouco, sei que serão nossos clientes fiéis a partir de então. Meu nome é Maria, podem me chamar se precisarem de alguma coisa, com licença.

Eu estava pasma... Mulher? Ele estava louco.

– Brady, por que você falou isso?

– Amor, um dia você vai ser, é bom se acostumar.

– Ok.

Maria veio junto com um garoto de uns dez anos trazendo muita comida. Minha barriga roncou de novo, eu não duvidei: peguei um suco de goiaba, estava um mel, delicioso, coloquei ovos mexidos com queijo branco e banana frita, que eu só comia aqui em Cancún. Fiz um mega sanduíche e o Brady não ficou atrás, tomou café com leite e panquecas com molho e quatro sanduíches de queijo, presunto, ovos e uma carne desfiada que parecia deliciosa.

– Como está a comida?

– Uma delícia... E você? Também estava com fome, hein? Quatro sanduíches? Essa carne parece uma delícia.

– Senta aqui no meu colo, eu dou na sua boca.

– Brady, por favor, nós estamos em um lugar público.

– Amor, só estamos nós aqui. Vem logo, você quer experimentar.

– Ok, sem gracinhas.

– Não prometo muita coisa.

Eu sentei no colo dele e ele me deixou comer meia porção de carne desfiada, que era o céu de suculenta. Tomei um pouco de achocolatado gelado e ele me deu pedaços de mamão cortados que derretiam na boca.

– Já está bom, Brady, não consigo comer mais nada.

– Ok. Dona Maria.

– Que lindo um casal tão romântico... Desejam mais alguma coisa?

– Só a conta e lhe dizer que a sua comida nos conquistou. Nenhum hotel, e nem em casa, eu tive um café tão gostoso como esse.

– Obrigado, meus jovens, está aqui.

Brady me colocou nas costas dele, como se eu fosse um macaco. Como as atitudes dele me deixavam sem ação, nunca imaginei fazer macaquinho com ele, acho que nunca fiz com ninguém.

– Vamos, estou com muita vontade de ver como você fica em um lugar mágico.

Se era para fazer algo diferente, eu fui e falei no ouvido dele.

– Tudo bem, vamos.

– Amor, para onde agora?

– Sr. piloto, vamos pegar a estrada principal e, no próximo desvio à direita, vamos entrar e seguir em frente por mais uns quinhentos metros.

– Tudo bem, copiloto, você está gostando do passeio?

– Estou, principalmente agora que comemos tão bem, acho que nunca comi tanto na minha vida.

– Eu como muito, e hoje também me superei. Vamos ter que malhar amanhã de manhã, já que hoje temos o dia cheio.

– Temos?

Eu queria ver o jeito dele, mas ele segurou a minha mão e beijou o meu pulso, ele sabia que estava acelerado, os olhos azuis claros começaram a escurecer de desejo. Como eu poderia me conter com ele assim? Porém a minha vida e os meus sentimentos estavam em risco, com isso eu desviei o olhar e tentei não pensar no homem lindo ao meu lado.

Eu estava apavorada, para onde estávamos indo? Parecia um filme de terror, até que chegamos a uma curva que se abria para uma clareira e a visão era incrível, realmente. Era uma lagoa de água cristalina com areia branca no fundo. Algumas pedras faziam um contraste perfeito com algumas plantas aquáticas. O sol refletia na água que parecia ter uma película de pequenos diamantes na sua superfície.

Havia uma pequena cachoeira ao fundo e a queda d'água formava uma nuvem de minúsculas gotículas que deixavam o ambiente mágico. Nas bordas havia uma vegetação rasteira tão verde, com algumas flores silvestres salpicadas que pareciam plantadas por fadas. Eu estava ficando tão maluca quanto o meu companheiro. Então olhei para ele.

– Vamos entrar na água?

Eu comecei a tirar a minha roupa de costas para ele, foi quando eu percebi que ele estava bem atrás de mim. Brady me ajudou a tirar a roupa e foi me fazendo entrar na água que estava super gelada, mas estávamos nos acostumando. Ele me seguia segurando minha cintura. Quando estávamos com água até um pouco acima da cintura eu me virei e percebi que ele estava de bermuda ainda, sendo que ele estava de sunga por baixo, isso me deixou intrigada.

– Vamos mergulhar?

– Acho que não é uma boa ideia, está muito gelada.

Ele riu e me puxou para perto, me deu um beijo e mergulhou, eu senti a água gelada tocar a minha pele, mas o calor que vinha do corpo do Brady era delicioso. Voltamos à superfície.

– Você ficou louco?

– Vem, nem deu para sentir esse frio todo, vem cá.

Assim, ficamos nos beijando e conversando sobre coisas que gostávamos de comer, vestir, brincadeiras de quando éramos crianças e sobre videogames. Foi um momento que eu não vou esquecer nunca. A paisagem parecia um quadro em movimento, tudo perfeito. Ele me me segurou pela cintura e fitou os meus olhos.

– Preciso pedir uma coisa, mas antes quero dizer o que eu vou oferecer a você. Desde o sábado eu sou um homem diferente, sei que talvez você não acredite em mim, mas aquela dança no jantar mudou tudo o que eu achava certo e o que eu queria para a minha vida.

Meu Deus, o que ele queria dizer com isso? Que foi bom enquanto durou? Eu ainda não estava pronta para ficar sem ele.

– Brady.

– Eu quero falar primeiro, é importante. Vem, vamos ficar fora da água, seus lábios estão ficando roxos.

Sabe quando você não consegue dizer nada? Apenas o segui e os meus movimentos eram completamente automáticos. Eu fiquei parada no sol, enquanto ele pegava uma bolsa térmica, uma toalha grande e a minha bolsa. Estendeu a toalha, me chamou para sentar, eu fui. Ele me enrolou em outra toalha e ficamos assim por um tempo juntos, ele me aquecendo. Era tudo tão tranquilo e lindo...

– Ann, eu realmente queria que você acreditasse que eu mudei por você, mas também sei que é cedo para você confiar em mim.

Ele falava abraçado comigo olhando para o céu, como se estivesse conversando com ele mesmo. A tristeza na voz dele me deixou novamente sem saber o que falar; eu não queria mentir, dizendo que confiava nele, porque de fato ainda não estava totalmente segura a respeito dos sentimentos dele por mim.

Brady me soltou e abriu a bolsa térmica, e tirou de dentro uma garrafa de champanhe e duas taças. Sorria enquanto abria a garrafa.

– Brady, primeiro quero lembrá-lo de que eu não bebo mais. E segundo, o que estamos comemorando?

– Primeiro, hoje você vai beber sim, segundo eu já vou contar o que estamos comemorando.

Nós ficamos rindo enquanto ele me servia, e brindamos a algo que eu não sabia o que era. O champanhe estava perfeito e o gosto marcava aquele momento. Mas minha curiosidade estava me matando.

– Brady, por favor, eu preciso saber o que está acontecendo.

– Ok, minha fada, vem aqui.

Ele me colocou no colo, e eu, instintivamente, passei as minhas pernas ao redor da cintura dele. O Brady tirou a taça da minha mão e colocou a dele ao lado e me encarou. O meu coração dava saltos de encontrar aquele olhar tão intenso.

– Eu mandei fazer uma coisa para você, pedi algo que fosse feito exclusivamente para uma fada.

– Brady, o que você está aprontando?

– Amor, eu nunca mais quero passar um dia longe de você, eu mal posso ficar em outro quarto, quanto mais em outra cidade. Você mudou tudo em mim e eu agradeço cada segundo por ter te encontrado. Sei que estamos namorando oficialmente há um dia, mas eu quero você para sempre ao meu lado.

Eu não podia acreditar no que eu iria escutar, ele me amava a ponto de querer se casar comigo. Casar...

– Elizabeth Ann Willams, eu quero ser totalmente seu e quero que você seja totalmente minha. Você aceita se casar comigo?

Ele tirou do bolso uma caixa de veludo preta molhada, por isso ele não tirou a bermuda... Ele era completamente louco. Brady abriu a caixinha bem devagar. Foi quando eu vi o solitário em forma de coração com fileiras de diamantes cor de caramelo ao redor de todo o anel. Não consegui dizer nada.

– Eu pedi para fazer uma aliança com esses diamantes amarelos que, além de raros, me fazem lembrar minha mãe. Ela tinha um anel assim e sempre dizia que aqueles brilhantes eram como a estrada de tijolos amarelos do *mágico de OZ*, e que sempre a levariam de volta para casa.

Agora eu olhava para ele que falava de um amor incondicional que eu ainda não estava preparada para dar mas, ao mesmo tempo, eu não queria ficar sem. O que eu iria fazer?

– Não precisa me dar a resposta agora.

Ele tirou do bolso um colar com as três cores de ouro entrelaçadas, era lindo também.

– Amor, eu mandei fazer para você usar até decidir se me aceita ou não, eu preciso saber que está com você o tempo todo.

Eu deixei ele colocar o anel como se fosse um pingente e prender no meu pescoço. Assim que ele me olhou, eu toquei no anel. Queria tanto tirar e colocar no meu dedo, mas o medo não me deixava.

– É lindo!

Sério, foi a única coisa que saiu da minha boca. Eu me sentia uma completa idiota. Ele tinha acabado de me pedir em casamento e eu estava em choque. Só podia...

– Brady, eu não esperava, mas eu vou pensar.

Ele deu um sorriso que iluminou aqueles olhos, isso me deixava sem rumo. Eu o puxei para perto de mim e o beijei para que ele entendesse que eu estava só com medo de tomar a decisão, mas que eu o amava, só que as palavras não saíam da minha boca. Sempre foi tão fácil falar dos meus sentimentos abertamente, mas eu me sentia acuada, não sei bem como explicar.

Trim, trim...

– É o meu celular.

– Oi, mãe, bom dia.

– *Filha, onde vocês estão?*

– Mãe, nós estamos em um verdadeiro paraíso.

Brady se aproximou e deitou a cabeça no meu pescoço. Automaticamente comecei a alisar o cabelo dele, era tão macio. Estar aqui com ele de forma tão íntima, mas dizer que eu amava era difícil, apesar de que, no meu interior, eu sabia que o amava muito.

Meu Deus, eu o amava! Paralisei. Sim, eu o amava. Como isso foi acontecer? Nunca acreditei em amor assim, mas era inevitável e estava acontecendo comigo.

– *Filha, você está ouvindo?*

– O que, mãe?

O que ele fazia com o meu corpo era insano, um toque e uma onda de sensações percorria cada parte como pequenos choques que se concentravam nas áreas mais sensíveis.

– *A que horas vocês pretendem voltar?*

– Por que, houve algum problema?

– Não, querida, só acho muito prematuro você e o Don Juan ficarem por aí. Querida, ele só usa as mulheres, não se compromete. Quando eu formei o par para o casamento, não imaginava o seu interesse por ele.

– Mãe, não se preocupe, nós estamos nos acertando bem, ok? Espere um pouquinho.

Brady estava com uma sobrancelha levantada.

– Brady, a que horas nós vamos voltar?

– Ponha no viva-voz, eu quero falar com a Bárbara também.

– Ela só quer saber a hora.

Ele me encarou. Que homem turrão, eu sabia que ele não iria ceder.

– Tudo bem.

Eu coloquei no viva-voz e ele sorriu torto, e isso me colocava a mercê dele. Como Brady é charmosamente, lindamente irresistível. Droga! Como eu me tornei tão previsível?

– Bárbara, nós voltaremos no fim da tarde, não se preocupe com o baile, nós estaremos lá na hora. Você sabe que eu gosto de pontualidade.

Nesse momento, ele se estendeu no chão e riu da minha expressão. Com 1,95m de altura, e aqueles ombros... Minha nossa, ele era enorme. Fiquei em cima dele. Eu queria ficar assim para sempre.

Seus antebraços eram maiores que as minhas coxas, o abdômen era tão definido que dava vontade de morder cada barrinha. As pernas grossas e musculosas, tudo nele era perfeito. E o rosto? O que eu ia fazer?

– *Posso escolher a sua fantasia, filha?*

– Bárbara, não se preocupe, eu já encomendei as nossas fantasias, a Mandy e a Mag estão arrumando tudo.

Droga, ele pensa em tudo.

– *Tudo bem. Cuidado, então.*

– Vou tomar conta direitinho da minha fada, não se preocupe.

– *Ok, até mais tarde.*

– Tchau, mãe.

– Sua mãe está preocupada, mas não precisa, pois jamais faria nada que você não quisesse.

– Brady, esse é o problema. Ela sabe que você é perfeito, quem diria não?

– Você, amor. Mas eu espero o tempo que for preciso para ter o seu corpo e o seu coração juntos.

Ele riu e beijou a ponta do meu nariz. Nossa! O cheiro dele era mais forte, o amadeirado ficava mais intenso com o cheiro da grama e do sol. Sabe aquelas curvinhas que os homens deliciosos têm, que ficam próximas da sunga e que não sei como descrever? Ele é delicioso, perfeito. Como eu queria me entregar... Mas seria só por pura necessidade. E depois? Eu simplesmente não conseguia ceder ao impulso.

– Nunca disse "eu te amo" a outra mulher. Não pense que eu te quero só por que você foi única a me dizer não. Quero que você saiba que estar com você mudou tudo o que eu acreditava e o modo como agia.

Ele pegou o telefone dele e colocou para tocar, era a mesma banda que ele tinha colocado no carro. Brady percebeu que eu estava franzindo o cenho tentando lembrar o nome da banda.

– Eu gosto muito dessa banda, acho que já falei deles para você, o nome é Nickelback, eu gosto do rock alternativo deles.

– Combina com você.

Ele cheirou o meu pescoço e riu. Como eu podia amar alguém que eu conhecia há poucos dias? Isso é insano, fora que ele é Brady Blinner, o solteiro, o mulherengo, o playboy.

– Brady, eu queria que você também soubesse que eu estou com medo de como estamos conduzindo nossa relação. Casar?

– Calma, amor...

– Brady, precisamos conversar sobre isso.

– Primeiro vamos curtir o dia, já são meio-dia e meio e ainda quero aproveitar muito este lugar com você.

Simplesmente concordei com a cabeça, rolei na toalha e vi que Brady tinha ido até o carro. Tinha tudo planejado.

A música tocando ao fundo, Brady colocou o térmico no chão e sacudiu o cabelo molhado. Era muito gostoso, como ele era sexy. Mas parecia um pouco tenso, passou as mãos no rosto e depois nos cabelos. O que tinha acontecido de diferente entre ele ir e voltar do carro?

– Brady, o que foi?

Ele riu sem humor. Foi tirando da valise pratos de porcelana e talheres de prata. Abriu os recipientes, tinha salada verde com frutas tropicais, arroz branco, filé ao molho madeira com muitos champignons, frango com molho agridoce e um peixe com alcaparras e batata *sauté*.

Eu olhei para ele sem acreditar.

– Como? Como você fez isso?

– Eu queria você para mim o dia todo, por isso achei melhor vir prevenido.

– Só estão faltando os nomes em cada prato, como você conseguiu?

– Tenho uns contatos com o pessoal de serviço de quarto.

– Você é impossível, sabia?

Ele sorriu, mostrando as covinhas que completavam o charme dele, mas algo estava acontecendo com ele. Almoçamos e conversamos sobre coisas rotineiras e sem importância. Eu gostava de estar relaxada com ele.

Ficamos deitados na sombra e acabamos cochilando. Quando eu acordei, Brady estava abraçando a minha cintura e eu estava, de novo, com o rosto no peito masculino mais perfeito do que o de todas as estátuas gregas. A mão dele estava prendendo a minha bunda, nem dormindo ele podia se controlar.

– Vamos para mais um mergulho antes de irmos embora?

– Você vai na frente, eu já vou logo atrás.

– Preguiçosa.

Ele foi desfilando até chegar na água e, de repente, mergulhou. Como tudo o que ele fazia era incrivelmente sexy eu não sei explicar. Ficou em pé, sacudiu o cabelo, perfeito. Acho que a baba estava escorrendo pelo meu queixo.

Levantei bem devagar e ele me olhava com tanta intensidade que era difícil até lembrar de respirar. Fui entrando na água e ele mergulhou, não dava para ver onde ele estava. Fui andando até ficar com água pela cintura, então ele apareceu atrás de mim, cruzou o braço na minha cintura e eu me encostei nele.

Nadamos, boiamos e mergulhamos, explorando ao máximo o lugar. Quando eu percebi, já estava entardecendo e as sombras cobriram toda a lagoa. De repente, uma nuvem de vagalumes surgiu na margem e ficamos abraçados e imóveis. As luzes piscando eram refletidas na água como espelho, foi a coisa mais linda que eu já vi.

– Só poderia ver isso com uma fada ao meu lado! Obrigado.

Ele me virou e nos beijamos, era tão delicado e carinhoso que eu me perdi nas sensações. Eu te amo... Eu só queria ter coragem de falar, eu o amava com tudo de mim. Por que eu não conseguia falar isso para ele?

– Vamos, amor. Se não formos agora, vamos chegar muito tarde. Eu prometi à sua mãe que chegaríamos na hora.

Ele tinha razão, mas eu não queria que aquele dia acabasse.

– Ok. Um dia vamos voltar aqui, não vamos?

Era como se aqui só existisse nós dois. Eu conseguia perceber claramente que o amava, as palavras estavam presas pelo medo de acreditar.

– Com certeza, nossos filhos tem que conhecer o conto de fadas completo.

– Filhos?

Ele me pegou no colo e fomos passando pelo meio dos vagalumes enquanto ele ria da minha cara de susto.

Se é para assustar vamos em frente...

– Que tal oito filhos, sete meninos e uma menina. Sabe, tenho que proteger a minha filha dos caras que não prestam, assim terei ajuda de mais sete. O que você acha?

– Ainda não pude raciocinar a ideia de um, imagine de oito!

Ele me colocou em pé, pegou uma toalha para mim e outra para ele, Brady colocou uma camisa e virou de costas para mim. Sério? Estávamos tão bem, rindo, e agora ele me ignora?

– O que foi, Brady?

– Se eu for ficar olhando para você se trocar, nós não vamos sair daqui. Eu quero beijar o seu corpo todo. Eu te amo, minha fada, sei que é difícil para você aceitar.

Eu fui até ele, o abracei por trás. Era estranho, o meu rosto tocava o meio das costas dele. Como ele é deliciosamente perfeito para mim... Eu o fiz virar e passei os meus braços pelo pescoço dele, foi quando ele me beijou e tudo em mim se desfez.

– Vamos, amor, prometo que voltaremos aqui, agora precisamos ir.

– Eu não quero ir.

Parecia que tudo aquilo acabaria, a magia e o amor que estava colado na minha pele.

– Ei, eu vou dormir com você.

Ele me carregou e me sentou no banco do carro, me enxugou e me vestiu com um vestido que estava na bolsa e me beijou. Ele estava só de sunga e camisa, eu podia sentir a luta dele em não fazer amor comigo ali. Eu ria por dentro, pois eu sabia que ele me desejava muito.

– Tire esse sorriso, você está me deixando maluco. Agora, se prepare, que você vai ver o que eu vou fazer com você. Passe para o outro banco. Eu vou fechar os olhos e você coloca a sua calcinha, por favor, seja rápida.

Ele me deu a minha bolsa e eu me troquei super rápido. Sabia que ele estava tentando ao máximo não me atacar, e eu acabaria dizendo sim, pois queria muito.

Ele foi recolher as coisas e colocar no carro.

– Brady, eu posso ajudar.

– Não, amor, está escuro e você pode se machucar.

Ele riu e entrou no carro. Dirigia perfeitamente. Fomos conversando sobre as aventuras dele com o irmão David. Eles eram muito unidos, não só os dois, mas a família como um todo. Minha mãe sempre dizia que, para eles, a família vinha em primeiro lugar sempre.

A volta foi um pouco mais demorada, pois as ruas e estradas estavam com um pouco mais de trânsito, já que saímos cedo para encontramos o dito lugar que ficou marcado como o melhor lugar da minha vida.

Quando chegamos ao hotel, havia muitos fotógrafos e os convidados já estavam chegando, todos a caráter. Brady desceu do carro, entregou a chave para o manobrista e foi rodeado pelos fotógrafos.

– Brady, você poderia nos contar melhor sobre o seu novo caso com a sua futura meio-irmã?

– Em primeiro lugar, Elizabeth não é um caso, eu pretendo me casar com ela, só estou esperando que ela diga sim.

Com isso, a chuva de perguntas cresceu. Ele virou e foi até a minha porta, e quando eu virei para pegar a mão dele, o palhaço estava sorrindo... Sério! Agora todos sabiam o que a nossa relação significava. Ele pegou minha bolsa, me deu um beijo de leve e piscou. Como ele era descarado! Fomos direto para o meu quarto. Assim que entramos, Brady me carregou até a cama.

– Eu quero você mais do que qualquer coisa que um dia eu possa ter desejado! Estou ficando louco por não ter você, Ann.

Eu queria que ele acabasse logo com o fogo que estava me consumindo, nos beijamos, mas ele estava se controlando, ele nem tinha a mão boba de sempre.

– Brady, eu quero você, por favor.

– Então diga o que você sente por mim.

Ele me olhou com todo o desejo do mundo, mas eu ainda não podia falar. Eu estava com medo de me machucar, como tantas vezes que vi acontecer.

Brady levantou, sacudiu o cabelo, passou as mãos pelo rosto e sorriu. Eu não esperava que ele agisse assim. Ele estendeu a mão e me puxou.

– Você me deixa fora de mim. Eu te amo. Um dia você vai ser minha completamente e, desse dia em diante, eu vou ser completo. Sei que eu tenho uma bagagem ruim, mas você me modificou, eu te amo e quero que você seja a minha mulher.

Eu toquei o anel que pesava no meu pescoço.

– A prova disso está no seu pescoço, eu quero uma vida a dois com a mulher que eu amo. Agora mexa esta bundinha linda daí e vamos nos arrumar. Sua mãe vai ficar furiosa comigo, mas tudo bem, o meu dia foi incrível.

– O meu também. Me dê um tempo, quero ter certeza de tudo o que eu estou fazendo.

– Dou tudo o que você quiser.

Ele riu e me abraçou.

– Amor, vou tomar um banho rápido e volto logo.

Ele me deu um beijo rápido e saiu pela sacada. Fui tomar banho antes que ele chegasse, consegui até secar o cabelo, quando escutei ele bater na porta.

Ele estava lindo só de bermuda, assim que ele entrou bateram à porta, eram as fantasias. Tive que rir. O Brady tinha um *time* perfeito.

– Agora venha colocar sua fantasia.

Era uma roupa romana, branca, curta, com fios dourados trançados embaixo do peito e uma fivela no ombro. Será que ele iria de sainha também? Essa eu queria ver! Comecei a rir, quando ele fez careta ao pegar a roupa do chão.

– Mandy me paga, aquela idiota! Eu falei que queria a de fada para você e um Robin Hood, e ela me apareceu com isso? Disse que ficaria perfeito em mim... Vou dar umas palmadas naquela cabeça oca.

– Vem, eu quero ver você de saínha.

Ele abriu um sorriso que as covinhas aprofundaram e eu me perguntava o que ele viu em mim, ele é simplesmente incrível! Foi quando ele baixou o short, a sunga branca deixava ele um espetáculo.

– Quero ver você arrumado.

– Posso perguntar por quê?

– Claro, desde o dia que eu conheci você, eu pensei que você parecia um deus grego, como Apolo.

– Então você vai ser a minha Afrodite, me ajude aqui.

Eu prendi o fecho do ombro. Olhar para ele de costas era delicioso. Coloquei nele uma coisinha daquelas de folhas, que eles davam para os vencedores na época romana, eu não lembrava o nome.

– A Mandy mandou um maiô branco tomara que caia. Ela colocou no bilhete que era para eu ficar feliz.

O Brady riu e piscou para mim.

– Eu não posso ir só de calcinha?

– Com certeza não. Vamos estar à beira-mar e o vento vai levantar esta blusa que a Mandy comprou, em vez de um vestido para a minha futura esposa.

– Imagine quando nós casarmos, você vai continuar sendo assim, ciumento?

Ele me beijou até que eu ficasse mole...

– Com certeza, mas eu não disse que você não poderia usar o vestido, só disse que teria que ter algo diferente por baixo.

– Vá se arrumar, eu vou pegar as sandálias que eu esqueci no quarto, não sei porque Mandy mandou as sandálias para o meu quarto. Droga, aquela pirralha sempre aprontando.

Ele saiu e bateu a porta. Eu fui correndo, coloquei o maiô que era lindo, liso e com pequenas listras douradas quase imperceptíveis. Vesti a toga, acho que é esse o nome certo e ajustei ao corpo. Eu parecia uma menina, já me imaginava do lado de um Apolo. Arrumei um rabo de cavalo no alto da cabeça, fiz algumas trancinhas e, com uma delas, dei a volta no elástico e prendi com um grampo.

Escutei quando Brady bateu a porta. Eu já estava acostumada com ele perto de mim. Ele entrou no banheiro com uma caixa na mão e um par de sandálias altas com tiras. Será que ele não esquecia nada?

– Nossa, você está perfeita. Vem aqui para eu te dar uma coisa.

Outro presente e eu ainda não tinha nem me acostumado com os dois primeiros.

– Brady, eu não preciso que você compre todas as joias do mundo para mim.

Ele ria da minha cara meio amarrada.

– Venha aqui e deixe de ser teimosa.

Eu fui relutante e ele me puxou. Lá estava o Apolo em pessoa. Eu o considero Apolo pois ele é inteligente e engraçado, só espero que deixe de ser mulherengo. Brady abriu um mega estojo, onde havia dois braceletes, uma tiara com três tiras e um par de brincos que se pareciam com a cor dos meus olhos. Eram rodeados de brilhantes. Ele pegou os braceletes e colocou nos meus braços, depois a tiara e, por último, os brincos.

– Você está incrível, linda. Minha futura esposa é a mulher mais linda do mundo!

– Brady, você é que é o deus grego aqui. E não precisava de quase nada.

– Eu quero te dar o mundo. Agora vamos, que a sua mãe acabou de me ligar enquanto eu estava pegando as coisas e já me deu uma bronca, no bom sentido.

– Que bom sentido tem nisso?

Ele ria, enquanto eu me maquiava, mas com ele ali eu não terminaria nunca, já que os meus olhos iam direto na direção dele a cada movimento que fazia. Até que eu terminei. Só passei um *gloss* transparente, e fiz um olho mais pesado, sem cílios postiços, pois se eu fosse colocar, ficaria tudo torto, já que eu não conseguia me concentrar.

Sentei ao lado dele, comecei a calçar as sandálias e, quando eu levantei, ele ficou me olhando e não disse nada.

– O que você achou?

– Senta aqui.

Eu me sentei no colo dele. Era engraçado, pois eu parecia uma menina diante do tamanho dele. Ele me virou e me colocou de frente para ele, assim ficávamos quase na mesma altura.

– Você está como Helena de Tróia, Diziam que a beleza dela era reconhecida por todos os cantos, até os mais distantes. Só que você é, com certeza, muito mais. Eu te amo e quero te mimar todos os dias e momentos da nossa vida.

Ele me deixava sem saber o que dizer. Eu, que me considerava uma pessoa culta, agora fico igual a uma palerma quando ele fala essas coisas para mim. Eu o beijei e ficamos ali nos curtindo no nosso mundinho. Foi um beijo cheio de carinho e amor até que, óbvio, algo tinha que acontecer.

Trim, trim, trim....

Eu levantei e fui atrás do meu telefone na bolsa.

– Alô.

– *Sua louca, o que você fazia chegando sabe Deus de onde com o super playboy na hora da festa da sua mãe? Tomara que ela faça picadinho de você. Amiga, esse Brady é um mulherengo.*

– Olhe, Susan, nós estamos namorando e os namorados fazem esse tipo de coisa.

– *Bem, não para sair no E!, amiga. Quero que você saiba que a declaração que ele deu abalou os canais de fofocas e agora eles estão esperando o pedido oficial, você acredita numa piada dessas?*

– Amiga, ele já me pediu.

– O quê?

O Brady ria da minha cara, eu não mentia para as minhas melhores amigas, isso era um pacto que fizemos desde a faculdade.

– *Achei que ele tivesse mentido. Mas se ele te pediu, aceite! Andei pesquisando por aí, ele é mulherengo, mas as mulheres se aproveitavam dele. Só que ele nunca deu nada substancial a nenhuma das outras e, pela lista de presentes que ele já te deu... Mostraram o possível anel de noivado. Nossa, é lindo demais.*

– O quê? Como eles sabem disso?

– *Amiga, fofocas... Eu garanto que devem ter algum informante. Mas não se preocupe, o seu futuro marido tem um ótimo gosto para joias.*

– Eu sei, eu ainda não dei a resposta.

Ele franziu a testa, eu o amava e vou aceitar. Quando, é que eu não sei.

– Ainda.

O Brady apertou o botão do viva-voz e a Susan estava dizendo para eu ter cuidado, usar proteção e outros tipos de coisas mais pesadas que eu acho melhor não comentar.

– Susan, aqui é o Brady.

– *O quê? Você deixou ele escutar nossa conversa particular? Que amor.*

– Como eu já falei para você, agora ela já sabe, sei que é difícil de acreditar, mas ela me resgatou de uma vida sem sentido. Eu quero uma vida de verdade, uma família e só pode ser com ela. Sei que não a mereço, mas estou apaixonado.

A Susan ficou calada e depois deu um grito que eu não sabia o que pensar.

– *Ai, que lindo, você tem meu voto.*

– Vira-casaca.

Eu falei rindo... Como ele conseguia convencer até a mais chata das pessoas? Ela era metódica e insuportavelmente perfeita.

– *Eu conheço quando alguém fala a verdade. Esqueceu que eu tenho um milhão de advogados na família? Eu entendo de enrolação e... Brady, sei que você está dizendo a verdade. Espero conhecê-lo em breve, cuide bem da minha amiga porque ela é super especial.*

– Não se preocupe, faço tudo por ela.

– Ei, eu estou aqui! Agora tchau, senão minha mãe vai nos matar e eu não quero meu futuro marido sem pele.

– *Rá, até aparece que alguém vai fazer algo contra ele.*

– A minha mãe sabe como bloquear alguém, eu tenho experiência, lembra?

– *Ok, boa festa e usem camisinha.*

E desligou. Acho que eu fiquei completamente sem graça, porque eu estava assim? Eu nunca fui tímida. Que merda!

– Vamos correr, amor, sua mãe vai tirar o meu couro, literalmente.

Fechamos tudo e fomos pela trilha. Estava tudo decorado e havia umas trezentas pessoas fantasiadas: uma banana gigante, que não dava para saber se era homem ou mulher, uns marcianos, uma mulher gato e... Quando ela virou, não era ninguém menos do que Melane, e o sr. Anderson de Batman. Ela estava incrível, mas quando ele nos viu, percebi o sorriso que ele deu. Eu queria deixar a cara dele como um purê, mas esperaria a hora certa.

– Vamos, Brady, precisamos achar minha mãe.

– Eu vou quebrar a cara desse palhaço, se ele olhar para você de novo.

– Então, eu terei que bater em todas as mulheres dessa festa, pois estão todas te comendo com os olhos. Não deixe que elas esbarrem em você. Eu conheço, vão querer passar a mão.

Ele me abraçou por trás e fomos andando abraçados.

– Você pode me proteger, eu só quero você.

– Ninguém mexe com o que é meu, só meu.

– Não é para você ficar se sentindo o tal.

– Estou agradecendo a Deus por você existir na minha vida.

A música ficou mais lenta, ele me virou e apertou o braço na minha cintura, tanto que não tinha espaço para nada mais entre nós. Eu fiquei nas pontas dos pés e coloquei a bochecha no rosto dele. O cheiro do corpo do Brady me deixava louca. Ele deixava o meu coração a mil.

– Não deixarei você nem por um minuto. Saiba que você se encaixa perfeitamente nos meus braços, tudo em você é perfeito para mim.

A música que tocava era romântica e foi aí que eu percebi que milhares de fotógrafos começaram a nos inundar de tantos cliques. Minha mãe e o Sr. Arthus mandaram que eles se mantivessem afastados.

O Brady sempre me protegia de tudo, todas essas declarações tão espontâneas acabavam com o medo que eu tinha em me entregar a esta paixão.

– Obrigada, mãe, acho que a coisa fugiu do controle.

– Vamos lá para a praia. Os meninos estão lá e Mandy estava querendo saber se você gostou das fantasias.

O Brady piscou para mim, ele veio atrás enquanto a minha mãe me arrastava pelo meio da multidão. Ela não estava feliz, acho que exageramos no tempo para chegar à festa. Ou seria pelo o que Brady disse na TV? Meu Deus, ele se declarou para todo mundo saber, isso estava me deixando feliz e ao mesmo tempo preocupada com o rumo da nossa relação.

Quando chegamos na praia, simplesmente não existia praia nenhuma, ela estava totalmente coberta por uma estrutura de metal e vidro com o telhado montado com tecido branco e dele desciam milhões de pequenas lâmpadas amarelas. Havia uma pista de dança no centro para mais de cem pessoas. Estava lotado de todos os personagens possíveis e impossíveis, cenouras, macacos, os Flintstones, personagens da Marvel. Por fim alcançamos uma mesa onde estava uma Cleópatra, que eu descobri ser Mandy.

A minha mãe estava de cigana, com uma saia vermelha cheia de babados e várias moedinhas presas em um cinto. O busto generoso ficou mais acentuado com o top cheio de moedas, tinha moedinhas na cabeça, nas pulseiras, nos dois braços e nos tornozelos. Ela estava linda como sempre, parecia mais minha irmã mais velha do que a minha mãe, e ela sabia disso.

Enquanto andávamos, vi Nicholas de pirata e Greg estava muito lindo de Thor, ele já estava abalando desde criança, porém ele era meio sério. Mas quem é que fica feliz em saber que os seus pais vão se separar? Acho que ninguém, ainda mais um garoto de três anos. Porém com os tios, o pai e Mag, ele ficava bem, todos brincavam com ele.

Quando Mandy nos viu, deu um salto e foi ao nosso encontro. Eu já a considerava uma amiga e esperava que viesse a ser uma irmã para mim, já que eu era filha única.

– Vocês estão perfeitos, como eu tenho bom gosto.

Eu me virei e o Brady me prendeu em um abraço de urso, ficamos conversando juntos e eu percebia que ela estava inquieta, assim como a minha mãe. Eu iria descobrir o que estava acontecendo. Brady me puxou para um canto.

– Amor, algo aconteceu enquanto estávamos fora, eu vou chamar Mandy para dançar e você fala com a sua mãe. Não deixe ela ficar sem falar, assim que a música terminar eu vou atrás de você. Não dance com ninguém que não seja meu irmão ou o meu pai. Estou preocupado, isso não está me cheirando a coisa boa.

– Brady, o que pode ser?

– Não saia de perto dessa mesa, fique e converse com a sua mãe. Vou descobrir direto da fonte e, assim que eu terminar, venho te buscar. Tudo bem para você?

– Tem algo me incomodando também. Não se preocupe, vou dançar com o primeiro que aparecer.

Eu ri pela cara que ele fez, com isso ele me agarrou e me beijou até eu me desmanchar. Ele sempre sabia como agir.

– Assim que eu terminar venho te buscar, vou ficar de olho em você.

Com isso ele me deixou sentada ao lado da minha mãe e foi atrás de Mandy. Fui direto ao assunto, como sempre fazia.

– Mãe, me diga agora, o que aconteceu e por que todos estão como robôs?

– Querida, não há nada de errado.

Ela deu o sorriso de "você está maluca?".

– Por favor, eu acho que não precisamos passar por isso. Agora me diga a verdade, pois será pior se eu descobrir por outros meios.

Ela me olhou derrotada, o que a estava deixando assim?

– Querida, não sei se ainda terá casamento.

O quê?

– Como assim, acha que não terá mais casamento?

– Outra carta foi encontrada no quarto da Mandy. Dessa vez dizia que, se ela não colaborasse, ela iria sofrer as consequências. Foi nesse momento que ela descobriu tudo, a viagem, o apartamento, tudo. Realmente ela está assustada, mas ela disse que vai ficar até o casamento. O sheik está vindo para cá nesse momento para tentar levá-la embora para o país dele, perto de Dubai.

Isso era tão insano.

– Mãe, e as câmeras, os seguranças não viram nada? Como isso pode ter acontecido?

– Até agora, só sabem que ontem à noite um homem entrou e saiu do quarto dela, só que ele passou um bom tempo lá.

– Você está dizendo que ele entrou no quarto com ela dormindo?

– Com certeza, querida. O andar de vocês está sob forte vigilância. Agora terão dois guarda-costas na porta da sacada e dois na que dá para o corredor do quarto dela. Ela está muito perturbada com tudo.

– Mãe, como descobriram que ele entrou nesse horário?

– Quando ela acordou para resolvermos as coisas de doces e tudo mais, eram dez e meia. Eu queria que ela ficasse bem descansada, pois teve a viagem e o jantar. Foi quando ela foi se arrumar. O homem havia cortado a roupa que ela usou durante o jantar e deixou uma carta no meio dos pedaços que sobraram.

Isso era uma loucura e muito perigoso, eu estava totalmente assustada.

– Foi um susto enorme quando ela ligou para o Arthus. Nós ligamos para os meninos e todos foram para o quarto dela, chamamos a segurança que descobriu o homem entrando às três da manhã e saindo do quarto dela só às cinco. Ele é alto e forte, estava de moletom com capuz, não conseguiram ver o rosto.

– Encurtando a história, ninguém sabe quem ele é.

– É exatamente isso.

Se fosse a minha mãe, eu estaria em Tóquio, uma hora dessas.

– Mãe, o que estava escrito na carta?

– Que ela era dele, que isso aconteceria em breve e que nada, nem ninguém, poderia separá-los. Se ela não colaborar, ela é quem vai sofrer. Não sei bem o que pensar. O Arthus vai esperar até o final do casamento e levá-la para Detroit. Ela vai ficar em nossa casa.

– Isso é insano, e ela não deve estar feliz por ter um monte de seguranças por todo o lado.

Mandy parecia muito chateada e assustada, acho que ela estava lutando para sair do susto, do medo de ter alguém no quarto durante a noite e de estar indefesa.

– Ela não quer admitir, mas está apavorada.

Eu via que a conversa entre Brady e Mandy estava indo mal. Ele estava com cara de poucos amigos e ela estava contrariada, mas se sentindo apoiada por ele. Nossa, eu estou ficando uma romântica e isso cega as ações que estão na nossa cara e não percebemos.

– David não está com ela. Eu achei que ele ficaria atrás dela, principalmente depois disso.

– Querida, David precisou viajar e não contamos nada a ele. Achamos que não seria sensato, já que o sheik está vindo.

Isso seria terrível, ele ficaria desequilibrado se descobrisse depois, se eles tinham esse gene irlandês explosivo, isso era uma certeza.

– Mãe, ele parecia apaixonado, sei que deve ser difícil perceber que a pessoa que sempre te bajulou deixou de fazer isso, que acabou cansando no momento em que ele percebeu que gostava dela.

– Filha, você percebe tudo com tanta nitidez, que às vezes me preocupa.

A mim também, porém eu não queria ficar me analisando naquele momento, já que o problema era bem maior do que o meu.

– E a polícia, o que disse?

– Só quem sabe do caso é um grupo da CIA que o Arthus tem contato. Estamos com medo que a notícia vaze para a imprensa e torne a situação insuportável. Fofocas seriam extremamente perigosas. Eles já perceberam que há alguma coisa errada. Mas depois da declaração de hoje, o foco está no mais novo par romântico. Sabia que eles estão chamando o caso de a Princesinha e o Playboy?

Até a minha mãe? Isso não estava nada bom. Foi quando eu toquei sem querer no anel que estava pendente no meu colar e a minha mãe soube na hora. Ela também não deixava nada sem entender.

– Filha, ele te pediu em casamento? Quando foi isso? Por que você não me contou?

Ela ficou eufórica, depois acho que pensou nas consequências, já que nos conhecíamos há alguns dias somente. Eu não queria falar sobre isso. Não agora. Minha cabeça estava um nó, só que ela não deixaria isso assim.

– Mãe, ele me pediu em casamento em uma cachoeira maravilhosa. Tire esse sorriso do rosto, eu disse que iria pensar, então não é nada definitivo.

Minha mãe estava toda sorrisos, eu não acredito que ela descobriu tão rápido assim, eu sabia que não teria mais paz. Foi ai que a música acabou e os dois voltaram para junto da mesa em que estávamos sentadas. Pelo olhar de Brady vi que ele não estava feliz até a minha mãe olhar para ele com um olhar de cumplicidade e adoração.

Ele olhou para o meu pescoço e riu. Ele sabia que ela tinha descoberto, e eu não sabia como agir. Fiquei sem falar nada, ele veio e sentou ao meu lado e Mandy suspirou. Depois sentou ao lado da minha mãe, que a abraçou, e as duas ficaram de segredinho, até que algumas amigas a chamaram.

– Você está perfeita com esse colar, mas vai ficar totalmente incrível quando este anel estiver no seu dedo anelar direito. Quero você na minha vida para sempre, eu te amo.

Veio seguido de um beijo e milhões de flashes. Ele sabia que precisava mudar o foco da Mandy, e o que melhor do que um novo casal de namorados? Mas ele não me enganava, ele estava fervendo por dentro. Eu sentia a preocupação e a impotência de não poder fazer alguma coisa. Quando ele terminou o beijo, encostou a testa na minha e ficamos assim por um tempo, até que a minha mãe pigarreou.

– Desculpe, Bárbara, eu preciso da sua filha, já que a minha vontade, neste momento, é de entrar no primeiro avião com Mandy para que esse cretino nunca mais chegue perto dela.

– Brady, tente entender, Mandy disse que vai ficar e, pelo o que os seus irmãos e o Arthus já comentaram, ela é irredutível.

– Fico pensando no que poderia ter acontecido. Ele teve tempo, e agora eu sei que ela quer ser forte, mas está apavorada, ela é uma guerreira. Só que eu vou ligar para David assim que voltarmos para o quarto. Ele precisa saber o que está se passando, ele não vai nos perdoar se algo acontecer com ela e ele não estiver por perto para fazer alguma coisa.

– Querido, todos acham que seria melhor não criar mais um problema. O sheik está chegando em, mais ou menos, uma hora, e vamos ver o que acontece.

– Não posso deixar isso acontecer, não com o David.

– Esse louco não vai fazer nada agora. Eu acho que ele assustou. Deve ficar feliz em vê-la com medo, por isso ela está aparentando normalidade. Ela não vai deixar que ele tenha esse gostinho.

– Bárbara, ela é a minha única irmã, não vou permitir que isso continue. Vou falar com uns amigos de confiança que são da polícia e vou pedir para eles virem para cá. Mandou buscar, faço qualquer negócio, mas não vou permitir que esse palhaço ameace novamente a vida dela.

Eu não sabia o que pensar, o que fazer em um momento como aquele.

– Querido, o seu pai já providenciou tudo isso com a CIA.

– Droga, preciso que o tempo passe, preciso fazer algo.

Ele estava me abraçado e ficava o tempo todo tocando o meu cabelo, me cheirando. Brady estava muito nervoso. Mandy estava dançando com as amigas, as duas que estavam com o Brady no sábado, como *Barbies* de Malibu. Era hilário, elas pareciam estar fazendo um filme. Foi aí que Mag chamou a atenção de todos.

Minha mãe foi atrás dos outros, já que Brady iria ligar para David de qualquer maneira.

– Brady, o que Mandy te falou?

– Ela disse tudo, pois eu ameacei dopá-la e levá-la à força para o deserto do Saara.

Eu ri, ele não. Realmente ele poderia cumprir com as ameaças. O principal é que ele tinha o motivo, afinal ela era a irmã que ele nunca teve.

– Eu faria qualquer coisa para protegê-la, mas ela disse que não vai dar o gostinho de sair com o rabinho entre as pernas.

Disse que agiria como se nada tivesse acontecido para provar que ninguém a atinge, muito menos um louco.

– Você quer que ela vá embora. Eu acho que não iria fugir, e nem você.

Foi aí que veio um sorriso incrível. Ele me deixava nas nuvens, mesmo depois de saber de uma história como aquela.

– Foi por esse motivo que eu não a agarrei e a coloquei a força em um avião. Ela está nervosa, o namorado dela vai chegar daqui a pouco, eles vão continuar perto do nosso quarto. Instalaram um alarme, com isso eu fico mais tranquilo. Faltam apenas três dias para o casamento.

Ele falava tudo me olhando tão intensamente. Eu sabia que, para Brady, estava sendo extremamente difícil não retribuir o que estava sentindo. Foi nesse momento que eu o beijei dando tudo de mim. Ficamos perdidos por alguns instantes até que alguém pigarreou.

– Filho, eu sei que você acha desleal não avisar David. Todos nós gostaríamos que eles tivessem se acertado há muito tempo, mas agora a Mandy tem alguém e o seu irmão inventou uma desculpa para fugir dela.

– Pai, ele precisa saber. Se fosse eu, com certeza eu esganaria cada um de vocês. Se ele me ligar eu vou falar, não tenha dúvida.

– Tudo bem, filho. Vamos agora tomar conta da nossa menina, ela está tentando ser forte, mas sei que a nossa Mandy precisa de proteção a qualquer custo.

Eu ficava imaginando Brady nessa situação, acho que ele me sequestraria e me levaria para uma ilha em um país completamente sem vínculo com a nossa vida. Era o mínimo que eu podia pensar de alguém tão mandão.

– Como estão as investigações?

Quem falou foi o Nicholas. Ele parecia muito sério e eles começaram a falar como a polícia e os seguranças tinham agido e o que estavam fazendo para encontrar o perseguidor da Mandy.

– Brady, meu menino, concordo com você, acho que o David deve saber o que está acontecendo. Mesmo que ele esteja com os sentimentos em conflito, creio que ele deva saber. Mas só se ele entrar em contato, acho que ele queria dar um tempo.

– Obrigado, Mag. Você, como sempre, é a nossa fonte de sabedoria.

Ela se desmanchou em sorrisos para o meu deus grego. Como ele conseguia que cada mulher do planeta fizesse tudo por ele?

Mandy veio se sentar ao meu lado e ficamos lá, sentadas escutando o que seria feito a cada minuto da vida dela, porém ela não tinha escutado sobre David. Acho que ela não aprovaria muito. Eu não queria estar no lugar dela, deveria estar apavorada para deixar que eles falassem assim.

De repente houve um tumulto na entrada e apareceu um homem alto, forte, moreno todo arrumado, com terno e gravata, e com um *keffiyeh,* que é aquele pano usado na cabeça pelos homens no Oriente Médio. Ele olhou direto para a nossa mesa, e, quando viu Mandy, o sorriso que ele deu poderia derreter tudo que estivesse na frente.

Os homens pararam e Mandy foi ao encontro dele. Os dois se beijaram e ele a rodou no ar. Os fotógrafos e cinegrafistas estavam delirando nessa festa. O casal se aproximou da mesa e começaram as apresentações. Depois, eles sentaram e continuaram a discutir sobre como ficariam as coisas.

– Não se preocupem, meus caros, Mandy estará sob meus cuidados agora e faço questão de cuidar de cada passo que ela der. Não poderei ficar até o casamento, somente até sexta-feira. Sábado ela estará embarcando para Detroit então, à noite, estarei lá para me certificar de que tudo vai ficar bem. Eu tentei convencê-la, mas foi inútil. Agora eu não desgrudo dela até sexta-feira ao meio-dia. Tenho uma reunião com os chefes de estado na ONU e não posso adiar ou enviar um representante. Me desculpe, minha princesa, por não estar aqui por você. Coloquei o serviço secreto de meu país para descobrir quem se atreve a ameaçar a minha futura esposa.

Mandy parecia mais aliviada, isso ajudou a animar mais as coisas.

– Obrigada por entender. Peço a todos que compreendam a minha posição. Não vou permitir que um lunático mude o que é primordial para mim, que é a família. Agora, acho que podemos nos retirar, Amir, estou exausta e sei que você vai me proteger.

– Obrigado a todos pelo cuidado com a minha princesa, agora vou cuidar dela.

Com isso, eles se retiraram sem ninguém desconfiar, já que ele tinha feito uma viagem cansativa para chegar aqui.

– Brady, eu já queria ir também.

Ele riu, e as covinhas afundaram. Lindo, delicioso!

– Pessoal, eu não vou ligar para David, mas, se ele me ligar, vou falar o que está acontecendo. Isso é o máximo que eu posso fazer. Agora vou levar a minha fada para dormir, pois nós acordamos muito cedo hoje.

O sr. Arthus veio e abraçou Brady, depois me deu um beijo na testa. Minha mãe também se despediu e me puxou para o canto. Brady ficou conversando com os irmãos para nos dar um tempo.

– Amorzinho, está tudo bem? Querida, estou preocupada com você. Eu sei que pedi para ficar com Brady, mas ele não tem uma fama boa. Eu sei que ele não olha para outra mulher a não ser você. E te deu esse anel que está no seu pescoço, ele nunca pensou em compromisso antes... Acho que vocês juntos estão perfeitos, e eu sei que ele vai te fazer muito feliz. Medo nós sempre temos, eu também estou apavorada com um novo recomeço, mas sem isso a vida não vale apena.

Brady era um enigma enorme para mim também. O Apolo da sociedade estava se derretendo por mim, e isso eu não esperava. Apesar dos conflitos, estou amando cada momento que passamos juntos.

– Mãe, Brady é maravilhoso. Nós temos passado momentos inesquecíveis, daria para escrever um livro. Não se preocupe, nós estamos dormindo juntos, mas nada de sexo ainda.

Ela balançou a cabeça, eu não entendi muito bem, ela estava feliz.

– Mãe?

– Amor, Brady está completamente apaixonado por você, pois ele jamais ficaria de mãos vazias. Oportunidade de fazer sexo é o que não falta para o nosso rapaz. Pelo que eu o conheço, ele nunca passa muito tempo esperando que a moça se decida levar a relação para um outro nível. Como é muito procurado, ele acaba dando uma escapada. Olhe para ele, agora olhe para as mulheres ao redor, elas ficam querendo a oportunidade para dormir com ele. Isso é patético, porém serve para completar a teoria.

– Mãe, que teoria louca você está criando agora?

Só que ela tinha razão, eu percebia que as mulheres o engoliam com os olhos e ele não dava a menor bola. Será que o que ele sentia por mim, realmente superava todo o passado dele, que não era tão distante assim?

– Filha, você é maravilhosa, um pouco impulsiva e muito cética, mas tem um coração de manteiga aberto para todos. Só que você nunca conheceu, ou deixou o amor entrar na sua vida, meu amor. Tenho reparado em vocês dois e acho que a relação vai ser maravilhosa, pois ambos não conheciam o amor verdadeiro.

– Certo, mãe, agora vá cuidar dos seus convidados como a sra. Blinner.

– Com esse anel pendurado no pescoço, acho que não serei a única sra. Blinner.

Eu fiquei estática. O pior é que eu acho que ela está completamente certa. Meu Deus, casar com Brady, eu preciso de juízo. Com isso, Brady me enlaçou pela cintura e saiu me conduzindo entre as pessoas, e logo chegamos ao início da trilha que dava no nosso quarto, quer dizer, meu quarto.

– Quero falar com você, para saber por que a sua expressão era de um verdadeiro terror depois que a sua mãe falou com você.

O que eu podia falar, que era a simples ideia de me casar com ele que estava me dando um ataque de pânico?

Brady

O meu plano era simples: iria me infiltrar na vida dela em tudo, assim a Ann iria se acostumar comigo. E eu precisava saber por que ela ficou tão triste e, com certeza, o culpado iria se arrepender.

Eu tinha deixado uma sacola arrumada no meu quarto, pensei em passar mais tempo no quarto ao lado.

Depois que voltamos do jantar, eu a pressionei e ela disse que era o tal sr. Anderson. Esse imbecil iria receber o que merecia. Foi nesse momento que o serviço de quarto chegou e eu havia pedido todos os tipos de tortas e bolos oferecidos no cardápio.

Minha segunda surpresa era a rede, em locais com praia eles sempre tinham algo relaxante para ser colocado nas varandas e eu queria uma noite especial.

Todo homem quer ver a mulher com uma roupa sua, por isso, peguei uma camisa e coloquei nela. Ann se contorceu para tirar o maiô e colocou uma calcinha. Pelo menos ela não quis colocar um short, já era um ponto a meu favor. Ela me deixava fora do meu juizo perfeito e eu já poderia imaginar uma vida emocionante ao lado dela, seria sempre imprevisivel.

Quando uma das amigas quis falar comigo e saber sobre minhas intenções, precisei me refugiar no banheiro. Ann não precisa surtar, pois era isso que aconteceria, com certeza.

Que bom saber que a mulher que eu amo tem pessoas que se preocupam com ela e querem até fazer parte da mesma família. Eu não conseguia tirar o sorriso do rosto.

Susan desligou e eu voltei para o quarto. Ann estava em pé na frente da sacada, e eu podia sentir que ela estava nervosa. Peguei Ann no colo e fomos para a rede. Eu queria deitar com ela e conversar, já que ela não sabia ainda que seria a minha mulher. Precisava me conhecer melhor para não ter desculpa depois.

Ela era deliciosamente minha, eu tinha descoberto o amor em pouco tempo e sabia que seria para sempre. Nunca me apeguei realmente a uma mulher, nem mesmo a Sam. Acho que agora eu entendo por que os apaixonados fazem loucuras, eu faria qualquer coisa por ela, qualquer coisa. E aquele cara pagaria muito caro por ter ofendido minha mulher.

Quando eu perguntei sobre os ex-namorados dela, eu não queria nem imaginar outro homem tocando o que era meu, mas pelo menos assim eu teria uma pequena ideia de como foi antes de mim. Ouvir sobre os ex-namorados estava me deixando louco por dentro, mas eu precisava saber quem eram e como foi que aconteceu.

Ela não perde por esperar, aos poucos ela se acostuma comigo na vida dela. Ela ficou toda vermelha, eu amava essa timidez que vinha de algum lugar desconhecido para mim, já que ela mesma sempre parecia tão cheia de si. Nesses momentos eu percebia a garota tímida que ela era. Como eu a amava.

Eu queria que ela tivesse certeza sobre tudo na minha vida, ela era tudo, perfeita. Eu sabia que ela desviava o olhar de mim, então eu me posicionei onde eu sabia que ela podia me ver. Eu amava a forma como ela me olhava, com desejo. Eu sabia que não era pelo meu dinheiro, nem para ficar próxima do famoso playboy, mas por ser a única que me via completamente.

Ela já estava aceitando a nossa relação. Eu sabia.

Ela era deliciosa quando ficava tímida, perfeita. Eu contaria tudo no dia seguinte, queria convencê-la a ser minha para sempre. Quando eu me imaginei pedindo uma mulher em casamento e que eu iria querer passar a minha vida ao lado dela? Mas era isso, eu a amava. Ela estava pensando em tantas coisas, eu sentia as dúvidas que ela imaginava, mas provaria para ela que tudo o que eu estava sentindo era verdadeiro.

Quando acordei, estávamos abraçados. Ela tinha virado e dormia tranquilamente sobre o meu peito. Os cabelos bagunçados estavam espalhados por cima do meu braço, então fiquei contemplando o amanhecer. E eu me sentia incrível.

Eu sentia o olhar dela. Eu sabia que, com o tempo, ela iria se acostumar a esta intimidade. Eu fui malhar para dar um tempo para que Ann pensasse em nossa conversa. Resolvi que ligaria para David. Não suportava a ideia de não falar nada para ele, porém, todas as chamadas caiam na caixa postal. Meu irmão deveria estar muito bêbado para não atender.

Liguei para os fornecedores que estavam atrasando, pois a inauguração precisava acontecer. Quando terminei, saí correndo para o quarto da Ann, tínhamos muita coisa para fazer. Tomei um banho rápido, eu me sequei e coloquei uma sunga preta, deixei os meus itens de higiene no banheiro dela, assim ela, aos poucos, se acostumaria com o "nós".

Eu sabia que ela estava me observando no banho, é claro que fiz de propósito. Assim que me arrumei, beijei aquela boca perfeita. Ela levantou e foi até o armário, pegou um par de sandálias que eu tinha comprado, ela já sabia que eu perdia. Eu me afastei dela, eu não queria descumprir a minha promessa, estava ficando cada vez mais difícil.

Eu queria levá-la a um local especial para fazer o pedido de casamento e nada melhor do que a cachoeira das fadas, pensei sobre o destino ao descobrir o nome do lugar.

Peguei outra bolsa no meu quarto e minha caixa na recepção. Ela iria saber o que era.

Saímos para tomar café, ela comia bem. Não era como aquelas modelos que só comiam folha e chá, e davam a impressão de que, a qualquer momento, desmaiariam na minha frente... Ainda bem que isso nunca aconteceu. Alimentar aquele corpinho me deixava tão feliz. Como uma coisa tão simples me deixava nas alturas? O que o amor faz com as pessoas. Eu a prendi no meu colo enquanto a senhora voltava, ela riu de ver a Ann no colo.

Eu apertei os dentes com toda a força que eu tinha para não fazer o que estava na minha mente, senão tudo o que eu tinha feito teria sido em vão. Abri a porta e coloquei a minha fada no banco, prendi o cinto e voltamos para a estrada.

Nós encontramos o desvio e fomos por uma estrada cheia de buracos e curvas. A mata era bem fechada, só tinha o espaço de passar o carro, como se fosse um túnel. Em algumas partes a estrada era tão fechada que eu sentia os galhos batendo no carro. Ela apertava a minha mão. Acho que fazia tempo que ninguém passava por ali. Era assustador e ao mesmo tempo a adrenalina estava a mil, por estarmos desbravando um local paradisíaco.

Este era o cenário perfeito para ela, parada ali como se fosse a rainha do lugar. Tirei várias fotos com o meu celular e ela nem notou, até que eu me aproximei. Quando ela percebeu que eu estava de bermuda, me olhou fazendo uma avaliação. Eu tinha algo no bolso que poderia afastá-la, caso eu desse um passo em falso. Então, tentei distraí-la.

Eu estava nervoso, nunca pensei em pedir uma mulher em casamento, eu achava que eu nunca me apaixonaria a esse ponto. Porém, eu sabia que ela era a mulher certa para me fazer feliz. Ela me olhava como se eu fosse uma pessoa sem noção. Será que ela não conseguia ver que tudo o que eu queria era estar com ela? Nunca imaginei que doesse tanto ser rejeitado. Eu pediria mil desculpas para a Sam por tudo que eu fiz a ela. Ela me queria... Como sentir o corpo dela perto do meu era o paraíso, eu a toquei. Desci lentamente até as coxas, então voltei para onde estava o anel. Com o toquei veio uma sensação deliciosa de que seríamos felizes. Ela colocou a mão em cima da minha e ficamos assim por um tempo.

Ela estava pensando tanto em nós dois que não conseguia prestar atenção em mais nada. Aproveitei e comecei a beijar o pescoço dela, a cada beijo ela estremecia e ofegava, porém eu não podia ir muito além. Ela fechou os olhos, eu sabia que ela estava apaixonada por mim. Acho que a palavra certa é assustada. Ela está assustada, só que eu não vou ficar sem ela, não mesmo.

Eu tinha experiência com tantas mulheres, às vezes duas ou três ao mesmo tempo. Quantas mulheres que eu tinha beijado com a mesma intensidade? Quantas estiveram na minha cama? Todas eram conquistas, cujos rostos eu me esqueci na manhã seguinte.

Olhando para ela deitada no chão, parecia tão delicada, isso tudo combinava com ela, menos eu. Porra, eu nunca prestei, sempre fui um conquistador. Ela tinha tido um número de namorados que dava para contar nos dedos, e eu não consigo nem contar o número de mulheres que eu peguei na semana passada. Acordei com a minha fada cheirando o meu peito, eu levantei o rosto dela e nos beijamos até eu não aguentar mais. Como eu a desejava.

Eu sabia que ela estava me admirando... Valeu a pena suar a camisa para ter o corpo que tenho hoje. Afundei o rosto pelo pescoço dela, me refugiando no espaço delicioso próximo a orelha. Ann era perfeita para mim, ficamos assim juntinhos, as sombras das árvores deixavam uma sensação de tranquilidade deliciosa.

Os meus sentimentos eram tão conflitantes. Eu sei que sempre fui um canalha com as mulheres, mas estava apaixonado por ela. Não podia imaginar a vida sem ela, só que eu tinha uma bagagem tão complicada de mulheres na minha vida, eu não queria que ela fosse comparada com as outras. Ela era tudo o que eu precisava e queria. Eu a beijei e ela estava se entregando, só que ela precisava dizer que me amava também. Consegui parar e olhar bem dentro dos olhos dela, eu tinha certeza do amor que ela sentia por mim. Talvez eu pudesse esperar mais um pouco, já que esperei muito tempo para achar uma mulher que me fizesse sentir algo mais do que desejo. Sempre tive amizades coloridas ou encontros de uma noite, além das traições. Sinceramente, eu estava cansado.

Nós entramos na recepção, pegamos nossas chaves e fomos direto para o quarto dela. Minha fada estava chateada e, ao mesmo tempo, intrigada pelo o que eu fiz. Eu a abracei e, assim que entramos e fechamos a porta, eu a deixei presa entre mim e a porta. Ela tomou um susto e eu a beijei. Ela me beijava com a mesma fome, era uma entrega que não tinha volta, mas eu sabia que se ela desse este passo, não conseguiríamos manter o que já tínhamos. Eu me afastei de novo e aquilo me deixou a mil. Quando você quer algo, tem que lutar com todas as armas. Se eu iria ficar assim, ela também ficaria.

Deixei ela no quarto para tomar banho e pensar no nosso futuro. Coloquei uma sunga e uma bermuda, achei que seria suficiente.

Assim que cheguei no quarto dela as fantasias também chegaram, mais que droga de roupa era aquela. A mandy iria me pagar, aquela pirralha. O meu consolo é que a Ann estava satisfeita com a minha roupa de Apolo e ela minha Afrodite. Tive que voltar no meu quarto pois a Mandy tinha deixado as sandálias na caixa e estava perto de mais um conjunto de jóias para a minha mulher, ela ficava revoltada no começo mais eu a convenci em aceitar.

Mais uma das amigas queria fala comigo, a Ann dessa vez estava mais certa sobre o nosso relacionamento. Fiquei tão feliz quando ela disse "quando", não "se" iriamos nos casar. Isso sim era uma boa notícia. Ela me quer só para ela. Obrigado, Deus, eu não mereço. Preciso tanto dela na minha vida. Fomos pela trilha para a festa e a primeira pessoa que encontramos era a Melane e pelo visto o tal sr. Anderson. Ann percebeu minha reação e me convenceu a deixar o assunto de lado por enquanto.

Dançamos uma música estava perfeita nos meus braços, tudo se encaixava.

Percebi que havia algo errado. Minha família e Bárbara estavam agindo muito estranho e só podia ter um motivo, Mandy.

Deixei a minha fada com eles. Lógico que eu não tiraria meus olhos dela e fui chamar para uma dança e pegar a informação da fonte.

– Mandy, dança comigo.

– Acho que não é hora.

– Eu não estava pedindo.

– Tudo bem, eu sei que não tenho escolha mesmo.

Bem pensado. Nós fomos dançar, pois assim eu podia entender o que estava acontecendo.

– Diga o que houve, não quero enrolação.

– Brady...

– Diga logo, eu não quero perder a minha paciência.

Os lábios dela tremeram e eu me arrependi em fazer tanta pressão.

– Brady, hoje de manhã descobri que alguém foi ao meu quarto enquanto eu estava dormindo e cortou todo o vestido que eu usei ontem. Além disso, descobri que não era aprimeira vez que isso acontecia, descobri sobre as cartas, isso me deixou sem saber o que fazer na hora. Todos estão querendo me colocar no avião e me levar para qualquer lugar.

– Mas, Mandy, isso é o certo. Este homem pode fazer algo mais do que só te olhar. Eu espero que não tenha uma próxima vez.

Eu não sabia, mas dava para perceber como era Mandy e, como o David tinha me dito que precisava de um tempo longe para ter certeza do que estava sentindo, já que ele a tinha desencorajado por tanto tempo, como voltar atrás? Eu não queria estar na pele dele, mas assim que eu descobrisse o que estava acontecendo, ele iria saber.

Mandy não me dava escolha. Como aceitar que um cara esteve no quarto com ela por horas? Isso estava me deixando louco e eu precisava falar com David. Ela disse que seria uma perda de tempo, pois ela iria ficar para o casamento de qualquer jeito. Esse cara a seguiu de Paris até Cancún e poderia fazer qualquer coisa. Eu queria levá-la para longe de tudo isso, mas ela é mais teimosa do que uma mula. Foi quando eu olhei para Ann e a Bárbara estavam só sorrisos. Ela havia descoberto o meu pedido. Como a filha iria se virar para explicar? Seria engraçado. Só que eu tinha que defender a minha princesa de tudo e de todos, por isso eu iria ao socorro dela.

– Eu pedi a Ann em casamento.

– Brady, você vai ser muito feliz, eu tenho certeza. Quero ficar até o casamento, me ajude. Eu não vou fugir e dar este gostinho a este lunático. Existem mais de dez homens me vigiando, fora todos vocês, nada vai acontecer e meu namorado está para chegar. Me apoie, sei que é complicado de entender, mais sei que você também não iria.

– O David, ele não está aqui e não sabe.

– Ele é passado e prefiro assim.

– Eu sei que você sofreu muito, mas acho que esta história de vocês ainda não acabou. Sério, não ponho muita fé neste noivado e sei quando você está apaixonada.

– Você é um chato, sabia? Tudo bem. Não estou apaixonada pelo meu namorado, só que ele me faz feliz.

– Mandy, nada é melhor que o amor e sei que você vai ententer isso. Vou pensar sobre o David, somos mais que irmãos.

– Só peço um tempo, ele me machucou muito e agora o medo me fez querer ser feliz. Me dê este tempo.

– Droga, vou ver. Eu te amo, Mandy, você é minha irmã.

– Também te amo muito e sei que estou pedindo muito.

– Eu queria te sedar e te sequestrar neste exato momento.

– Você é maluco, mas te imploro, me dê este tempo, eu preciso.

Eu não respondi. Eu não gostaria que algo assim fosse feito comigo, ele não me perdoaria, eu sei. Os palhaços precisavam chegar agora? Eu sabia que eles estavam se reunindo para vir me convencer a não falar para David, mas lealdade é algo que eu não posso deixar passar.

Voltamos para a mesa, depois do beijo fiquei abraçado com a minha fada. Ela estava com vergonha, porém eu a coloquei sentada no meu colo. Mag e Bárbara vieram sentar perto de mim, sabe a tática de amansar a fera? Eu tive que rir, elas me conheciam muito bem. O meu pai levantou e veio para mais perto. David ficaria sabendo deste encontro ainda hoje e eu teria que pensar no que fazer quando isso acontecesse.

Eles me convenceram a não ligar para David, mas eu sabia que ele não estava atendendo e minha esperança era que ele me ligasse e eu não ficaria calado.

Depois que Mandy foi embora com o namorado, Ann queria ir embora e eu estava aliviado por sair daquela festa. Dei um tempo para ela se despedir da Bárbara. Queria saber o que fez minha fada ficar estática e em verdadeiro pânico.

Erros e acertos

Capítulo 11

Quando chegamos ao começo da trilha, alguém chamou Brady e, pela expressão no rosto dele, com certeza ele conhecia a voz. Nos viramos e lá estava ela, a deusa e super *top model* Samantha Backer, com uma fantasia de *Jeannie é um Gênio*. Ela estava sendo fotografada por uma multidão de fotógrafos, ávidos por um escândalo que não aconteceria.

– Brady, preciso falar com você.

A Barbie enrolou as mechas de seus cabelos loiros platinados e, com os olhos azuis que ameaçavam arrancar um dos meus olhos por estar com o namorado dela, me encarou. Ela veio andando e eu percebi que Melane estava rindo de mim, pois ela sabia que a Samantha estaria aqui hoje. Piranha! Essa era uma aproveitadora de homens ricos. Espero que o sr. Anderson dê um belo pé na bunda dela.

– Amor, não se preocupe, eu cuido disso. Venha, vou apresentá-la à minha última ex-namorada, já que agora pretendo me casar com a mulher da minha vida.

Nós nos encontramos perto da piscina e ela me deu um olhar mortal. Eu só olhei para a Barbie em forma de mulher. Como alguém poderia ser tão alta e bonita assim? Droga de novo.

– Olá, Samantha, que bom que você pode vir para ao casamento do meu pai. Deixe eu apresentá-la à minha namorada e futura esposa. Essa é a Elizabeth Ann Willams e esta é a minha amiga Samantha Backer.

Todo o sangue que tinha no rosto de Samantha desapareceu e, ao mesmo tempo, se formou um olhar de puro ódio e desprezo que gelou tudo ao redor.

– Essa fulana, que nem sei de onde saiu, chega aqui do nada e agora você vai se casar com a tal de maria ninguém? Ela parece uma criança ao seu lado, Brady. E desde quando você me chama de Samantha? Eu sou Sam para você e sempre serei, entendeu?

Ele estava sério e chateado, acho que me defender era o primeiro passo.

– Samantha, não quero um escândalo na festa, e você veja como fala da minha futura esposa. Eu a chamarei de Samantha até o dia em que você perceber que nós fizemos o certo em terminar a nossa farsa de namoro. Eu não te amo como um homem deve amar uma mulher. Tentei, mas não consegui. Até que eu encontrei Ann, que tem o meu coração nas mãos. Agora nos dê licença, pois estamos um pouco cansados. Aproveite a festa.

Ele me virou e voltamos pelo mesmo caminho. Eu estava abalada, não podia pensar em uma mulher perfeita, mas agora eu podia comparar a perfeição. Como ele poderia ter deixado a mulher, que era considerada a mulher mais bonita e sexy do mundo, para ficar comigo? Não fazia o menor sentido. E por que ele estava me conduzindo para o quarto praticamente correndo?

Quando chegamos na sacada, ele tirou uma chave que estava encaixada na parte do ombro da túnica. Brady deu aquele sorriso perfeito e, mesmo com pouca luz, ele ficava irresistível, me abalava em todos os sentidos, meus joelhos estavam ficando bambos. Ele me olhava com uma expectativa que eu não podia corresponder, principalmente agora.

Ele virou e abriu a porta. Como ele tinha conseguido essa chave?

– Brady, como você pegou essa chave e quando foi isso?

– Amor, eu tenho que ter uma das chaves do seu quarto, pois se você sair e me esquecer aqui dentro, como eu faço? Fora que eu preciso proteger a minha fada, acho que é melhor ter uma opção.

– Acho que você deveria ter me perguntado a respeito.

Certo, eu estava com raiva da ex-namorada dele ser a mulher mais perfeita do mundo e ele sabia que eu fiquei péssima por ela ter aparecido.

– Ann, eu sei que você não gostou de encontrar a Samantha hoje, porém ela foi convidada. Mesmo depois de termos terminado, ela continua sendo minha amiga, coisa que ela era antes mesmo de nos envolvermos.

– Brady, a sua Samantha é linda e te ama, ela me mataria se pudesse.

– Ela está chateada, mas logo vai cair na real de que nunca seríamos felizes. Amor, eu gosto dela como amiga, eu não devia ter deixado a beleza dela me seduzir. Depois de te conhecer, tudo mudou, hoje eu sei o que é amar realmente alguém. Eu já vi sua expressão, eu sei que a Samantha é linda, ela é a mulher mais sexy do mundo para a mídia. Mas, me responda, a beleza tem a ver com amor?

– Não, mas...

– Nada de mas, ok? Eu amo você, tudo o que eu quero é ter você na minha vida para sempre. Sinceramente não sei como posso explicar o que eu sinto. Quero que você faça da minha vida um conto de fadas, só por estar ao meu lado. Eu vou ser o marido mais ciumento, chato e o mais apaixonado do mundo.

– Brady.

Ele me beijou até os meus ossos ficarem moles, depois ele encostou a testa na minha e ficamos assim perdidos em pensamentos.

– Amor, vamos tomar um banho e dormir, você está cansada e eu só quero a resposta no sábado. Você vai me conhecer completamente antes de decidir.

Droga, eu já o conhecia. Eu quero dizer sim, é tudo no que eu tenho pensado.

– Sabe, Brady, você teve tantas mulheres que poderiam estar a seus pés. Eu via como praticamente noventa por cento das mulheres dessa festa dariam tudo, e muito mais, sem nem sequer você pedir. E então aparece a mulher mais perfeita que eu já vi, que está lá fora se atirando aos seus pés, e você me diz que eu o mudei?

Tá, eu estava sendo uma vaca total, ele tinha mudado muito para ficar comigo. Eu percebi que a paciência dele estava se esgotando, a mudança no tom dos olhos dele me alertava que eu tinha conseguido deixá-lo chateado.

– O que eu posso fazer para mudar o meu passado? Simplesmente não tenho como fazer isso acontecer. Eu saía com muitas mulheres, já disse que sim e que fiz muito sexo, mas muito mesmo, com várias, tantas que eu nem lembro os nomes. Porém eu nunca prometi nada a elas, muito menos um futuro. Quero lhe dizer que eu nunca menti para ninguém, principalmente para a Samantha, ela é linda por dentro e por fora, ela fez essa cena pois está com muita raiva de mim. Só que eu quero perguntar uma coisa para você.

– O que é?

– Você acha que eu estou mentindo a respeito dos meus sentimentos por você?

Nesse momento eu levantei, pois a intensidade do olhar dele me deixava sem condições de pensar. Eu andei até a porta de correr, peguei a chave, tranquei pelo lado de dentro para poder responder. Quando eu o encarei de volta, ele estava sentado descansando os cotovelos na coxa e as mão estavam juntas. Ele me olhava esperando uma resposta e eu teria que ser sincera. Droga! Eu estava perdida só com um olhar.

Sentei na cama, na frente dele, e o encarei também.

– Brady, eu sei que você não está mentindo, porém são tantas coisas em você que me confundem. Como isso, de ser um homem que há poucos dias estava nos braços de várias mulheres e agora diz querer só a mim. Depois, tem a forma como ficamos juntos, eu tenho medo de estar enganada a seu respeito, queria que você me entendesse também.

Ele suspirou e passou as mãos pelos cabelos que eu amava tocar. Eu estava louca para acariciá-lo, beijá-lo, mas minha mente, que estava confusa, piorou com a chegada da Barbie.

– Sei que você ficou impressionada com a Samantha, mas acabou Ann. Eu nunca amei uma mulher realmente, era só corpo, não é como nós dois.

Nessa hora, a lua cheia saiu perfeita no céu e iluminou o quarto como se fosse algo programado. Ver aquele olhar triste me deixou arrasada, eu o amava tanto que doía. Ele estava ficando sem paciência e eu também, por estarmos tendo essa conversa.

– Porra, Ann, eu a amo tanto, será que é difícil de entender?

Eu estava fora de mim, primeiro são as milhares de mulheres dando em cima, depois a Barbie e agora ele vem me dizer que me ama, quem ele pensa que é?

– Droga, você pensa que é fácil para mim também? Eu te amo, seu imbecil.

Nesse momento, eu tapei minha boca com as duas mãos e o encarei com os olhos arregalados. Eu não acredito que eu falei isso em voz alta, não mesmo. Em dois passos ele estava envolvendo os braços ao redor da minha cintura e me encarando firmemente.

– Você me ama?

– Você escutou, não escutou?

– Eu quero ouvir com todas as letras.

Ele estava sorrindo, realmente feliz.

– Droga, Brady. Eu me apaixonei por você, eu não queria. Nunca quis me envolver com alguém mulherengo e que não quer compromisso, porém aqui estou eu com o maior de todos os playboys e eu te amo. Acho que são essas covinhas que te deixam mais do que perfeito.

– Diga de novo.

Eu respirava de forma irregular e exalei o ar na busca de sanidade. Estava me sentindo aliviada e feliz por estar falando o que eu realmente estava sentindo.

Ele me beijou e, com um gemido de todo o desejo, paixão, felicidade e alívio, eu me entreguei ao beijo que estava nos consumindo. Ficamos assim, perdidos na felicidade por minutos, horas, não sei bem, até que caímos na cama e ficamos nos encarando. Ele ria o tempo todo.

O Brady tocava nos meus cabelos, na minha boca, que deveria estar inchada pelos beijos que trocamos. Ele estava incrivelmente lindo como sempre, porém agora eu via o quanto eu significava para ele. Era bom sentir o amor assim, muito bom, era pleno.

– Amor, vamos tomar aquele banho e dormir um pouco. Quero ficar abraçado com você a noite toda, só de te tocar e sentir o seu cheiro já me basta.

– Não vamos dormir juntos hoje, pois acho que precisamos digerir tudo o que aconteceu aqui.

– Ok, minha fada, boa noite.

Eu estava pasma. Ele nem pensou em discutir, eu já tinha até pensado em um discurso para convencê-lo a ir, mas ele simplesmente foi. Eu ainda continuava sem compreender o que estava acontecendo.

Tomei um banho rápido, tirei a maquiagem, coloquei um pijama amarelo de bolinhas coloridas e me deitei na cama. De repente, eu senti que a cama estava tão grande e fria. Não gostava de dormir com ninguém mas agora parecia que o ar estava estranho. Eu me virava de um lado para o outro e nada. Perdi a noção do tempo, até que me dei por vencida e verifiquei a hora no meu celular.

Eram duas e vinte e oito da madrugada e eu suspirei me jogando na cama. Estava exausta, por que ele me fazia tanta falta? Tentei de novo dormir e o sono não vinha. Olhei de novo, eram duas e meia, nem o tempo estava ajudando.

Levantei e acendi as luzes, foi aí que eu vi uma chave, era outra chave da porta da minha varanda. Fiquei até a minha paciência ir embora, olhei de novo no relógio, eram três e quinze, o tempo não passava.

Peguei a chave em cima da mesa, fui até a sacada, destranquei, olhei para os lados e não tinha ninguém à vista. Eu sabia que havia, no mínimo, uns dez caras me observando sair do meu quarto e ir para o do Brady. Que se dane, eu estava morta de sono e eu precisava dele para dormir.

Tranquei a porta da sacada, atravessei a divisão entre os nossos quartos, a porta só estava encostada e eu entrei. Com a luz do luar dava para ver só até onde eu tinha aberto a cortina.

Brady estava jogado na cama de bruços. Só de cueca, ele era um colírio. Não pensei duas vezes, entrei, fechei a porta e tranquei. Fui para a cama e me deitei bem perto dele e o abracei. Parece que fui me entregando à exaustão. Estava tão gostoso, só lembro de ele virando e me aconchegando nos braços, e era tão bom.

Eu acordei com um peso prendendo minhas pernas e meus braços, quando eu olhei para baixo vi o contraste da nossa pele. O braço do Brady era maciço e bronzeado assim como ele todo, era deliciosamente gostoso, o cheiro dele incrível. Eu precisava senti-lo perto de mim, eu não estava querendo aventura, eu queria um conto de fadas.

Será que ele era o meu príncipe encantado? E eu? Poderia ser a fada que ele tanto falava? Eu sentia uma felicidade enorme de estar ao lado dele, poder escutar a respiração tranquila enquanto ele dormia. Droga! Eu estava maluca em me apaixonar por um playboy, porém ele estava diferente por mim.

Eu fiquei um pouco chateada por precisar tanto dele em tão pouco tempo, será que foi mesmo amor à primeira vista?

Eu lembro perfeitamente de como ele me olhou, do corpo dele, tudo nele mexeu comigo no mesmo instante, mesmo que eu não quisesse admitir.

Eu nunca acreditei realmente que isso existisse, mas foi tão forte que eu não posso deixar de suspeitar que o amei naquele instante. Eu me controlava de todas as formas para não olhar para trás procurando vê-lo novamente. Sentia como se fosse uma adolescente com a primeira paquera.

– Bom dia, minha fada, sentiu minha falta?

Ele tinha um sorriso bobo que eu me acostumei a ver de manhã.

– Brady, eu não queria, mas preciso de você para dormir, acho que é o seu cheiro. Tentei, mas não consigo mais dormir sozinha.

Não era verdade totalmente, ele me deixava louca por tê-lo, e eu ainda não podia admitir isso.

– Sou o seu calmante natural... Bom, que tal agora um belo café da manhã?

– Acho que já passou da hora do café.

Eu virei e fiquei de frente com ele, Brady levantou uma sobrancelha e riu. O que ele já tinha aprontado? Foi aí que bateram na porta, e o mesmo rapaz que levou o café no meu quarto estava com um sorriso tímido enquanto trazia um carrinho com tudo o que tinha no café da manhã do hotel. Eu sorri me enrolando no lençol e sentando na cama.

O rapaz deixou o carrinho e foi até o corredor, escutei ele pedindo a alguém para entregar algo. Então eu vi um buquê enorme de rosas vermelhas. Brady deu duzentos dólares de gorjeta. Por isso que esse rapaz fazia tudo o que ele queria.

Ele fechou a porta, tirou uma das rosas do buquê e veio sentar ao meu lado com um sorriso no rosto. Era tão gostoso ver a felicidade dele, que eu não conseguia ficar séria.

– Amor, isso é para comemorar.

– O quê?

– Você ter dito que está apaixonada por mim. Será que você poderia repetir, por favor?

Enquanto isso ele tocava o meu rosto com as pétalas da flor que ele tinha na mão. Aquilo estava me deixando toda arrepiada, será que ele percebia isso?

– Eu te amo, Brady Blinner, por motivos não ainda muito concretos para mim. Eu te amo muito. Estou completamente apaixonada por você, mesmo que isso vá contra todas as coisas que eu pensei para mim. Eu te amo.

Brady parecia querer mostrar tudo o que eu representava para ele.

– Eu amo você, Elizabeth Ann Willams, vamos ver por onde eu posso começar... Acho que por ser esperta, birrenta, muito chata às vezes, mas você é meiga, romântica, mesmo que sem querer, linda, totalmente perfeita. Tudo em você me encanta e você me enfeitiçou em todos os sentidos.

Ele me beijou tão suave, ficamos assim por um tempo, presos a um beijo cheio de sentimento e carinho.

– Sabia que você está linda com esse pijama de bolinhas? Se não fosse tão colorido, eu acharia que é masculino, mas fica perfeito em você, linda!

Eu ruborizei. Não sei como ele conseguia isso. Eu nunca fico sem graça com as coisas que as pessoas me falam, mas Brady tem esse dom. Por favor, eu estava horrível com uma camisa de botão e mangas compridas, e uma calça que tinha que dar um laço apertado para não cair. Eu sempre gostei de dormir com roupas grandes, acho que no fundo eu queria ver a reação dele.

Pelo visto nada o espantava, pelo contrário, se eu me vestisse de palhaço acho que ele acharia lindo. Sério, como ele pode me achar linda assim? Foi aí que a minha barriga roncou. O café da manhã era maravilhoso, queria comer panquecas, omeletes e torradas, estava com muita fome.

– Pelo visto alguém está faminta! Venha, eu também estou morrendo de fome.

Tomamos o café da manhã, não sobrou nada, comemos muito. Nunca imaginei que eu pudesse estar faminta a esse ponto.

– Se eu comer mais alguma coisa vou explodir.

Eu amava as covinhas dele quando sorria.

Ele levantou, me carregou no colo, e ficamos deitados na cama. Queria dormir de novo?

– Amor, você consegue comer como um homem, não faz quase nenhum exercício e mesmo assim consegue manter um corpo de fada, linda, toda linda.

Ele já estava me beijando... Eu queria tomar um banho, depois, sei lá, dar uma volta. Ele sempre me levantava e eu tinha que fazer tudo rápido.

– O que aconteceu? Você sempre me tira da cama para alguma coisa e hoje você resolveu dormir junto comigo? Olhe que horas são onze e vinte. Brady, por que você não quer me tirar do quarto hoje?

Ele fechou os olhos e os pressionou com os dedos em cima. Quando abriu de novo estavam tristes de repente.

– Amor, eu fui correr na academia logo cedo, pode até ver ali, eu deixei um recado caso você acordasse e não me encontrasse. Bem, a Samantha foi até lá e queria conversar. Eu disse a ela que poderíamos ser amigos, mas ela não desiste facilmente. Nós já terminamos umas cem vezes e sei como é. Ela vai ficar insistindo em esbarrar em mim para que eu volte atrás.

Ele parecia totalmente desesperado.

– Só não quero que você pense nada errado. Juro, eu não a procurei, mas ela conhece meus hábitos, sabe o que eu gosto de comer e aonde normalmente eu vou. Por isso, queria pedir a você para escolher o que faremos hoje.

Eu olhei para ele, será que era verdade? Que era ela que estava atrás dele? Ele poderia estar se encontrando com ela...

Não. Ele não faria isso, eu acho. Droga. Essas dúvidas me deixam sem saber o que fazer, que saco!

– Se ela quer ir atrás de você eu não me importo, apenas não quero que você vá atrás dela.

Eu estava mentindo, eu odiava a ideia de ela estar querendo se esfregar nele. Ele levantou uma sobrancelha, como se soubesse o que eu estava pensando.

– Tá bom, eu estou com vontade de esganar esta vaca por estar correndo como uma idiota atrás de você. Feliz agora?

O Brady me abraçou e cheirou o meu pescoço.

– Não, amor, eu já percebi que você é ciumenta e eu já disse que sentir ciúme de você é algo que eu estou amando. Antes, tanto fazia se as mulheres me trairiam ou não, eu as traía. Principalmente Samantha, eu nunca a amei. Sempre fomos amigos de infância e eu fico triste por ela não aceitar somente a minha amizade.

– Por mim, eu queria que ela não quisesse nada com você, só amizade está de bom tamanho. Só que eu não quero nada de beijinhos, nem abraços apertados, nenhum tipo de intimidade, ok?

– Ann, espero que você pense no casamento da sua mãe. Samantha vai querer fazer algo que te deixe louca de ciúmes e acabe fazendo um barraco, por isso eu prefiro ficar com você aqui, ou você pode escolher o que vamos fazer.

Ele estava com razão, eu não poderia estragar o casamento da minha mãe. Pois bem, já que era a minha vez de escolher, eu iria surpreendê-lo.

– Bem, já comemos, então, eu vou tomar um banho rápido no meu quarto. Por falar nisso, fiquei morta de vergonha dos seguranças que estão lá fora. Eles me viram invadindo o seu quarto e até agora não saí, eles devem estar pensando que fizemos mil e uma coisas aqui.

Ele deu uma gargalhada deliciosa, eu acabei rindo também do que eu havia dito.

– A minha mulher está preocupada com que os seguranças estão pensando? Onde está a mulher feroz de poucos minutos atrás? Você é completamente adorável.

– Não ria de mim, seu engraçadinho. Agora vou para o meu quarto então pode se arrumar e depois ir me buscar, ok?

Eu me levantei e ele me puxou de volta para a cama.

– Você vai me esperar, eu vou me arrumar e vamos juntos para o seu quarto. Não quero você sozinha em nenhum lugar, e eu vou dormir no seu quarto até viajarmos para os Estados Unidos.

– Você está se auto convidando?

– Não, eu estou afirmando que nós vamos dormir juntinhos todas as noites da nossa vida, porque eu não aguento ficar sem você e você sem mim. Agora pare de reclamar.

Ele me beijou e eu amoleci, o que ele estava fazendo comigo?

Brady levantou, tomou um banho rápido. Ele tinha separado uma calça jeans gasta, de lavagem clara e uma camisa polo amarela. Escutei quando ele escovou os dentes e passou o perfume amadeirado que fica perfeito nele. Quando ele saiu do banheiro, eu fiquei boquiaberta: ele é perfeitamente delicioso.

Apareceu o sorriso e as covinhas. Ele veio até a cama e se jogou em cima de mim, me beijou por um bom tempo e me encarou, rindo.

– Está pronta para ir ao seu quarto agora?

– Sim. Temos que ir, preciso tomar um banho e aí vou levar você para um tour que só eu posso te ensinar.

– Estou louco para aprender. Agora vamos.

– Se você sair de cima de mim, eu posso levantar.

Ele estava fazendo de propósito, o palhaço ainda estava rindo. Fomos para o meu quarto, ele trancou a porta da varanda e ficou me encarando. Fui ao banheiro e escutei quando ele deitou na minha cama e ligou a TV. Eu estava grata, pois queria um pouco de privacidade. Tranquei a porta e fiz xixi, depois tomei um banho bem demorado, escovei os dentes e coloquei um roupão. Abri a porta e ele estava deitado de bruços.

Gostava daquele lado do Brady, seu lado tentador e brincalhão, ele me fazia sentir tudo ao mesmo tempo. Como pode alguém significar tanto em tão pouco tempo? Isso me deixava sem ideia do que fazer. Apesar de saber que o amo, não consigo acreditar que realmente isso possa estar acontecendo comigo, pois sempre fui tão sensata em relacionamentos, que este novo sentimento me assusta completamente.

O Brady se virou e me encarou rindo, como se soubesse o que eu estava pensando. Ai, que raiva. Ele tem a capacidade de me olhar e me fazer derreter toda. Só queria deitar ao lado dele e ficar assim o dia inteiro.

– Amor, vem aqui, eu preciso te falar uma coisa.

Eu ri, pois se eu fosse, com certeza não sairíamos mais do quarto.

Ele nublava minha mente. Mesmo vestido com roupas simples, o poder e a virilidade emanavam dele, e eu podia sentir a atração vibrando entre nós dois. Os braços maciços e as pernas bem torneadas eram irresistíveis, os músculos do tórax eram deliciosos de se ver e tocar. Droga. Porque eu perdia o raciocínio, já que eu não era a única a me sentir assim? Talvez esse pensamento me desse um pouco de tranquilidade, ou só mais um pouco do ciúme. Sinceramente, eu não sabia bem como agir.

– O que você está olhando?

– Para onde você quer me levar?

– Eu estou pensando em irmos a uma feirinha que eu adoro em uma vila próxima daqui, acho que você vai gostar. Eu vou terminar de me arrumar.

Eu peguei um short jeans, uma blusa soltinha rosa e um conjunto de roupa íntima branca. Fui ao banheiro, me troquei, fiz um rabo de cavalo e passei uma maquiagem leve.

Ainda estava usando o colar e coloquei a pulseira que ele tinha me dado. Quando olhei ao redor no banheiro, eu vi que as coisas dele estavam por todo lugar, ele sabia que assim eu iria me acostumar com ele sempre perto.

Voltei para o quarto e o Brady estava jogando no celular, fazendo caras e bocas, foi hilário. Peguei uma sapatilha transparente e vi que a sandália dele estava de novo no meu quarto.

– Você quer a sua sandália?

– Claro, eu nem perco mais meu tempo procurando, já faz alguns dias que eu não compro nada.

– A atendente deve estar com saudade de você. Vamos então?

– Vamos.

Ele deu um pulo da cama e saímos do hotel tranquilamente. O dia estava lindo e ele pegou o carro do irmão, acho que ele gostava de um carro todo grandão, e é lógico que não iria admitir. Fomos conversando enquanto passeávamos pela beira mar e eu dava as direções. Paramos em frente à feirinha, que estava lotada, principalmente na lojinha que eu mais gostava. Era um lugar simples, e eu achei que Brady não iria se importar.

Ele era engraçado e perfeitamente lindo, as mulheres ficavam pasmas com a beleza dele. Mas ele era meu, assim eu esperava. A loja tinha uma janela de frente para o mar, a maré estava cheia e chegava bem perto, era um lugar lindo em uma enseada.

– Este lugar é lindo, como você descobriu?

– Eu e a minha família viemos aqui sete anos atrás a convite de um pescador que o meu pai conheceu. Quando chegamos a esta vila, a minha mãe queria conhecer cada lojinha, então, foi assim que descobrimos esse paraíso perdido.

Ficamos andando pela loja, Brady vinha atrás de mim segurando minha cintura. Vieram três atendentes, eu sabia o que elas estavam encantadas com o homem enorme e lindo que estava atrás de mim.

– Podemos ajudar em alguma coisa?

– Só estamos olhando, senhoritas.

Brady deu o sorriso mostrando as covinhas e eu sabia que elas estavam sentindo. Nem precisava virar para imaginar a beleza daquele homem que ainda me abalava também. Elas se afastaram, sempre olhando pelos cantos, chegava a ser até engraçado.

– Brady, você sabe o que causa nas mulheres, e até nos homens. Por favor, guarde seu charminho, tá?

– Acho que a minha fada está precisando de um lembrete de que eu a amo.

Com isso, ele me puxou e me beijou até eu esquecer e me derreter toda novamente. Quando eu abri os olhos, Brady estava rindo e me deu um selinho. Ele não podia ficar fazendo isso assim na frente de todo mundo.

– Brady, você não pode sair me beijando assim na frente de todo mundo.

– Você adora que eu te beije assim e eu também. Agora vamos conhecer as lojinhas para eu comprar algo especial para o meu pai e a sua mãe. Acho que podemos encontrar alguma coisa que simbolize a união deles neste lugar, o que você acha?

– Seria uma ótima ideia.

Ele passou o braço pela minha cintura e fomos conhecer as lojas. As meninas sumiram, acho que ele passou bem o recado e, no fundo, ele sabe do que eu gosto e isso também me assusta muito. Porém, aqui estou eu, namorando o playboy mais lindo do mundo, com uma aliança balançando no meu pescoço. Preciso aceitar que, o que eu mais quero, é sentir essa aliança no meu dedo, se eu colocar nunca mais vou tirar. Preciso ter certeza. Eram tantos pensamentos, que eu nem reparei quando paramos em uma loja pequena e o Brady me puxou e me abraçou mais forte.

– Amor, encontrei o que eu estava procurando, vamos entrar?

– O quê?

– Encontrei o presente, olhe ali.

Era um trabalho maravilhoso, eu nunca teria olhado dentro dessa loja minúscula. Brady parecia estar muito distraído e curtindo realmente o passeio. Eu não imaginava que ele fosse apreciar passar horas dando voltas em lojas de uma vila. Foi ai que eu percebi que eu estava perdida nos meus pensamentos e ele estava esperando a minha resposta. Eu me senti uma pateta por deixar isso acontecer.

– Eu amei o jarro, acho um presente incrível.

– Vamos comprar, então. Vou pedir para embalar.

A loja era super simples, cheia de pequenos itens, muito delicados e de bom gosto. Brady foi até o senhor que estava atrás do balcão e ficou conversando com ele, pagou e o senhor começou a embalar para presente. Porém, eu vi que ele pediu para separar um saco pequeno. Minha curiosidade estava gritando para saber o que havia naquele saquinho, mas precisava me controlar, eu nem sabia se era para mim ou não...

Foi ai que ele tocou no meu braço e me tirou de novo de dentro dos meus pensamentos. Isso estava me deixando furiosa comigo mesma.

– Amor, vamos conhecer um pouco mais da vila, o seu Joaquim me indicou uma pousada no final da rua principal.

Ele estava aprontando alguma coisa. Eu ri, pois o Brady estava tão relaxado, parecia que nem estava se importando se eu aceitaria ou não.

– Para que uma pousada?

– Minha fada, o seu Joaquim me disse que nesta pousada tem a melhor comida da Vila de Ilha Bela.

Brady estava feliz. Ficamos passeando à toa, quando eu percebi já eram três horas da tarde, e, justo neste momento, o meu estômago roncou, porque eu vivia com fome. Fomos passeando de mãos dadas, era uma tarde deliciosa, porém eu sabia que perto de uma calmaria sempre há uma tempestade. Eu sei que nada podia apagar o que ainda enfrentaríamos: uma ex-namorada ciumenta, um assediador e a ira do irmão dele quando soubesse o que estava acontecendo. No entanto, aquele momento era muito bom para ser desperdiçado.

Simplesmente abracei Brady, ele não demorou nada para me apertar contra ele. Chegamos perto de uma árvore, ele se apoiou, deixou as sacolas no chão e ficamos abraçados olhando o mar azul perfeito, até que ele me virou e ficamos nos beijando como dois adolescentes, nada mais... Foi incrível.

– Você é a mulher da minha vida.

– Para a sua sorte, eu espero que sim.

Eu o queria na minha vida e seria logo. Brady é tudo o que alguém pode querer e é todo meu. O sim está na ponta da língua, espero que ele diga logo que me quer, pois eu estou completamente apaixonada, é isso, o amor. É até engraçado pensar desta maneira, já me sentia tão segura em relação ao nosso namoro e aos nossos sentimentos. É difícil admitir para mim mesma que eu o amo, mas sei que estou tomando a decisão certa. Quero Brady na minha vida.

– Amor, vamos voltar e pegar o carro, o que você acha?

– Ótimo, os meus pés estão me matando e olhe a hora. São quase quatro da tarde, por isso o meu estômago está chateado comigo.

– Ok, então vamos lá.

Ele me carregou no colo e fomos até o carro. A sorte foi que eu não passei tanta vergonha, já que o carro estava a um quarteirão de distância e as pessoas pareciam ter sumido da rua. Era só pensar em comida que o meu estômago protestava. Brady acelerou e destravou o carro. Ainda bem que estava na sombra e não precisou aquele ritual todo que ele fazia para que eu não ficasse no calor. Ele sempre estava à minha frente, sempre pensa em tudo, realmente.

– Agora vamos, se a minha fada está com fome, eu tenho que resolver o problema.

– Este pensamento é tão machista.

– Sério, eu não tinha percebido. Uga, uga.... Acho que eu preciso te pegar pelos cabelos então, vem aqui.

Ele puxou o meu cabelo, nada que eu não pudesse aguentar, e como eu queria ficar mais perto dele mesmo, não me opus. O cheiro dele era amadeirado e picante, me deixava querendo mais. Porém, isso teria que ser muito pensado, pois não teria como voltar atrás.

– Parece que o seu Joaquim esqueceu de mencionar como seria a pousada que iríamos encontrar.

– É um lugar lindo. Eu nunca passei da feirinha, espero que a comida faça jus à beleza do local.

Descemos do carro e entramos. Era tudo muito limpo e bem aconchegante. Uma senhora veio nos receber, ela era baixinha e redonda, com um rosto amável e delicado, a pele morena mostrava a sua origem.

– Boa tarde, belíssimo casal, me chamo Ana. O que posso fazer para servi-los?

– Boa tarde, Ana. Sou Brady e gostaríamos da sua melhor suíte e da sua sugestão para o almoço, pois a minha mulher está com muita fome. Sei que é tarde, mas passamos muito tempo na feirinha.

Mulher, ele estava louco?

– Brady.

– Calma, amor.

Ele deu um mega sorriso, lógico que qualquer mulher do planeta iria se derreter.

– Ok, me sigam, pois eu preciso do nome completo para registrá-los. O senhor não quer saber o preço da suíte?

– Não, eu adorei a sua pousada e pagaria o valor justo para passar algumas horas com a minha mulher. Meu nome é Brady Blinner e essa é minha esposa, Elizabeth Ann.

– Prazer em conhecê-los. Me acompanhem, por favor.

– Senhora, eu...

Eu não sou esposa dele, eu nem terminei de falar e ela já estava muito à nossa frente. Que droga! Será que com ele perto ninguém mais me escuta? Ele me abraçou e falou bem perto do meu ouvido.

– Pelo visto a minha esposa está com muita fome, não é?

– Você é impossível, Brady. Nós não somos casados, porque você disse isso?

Continuamos pelo corredor, enquanto falávamos sussurrando. Eu não queria ser expulsa por mentir, isso seria muito constrangedor.

– Eu gosto de dizer que você é minha mulher, eu te amo e quero que se case comigo. Para mim não é mentira, já que é isso o que eu quero.

Toda vez que ele se declarava, eu não sabia exatamente o que falar, pois ele parecia tão ciente dos sentimentos. Eu me sentia uma confusa com tudo e para ele era tudo ou nada. Tão certo e tão centrado que chegava a me deixar furiosa às vezes, como naquele momento.

– Eu sei que você não confia nos meus sentimentos, mas aconteça o que acontecer, eu vou lutar para ter você.

– Ok, tudo bem. Vamos conhecer um pouco mais, já que estamos aqui mesmo.

Passamos por um salão que parecia ser o restaurante, com mesas pequenas, toalhas brancas e vasos com flores delicadas. Era tudo perfeitamente organizado.

– Este é o nosso restaurante. Vamos por aquele corredor ali, para a nossa suíte especial.

Nós entramos nesse pequeno corredor e abrimos uma porta lateral que conduzia a uma trilha de pedras com várias plantas tropicais, que faziam me sentir dentro de uma floresta. Estávamos na parte de trás da pousada, quando fizemos uma curva e vimos várias árvores enormes. A do centro tinha uma casa na árvore, sendo que, desde sua base até a casa, era contornada por uma escada linda. Tudo de madeira escura, e a casa, de madeira mais clara. Como arquiteta, eu estava deslumbrada, não via a hora de subir e conferir cada cantinho. A vista deveria ser maravilhosa, pois ficava uns dez metros acima do chão. Era grande, com varanda em toda volta. Tinha uma rede, que estava colocada em um local que, pelo visto, daria para ver o por do sol no mar. Simplesmente sensacional, fiquei em pânico, mas Brady me passava tanta segurança que fui sem medo.

– É lindo. Como vocês conseguiram fazer essa casa na árvore?

– Foi o meu falecido marido. Ele era muito bom em construir coisas, e esse foi o seu último trabalho. Espero que gostem.

– Já amei.

– Aqui está a chave. A suíte tem telefone, frigobar e ar-condicionado, se quiserem, mas vocês verão que nem será preciso. Qualquer coisa disquem o número nove e estarei trazendo o seu almoço o mais rápido possível.

O que mais impressionava era a vista. Uma das paredes, a que dava vista para o mar, era toda de vidro. Não havia ninguém por perto e o cenário era encantador.

Era lindo. Depois de uma tarde de compras, eu estava exausta. Abrimos a porta de vidro e deitamos na cama, ficamos sentindo a brisa do mar, era delicioso.

– Brady, é um lugar maravilhoso. Obrigada por não me escutar.

– Disponha. Faço o que for preciso para ver esse sorriso no seu rosto, mesmo que você não queira.

Ele me deu um sorriso e foi para o telefone, o que ele pretendia dessa vez?

– Alô, dona Ana? A senhora poderia providenciar sobremesa? A minha esposa adora doces.

Cada vez que ele se referia a mim desta forma, eu meio que ficava sem saber o que fazer, e ele sabia disso.

– Brady, você ficou louco? Nós nem a conhecemos e você deixa que ela escolha a nossa comida?

– Amor, ela disse que somos um casal lindo. Quem fala uma coisa dessas e pode fazer uma escolha errada?

– Sinceramente, eu não quero responder a sua pergunta.

O cheiro de mar era ótimo. Ele se jogou na cama e nós ficamos deitados, acho que cochilamos, pois o sol já estava baixando quando bateram na porta. Na hora, meu estômago roncou de novo. Por que o dele não o deixava em uma situação constrangedora como a minha?

Eu levantei e fui abrir a porta. Dona Ana e uma moça entraram trazendo um peixe assado que tinha um cheiro delicioso, várias porções menores de comida, acho que ela trouxe um pouco de tudo. Trouxeram drinques servidos no coco, com aqueles canudos e guarda-chuvinhas. Acho que, realmente, ela queria nos agradar.

Depois de colocarem as porções na mesa, elas pararam e vi que a moça estava de boca escancarada ao ver o Brady se espreguiçar e levantar da cama. E, eu também sabia como era olhar para ele e sentir como se tudo ficasse em câmera lenta, com um corpo incrível e os olhos cristalinos deixavam qualquer mulher sem fala. Parecia que ele não era de verdade, porém o show teria que terminar.

– Obrigada, qualquer coisa nós chamamos vocês.

– Tudo bem, senhora.

Elas saíram e, assim que eu fechei a porta, Brady me virou e me beijou como se estivesse há meses sem ter dado um beijo. Ele estava com uma fome tão grande e eu correspondi da mesma maneira, eu enrolei as minhas pernas na cintura dele e aprofundei o beijo. Eu podia sentir que ele estava se segurando pela promessa que ele me fez. Naquele momento eu queria que ele apagasse da memória a promessa, eu o puxei mais, só que ele já tinha quebrado o beijo e encostado a testa na minha, nossa respiração era irregular.

– Você me deixa fora de controle, eu te amo e te desejo tanto que me deixa fora de mim. Tudo o que eu quero, nesse momento, é fazer amor com você de todas as maneiras possíveis. Porém, eu dei a minha palavra de que eu esperaria até você me dizer o que eu quero saber. Só que, às vezes, eu não consigo me controlar.

– Desculpe, nesse momento eu não queria que essa promessa existisse. E se você não gostar de fazer amor comigo?

Nossos olhos estavam nivelados e eu vi o desejo cintilar dentro daquele azul tão incrível. Ele pegou a minha mão e fomos para a mesa. Quando eu sentei, a minha barriga roncou de novo, mas eu já não tinha fome de comida.

– Amor, eu quero você como minha mulher desde o dia em que eu a conheci, eu tenho certeza de que fazer amor com você vai ser a coisa mais deliciosa e perfeita da minha vida. Tudo o que eu preciso é de você comigo para sempre.

Nesse momento, ele se ajoelhou na minha frente e eu fiquei até um pouquinho maior do que ele, mas ele tocou o meu rosto.

– Case comigo, eu vou fazer de você a mulher mais feliz do mundo todos os dias enquanto eu viver.

E se ele não se sentisse satisfeito comigo?

– Como você sabe que eu serei o suficiente?

– Eu tenho certeza, pois você já é tudo para mim.

– Sua confiança me irrita, às vezes.

Ele beijou as minhas mãos, levantou, pegou o meu prato e começou a me servir. Pegou água e trouxe dois copos. Quando eu comecei a comer, sério, eu tive que gemer, ou eu estava com muita fome, ou a comida era a melhor que eu já tinha comido.

– Amor.

Eu abri os olhos e ele estava sério.

– O que foi?

– Não faça este gemido de novo, ou eu não respondo por mim.

– Tudo bem, vou me controlar. A comida é divina. A comida é deliciosa, gostei muito deste lugar. Parece que estamos em algo tirado de um livro.

– Concordo com você, já que tenho uma fada ao meu lado.

Quando ele fez menção de pegar o drinque, eu segurei a mão dele.

– Você está dirigindo, nada de álcool.

Ele riu, droga. Isso me distrai demais, quando as covinhas aparecem eu me rendo completamente.

– Amor, eu só vou dirigir amanhã, nós vamos dormir aqui, não se preocupe. Depois que almoçarmos vou avisar o meu pai sobre os nossos planos e quero saber como andam as coisas sobre a investigação.

– Nós não vamos dormir aqui.

– Por que não? Você não tem nenhum compromisso, eu também não, qual o problema? Eu não vou fazer amor com você, ainda. Só precisamos de tempo para nos conhecer melhor e, se ficarmos lá, isso não vai acontecer.

– Nós não trouxemos nada para usar, nem temos nada de higiene pessoal. Como podemos ficar aqui?

– Podemos descer e ir atrás de roupas e tudo o que estivermos precisando. Acho que terá alguma festa hoje à noite na vila, podemos dançar um pouco e nos divertir, o que você acha?

Que mal poderia haver?

– Tudo bem, colocando dessa forma... Você parece tão relaxado.

– Você acha que está sendo fácil para mim? Só de estar perto de você e não fazer nada está sendo um inferno. Porém, não quero que você perca a confiança em mim, jamais.

– Ok, vamos ver o que acontece, ligue logo para o seu pai. Se você for beber, eu dirijo.

– Tudo bem, acho que é uma ideia maravilhosa.

Ele provou o drink e parecia muito bom. Ele não disse nada porque sabia que eu não bebia nada de álcool.

– Acho que a comida é incrível, e podemos aproveitar amanhã para conhecer bem a vila.

– Eu tenho que admitir que eu adoraria conhecer um pouco mais do local que me surpreende a cada momento.

– Então está decidido.

Ele colocou o celular no viva-voz, enquanto eu terminava de comer a minha sobremesa, que era um manjar de coco delicioso.

– Pai, tudo bem por aí?

– *Estamos bem, filho.*

– E o David?

– *Ele não deu notícia ainda, mas está em casa. Tem tomado uns porres à noite e dormido de dia. Acho que o tempo que ficou afastado de Mandy, finalmente serviu para abrir os olhos dele. Eu sempre soube que os sentimentos dele por ela eram mais do que ele queria e demonstrava. Mas, como ela lambia o chão que ele passava, isso não importava muito para ele.*

– Pai, você sabe que eu gostaria de ligar para ele. Vamos escutar muito quando ele descobrir, isso não é certo.

– *Filho, Mandy está com o futuro noivo, ele está cuidando dela. Sábado David estará de volta e o* sheik *terá viajado, então a confusão não será tão grande. Mandy viaja assim que a festa terminar. Eu e a Bárbara vamos levá-la para Detroit pessoalmente antes de partirmos para a lua de mel.*

– Pai, e a investigação?

Ele não parava de se preocupar com a prima, Brady disse que ela era como uma irmã. Então, a que custo ele ficaria longe dela nesse momento? Ainda mais que ele estava pedindo para ficarmos aqui mais um dia. Acho que ele é um homem muito cuidadoso e, por outro lado, extremamente possessivo e decidido. Nunca conheci alguém tão decidido e espontâneo.

Não parece em nada com o homem que a minha mãe me descrevia, o que me deixa confusa em relação ao que esperar dele.

– *Nada até agora. E você e a Liza?*

– É por isso que eu estou ligando. Nós estamos em uma vila perto de Cancún e vamos passar a noite aqui para conhecer um pouco mais o local. Só estou avisando para que vocês não fiquem preocupados.

– *Você acha que isso é favorável, filho? Sei da promessa.*

Eu levantei uma sobrancelha enquanto ele ria para mim.

– Posso passar por esta provação. Vai ser difícil, só que por ela faço qualquer coisa. Ann quer me conhecer melhor antes de tomar algumas decisões importantes, por isso, ela está oficialmente sequestrada. Diga para Bárbara não se preocupar, tomarei conta dela com a minha vida.

– *Tudo bem, filho, tome juízo. Bárbara vai ligar, com certeza.*

– Qualquer novidade me telefone.

– *Aproveite o passeio.*

– Nós vamos. Tchau, pai.

– Tchau.

Ele piscou e pegou o telefone da suíte.

– Dona Ana, eu queria saber onde podemos comprar algumas roupas e itens de higiene pessoal, pois só vamos embora amanhã e não trouxemos nenhuma bagagem.

– *Tem uma loja grande na rua que fica antes da entrada da pousada, lá vocês podem achar de tudo um pouco.*

– Obrigado, iremos lá, então.

– *Hoje à noite temos uma festa no centro, gostaria de convidá-los a participar conosco, podem ficar na nossa mesa.*

– Obrigado, vamos aceitar o convite. Até mais tarde, então.

– *Ok.*

Eu ergui a sobrancelha. O que ele queria dizer com aceitar? Brady era impossível para detectar qualquer coisa antes que ele achasse que estava na hora. Parece que nos conhecemos há tanto tempo. Mas, de fato, faz menos de uma semana e isso não é nada. Estou sozinha com ele, em uma suíte onde vamos passar a noite juntos, e com uma aliança com uma pedra enorme pendurada no meu pescoço.

– Que conversa mais estranha.

– Vamos, amor. Fomos convidados para a festa e precisamos comprar roupas para hoje e para amanhã.

– Brady.

– Vamos, amor, eu te levo.

– Não, eu estou bem.

– Vem aqui.

Ele me beijou e eu amoleci na hora.

– Agora podemos ir.

Descemos as escadas e fomos para a loja, que realmente tinha tudo. Escolhi vários vestidos e peguei um azul claro que me lembrava os olhos de Brady. Era delicado e deixava a minha cintura bem marcada. Peguei dois conjuntos de roupa íntima e dois biquínis, sendo que um deles era bem provocante, todo vermelho. Eu sabia que ele iria surtar. Depois separei todos os itens de higiene pessoal para nós dois, eu já sabia do que ele gostava.

Como estávamos sozinhos na loja, a vendedora ficou paparicando Brady o tempo todo. Quando eu me virei, não aguentei. Ele estava com uma camisa florida branca e verde – faltava quase dez centímetros para fechar os botões – e uma bermuda branca perfeita. Ele ficava muito atraente com o aquele corpo do Olimpo.

– Brady, acho que ficou um pouco apertada.

– Amor, não tem nenhuma camisa do meu tamanho, então comprei umas camisetas que eu posso colocar por dentro, só se você me quiser assim.

Eu queria sem ela na verdade.

– Acho melhor você se vestir decentemente ou vai arranjar muitos problemas com os homens ciumentos.

– Adoro quando você fica assim, achando que as mulheres vão pular em mim. Mas lembre de algo importante: eu só quero você vinte e quatro horas por dia, todos os dias da semana e todas as semanas do mês. Eu te desejo toda para mim, para sempre. Quero ser seu para sempre, como você vai ser minha, amor. Você é meu sonho de consumo.

Ele realmente estava me fazendo pensar em "nós".

– Desse jeito você vai acabar me convencendo.

Eu percebi que algo mudou nos olhos dele. Brady veio e me abraçou forte e nos beijamos no meio da loja. Foi deliciosamente primitivo e todo o meu corpo gritava por ele.

– Hum... Senhor, vocês irão precisar de algo mais?

Brady balançou a cabeça e riu para mim.

– Não, pode fechar a conta por favor.

Enquanto ela se afastava, eu estava vermelha de vergonha. Eu não me importei em estar em um local púbico, a única coisa que eu queria era continuar beijando o homem da minha vida até não aguentar mais.

– Você me tira do sério, amor. Me enlouquece. Eu preciso muito que chegue sábado, vou fazer amor com você até o amanhecer.

– Brady, calminha aí, playboy.

– Amor, sou um ex-playboy por favor. Agora eu sou seu.

– Eu quero acreditar, mas, às vezes acho isso tudo tão irreal que fica difícil colocar os pés no chão.

– Só quero ser feliz com você para sempre, simples assim.

– Então, que tal me comprar um sorvete? Estou morta de calor.

Fomos a uma banquinha de sorvete tropical, eu pedi um de coco e ele pediu de manga. Fomos caminhando até a beira-mar e ficamos sentados na areia. Os barcos que retornavam de alto-mar com a pesca passavam na nossa frente, era tudo tão tranquilo. Brady estava atrás de mim e eu estava sentada entre as pernas dele. Ficamos falando sobre os projetos dele e como estavam as obras para a reforma.

Ele parecia gostar muito de falar sobre a empresa. Eu via que ele se dedicava e amava trabalhar com a compra e venda de carros e motos, ele sabia o que estava fazendo. Depois eu falei sobre os planos de arquitetura que estávamos trabalhando e que as coisas estavam melhorando para a nossa empresa também. Nesse momento ficamos quietos. O céu escurecia devagar dando passagem para uma noite limpa e com uma lua cheia que já se destacava no céu.

– Vamos, amor, a música já começou a tocar, mas acho que temos tempo para um banho bem demorado.

– Seu pervertido.

Eu me virei e nos beijamos como se não tivesse mais ninguém no mundo. Eu percebia que ele estava ficando no limite, e eu também precisava do toque e do sabor dele. Eu me sentia uma viciada e era assustador depender de alguém dessa forma, como se ficar longe dele me maltratasse.

– Vamos, quero te dar um banho, futura sra. Blinner.

– Nossa, vou ficar com o mesmo sobrenome da minha mãe? Isso é muito estranho.

– Você vai ficar, com certeza, pois não darei trégua sobre isso.

Nos levantamos e fomos para a pousada. Subimos. Eu queria tomar banho com ele, mas eu estava apavorada. Fomos tomar banho (eu de biquíni e ele de sunga), nos lavamos, com uma calma e intimidade que nunca experimentei com ninguém.

Ele me tocou com reverência e carinho, continuamos conversando nos intervalos dos beijos. Nos secamos, ele escolheu a minha roupa e eu a dele, foi engraçado. Por fim, estávamos arrumados e felizes. Quando chegamos à festa já passava das oito horas da noite. Estava muito animada, as pessoas estavam dançando, comendo e bebendo.

Fomos até a mesa da pousada e conversamos um pouco com o pessoal. Logo Brady me puxou para dançar. Como era bom dançar com ele! Brady tinha uma boca sensual e as mulheres na mesa à nossa esquerda não tiravam os olhos dele. Tudo nele era sedutor, a voz era forte e um pouco rouca, era capaz de seduzir qualquer mulher.

– O que você acha de termos quatro filhos?

Eu olhei para ele sem saber o que dizer.

– Eu quero ser um bom pai e gosto muito de crianças, acho que tentativas para fazer bebês não vão nos faltar.

– Não sei... Quatro filhos? Acho que dois está bom.

– Quando nossos filhos nascerem, você vai mudar de ideia. Eu quero estar ao seu lado e vou ajudar com tudo. Ajudei a cuidar do meu sobrinho quando ele era pequeno, quando o Nick não podia. Até banho eu dava nele.

– Isso é sério mesmo?

– Claro meu amor, quero ser o melhor pai do mundo para os nossos filhos. Você vai ver. Eu tenho a mulher mais linda e perfeita do mundo, e serei o melhor marido, mesmo ela sendo uma turrona.

– Quando você fala essas coisas, eu me derreto toda. Quero ter essa família, Brady.

Eu queria tudo o que ele estava me oferecendo.

– Você já tem, amor, pois eu sou seu para sempre. Mesmo que você não me queria, o meu coração será seu para sempre. Eu te amo.

Voltamos para a mesa e o meu celular começou a tocar, era a minha mãe.

– Filha, está tudo bem?

– Tudo mãe, e você?

– Fiquei preocupada, apesar do Arthus me dizer que nada de mal aconteceria e eu confio nele.

– Com certeza, mãe. Vamos voltar amanhã de tarde, quero conhecer um pouco mais da vila. Estamos aproveitando, e agora viemos para uma festa incrível.

Eu vi quando ele riu. Aquelas covinhas combinando com os olhos de um azul celeste me deixavam sem fala.

– *As meninas têm me ligado. A Karen e a Susan estão querendo saber se você marcou o casamento.*

– Mãe, elas são impossíveis mesmo, eu ainda não sei.

Ele levantou uma das sobrancelhas e começou a conversar com dona Ana, que parecia encantada com a atenção que ele estava dando a ela. Brady sabia quando as pessoas precisavam de atenção, eu me emocionava ao ver como ele era gentil.

– *Ok, filha. Vou a um jantar com os embaixadores do México e da França. Acredita que eles fizeram questão de vir para o nosso casamento?*

Minha mãe estava nas nuvens, ela sempre adorou esse tipo de coisa.

– Mãe, o sr. Arthus é um homem muito influente.

– *Sei disso querida. Agora aproveite a festa e se divirta, mas não demais, amo você.*

– Ok, mãe, também amo você.

Desliguei o telefone, tomei um suco e Brady estava tomando um suco também. Achei estranho, ele gostava de drinks e não estava tomando por algum motivo. Olhei para ele enquanto eu mastigava um camarão empanado, ele estava pensativo, meio distante. No que ele estaria pensando?

– Brady, o que houve?

Ele sorriu, mas foi meio triste. Eu queria o sorriso de enlouquecer, não o queria triste. Percebi que a festa estava começando a chegar ao fim, então não duvidei, levantei e o puxei para dançar. Brady pareceu surpreso e eu ri daquela reação, ele me abraçou e fomos dançar um pouco. A música era lenta e nos beijamos, fizemos carinho e ele me apertava tanto nos abraços que eu estava ficando preocupada com essas reações dele.

– Brady, acho que chegou a nossa hora.

Ele olhou ao redor e percebeu que havia poucas pessoas ainda na festa.

– Ok, vamos.

Chegamos ao quarto e tomamos um banho rápido. Eu coloquei uma das blusas que ele tinha comprado e Brady ficou só de cueca, estávamos acostumados a essa intimidade que foi natural para os dois. Deitamos abraçados e falamos um pouco sobre os nossos planos para o dia seguinte.

A brisa do mar entrava por aquelas portas abertas e me deixou logo com sono. Não demorei nada para adormecer, porém eu sentia como se algo me puxasse para fora do meu sonho delicioso com o Brady. Foi aí que eu despertei. Quando abri os olhos, ele estava me abraçando um pouco afastado e olhava para o céu. Tinha alguma coisa errada e eu iria descobrir.

– Brady, o que houve?

– Nada, amor, volte a dormir.

– Você pare com isso agora mesmo e me diga por que está pensativo e com insônia. Qual é o problema? Sou eu?

Ele riu, me abraçou forte e cheirou o meu cabelo, agora sim ele estava voltando ao normal.

– Amor, você é a solução e não o problema.

– Então me diz o que é, por favor. Quem ama confia.

Ele me olhou nos olhos e me beijou, o que me fez esquecer por um breve momento o motivo daquela conversa.

– Estou preocupado com Mandy. Acho que o meu pai está me deixando de fora, já que estou apaixonado e buscando o seu amor. Isso está me corroendo por dentro... Eu quero tanto que você confie em mim, porém estou ficando sem ideias para fazer isso acontecer.

Eu me ajoelhei e olhei séria para ele. Brady tinha deixado tudo para trás, inclusive essa questão com a irmã, para estar aqui comigo, querendo algo mais de mim, que eu o conheça melhor e confie nele. Mas eu já conheço o verdadeiro Brady, eu o amo.

– Seu pai pode até esconder algo sobre o que houve com a Mandy, mas tenho absoluta certeza de que, se houvesse uma descoberta importante, ele já teria entrado em contato. Se você quiser, podemos ir agora mesmo.

– Não, amor, você é meu tudo, eu preciso de você. Sei que pode ser complicado de acreditar e aceitar, mas eu te amo. Estes momentos a sós estão sendo os melhores da minha vida.

– Brady, eu também te amo e confio em você.

Eu fechei meus olhos e cai no colchão de costas, não antes de ver o espanto no rosto dele. Meu Deus, eu tinha dito isso em voz alta, como saiu? E agora, ele sabia o que eu estava tentando a todo custo esperar para dizer que o amava e que realmente confiava nele.

– Amor, abra os olhos, por favor.

Eu abri e vi que ele estava deitado ao meu lado, com a cabeça apoiada em um dos braços, e com a outra mão ele tirava o cabelo do meu rosto. Eu estava uma pimenta de vergonha. Como eu iria agir de agora em diante?

– Você me fez o homem mais feliz do mundo por me amar e confiar em mim. Sei como foi descobrir que eu a amava e dizer pela primeira vez foi difícil e maravilhoso ao mesmo tempo. Foi como se um peso saísse das minhas costas, um alívio. Eu te amo demais e saber que você me ama e confia em mim... Não sei nem como expressar em palavras o que eu estou sentindo.

– Brady, eu te amo e aprendi a confiar em você. Acho que foi desde o dia em que nos vimos na piscina. Você abalou as minhas ideias e os meus pensamentos. Eu te amo, não pelo que os outros falaram de você, mas pelo homem atencioso, romântico, gentil, muito sedutor e forte ao mesmo tempo, que se revelou para mim. Você é uma mistura perfeita de charme e possessão ao mesmo tempo. Hoje eu percebi que não acreditar na sua mudança é algo que nos machuca, eu fico infeliz ao te ver triste.

Ele fez uma careta enquanto eu o descrevia. Ele não se conhecia como eu. O amor me fez olhar o que ele realmente é e não o que ele queria que as pessoas vissem.

– Eu amo você por tudo, até mesmo pela sua teimosia. Nunca mude em nada, eu te amo demais. Obrigado por acreditar em mim.

Ele me beijou com uma delicadeza, eu o abracei e ficamos nos beijos e nos carinhos. Estava delicioso, o toque no meu corpo me fez amolecer completamente.

– Fala de novo que confia em mim.

Ele beijava o meu pescoço e fazia carinho no meu corpo, ele estava me deixando louca por um toque a mais.

– Eu confio em você. Agora vamos dormir, estou cansada e quero que você se junte ao meu sonho.

– Eu vou, com certeza.

Ficamos abraçados até que eu percebi a respiração dele mais tranquila. Ele tinha dormido e eu o tinha relaxado, sem sexo, somente conversando e abrindo o meu coração, falando dos meus sentimentos. Mesmo que eu não quisesse admitir, isso me deixou feliz. Eu amava confiar nele. Assim, eu adormeci também.

Quando acordei, a preguiça não me deixava abrir os olhos. Era o meu último dia antes do casamento e da minha decisão. Eu só queria ficar parada e não pensar em nada, só que isso não iria acontecer. O calor do corpo dele era irresistível, com isso eu me virei e o abracei, cheirei o peito dele. Ele era incrivelmente delicioso, macio, rígido e cheiroso: uma mistura fatal.

– Vamos, preguiçosa, temos pouco tempo para conhecer melhor o lugar.

– Quero ficar assim mais umas duas horas, pelo menos, sem nem me mexer.

Ele riu e beijou a minha cabeça, ele me embalou e eu adormeci de novo. Estava tão gostoso.

Ao abrir os olhos, eu percebi que era tarde, deveria ser meio-dia. Brady estava me abraçando e eu fiquei junto dele por um tempo. Será que a nossa vida seria assim? Eu tinha a impressão de que seria passageiro, e eu não gostava disso. Sempre fui tão equilibrada com relação ao amor e Brady chegou mudando tudo em que eu acreditava. Pelo menos eu confiava nele, e isso era bom, só ainda não estava segura a ponto de aceitar o pedido.

– Dorminhoca, vamos comer?

– Não estou sozinha nesta cama, sabia?

– Não, você me seduz até para voltar para a cama.

Ele me beijou como se não estivesse comigo o tempo todo, eu retribui o carinho que ele estava me fazendo. Brady tinha escovado os dentes, eu sentia um leve sabor de menta e eu deveria estar com o hálito de sono. Hesitei e, é claro, ele percebeu.

– Você tem gosto de mel, delicioso. Você é toda perfeita.

Quando ele falava essas coisas eu ficava toda sem graça e isso não é o meu normal.

– Vamos, estou com fome e você também.

– Você pediu almoço?

– Não, eu acordei cedo e fui correr. Depois eu trouxe um café da manhã para você, ai tive que ceder à necessidade de estar ao seu lado.

– Deve estar tudo frio.

Ele abriu aquele sorriso perfeito, enquanto eu ficava como uma idiota olhando para ele, aquelas covinhas me deixavam no chão.

– Amor, eu já pensei nisso. Então, só trouxe coisas frias. Tem algumas frutas da região que parecem muito gostosas. Fiquei de ligar e pedir para fazerem sanduíches, omeletes e um café fresquinho. Tem suco e iogurte no frigobar.

Ele levantou e foi fazer o pedido do café na hora do almoço, enquanto isso eu apreciava a vista. Ele só de cueca, era incrivelmente perfeito. Aquele dragão parecia estar vivo a cada movimento dos músculos perfeitamente trabalhados. Como se lesse os meus pensamentos, ele virou e ficou me encarando. Brady sabia exatamente o efeito que causava em mim, quer dizer, em todas as mulheres.

– Já estão preparando o nosso café da manhã, minha fada dorminhoca. Agora vem, vamos comer, tem algumas frutas que a dona Ana colocou e que parecem bem suculentas. Mesmo que eu tenha tendências a não provar coisas diferentes, com você eu tenho vontade de provar tudo. Mais uma coisa que você mudou em mim.

– Eu não sabia que você só gosta de comer as mesmas coisas.

– Agora você já sabe. Espero que eu possa tirar todas as suas dúvidas até amanhã.

Eu me levantei e fui para a mesa enquanto ele trazia as coisas que estavam no frigobar. Quando ele mencionou o dia de amanhã, simplesmente gelei, pois as dúvidas ainda rondavam a minha cabeça, mesmo que eu tentasse agir de forma casual.

– Brady, sinceramente não sei se consigo aceitar o seu pedido assim tão rápido.

– Amor, nunca as pessoas se conhecem totalmente, mas você já é a pessoa que me conhece melhor do que qualquer outra e eu tenho certeza que te amo. Agora que você já disse que sente o mesmo por mim e que acredita que eu mudei, só falta o sim.

– As coisas estão saindo do controle, parece que eu não consigo controlar mais nada em relação a nós.

– Isso tem um nome: amor. Nada é certo e você vai ter que querer ou não. Melhor deixar isso para depois, estou com fome também.

Nesse momento bateram na porta e Brady colocou a bermuda e fechou o zíper, porém com o botão aberto e a beira da cueca aparecendo. Estava sem camisa, qualquer pessoa que estivesse naquela porta ficaria sem saber o que fazer com tanto desejo. Era a dona Ana. Que alívio, pelo menos era ela. Foi então que eu percebi que ela estava prendendo a respiração e eu estava com ciúmes de novo... Droga!

Brady pegou a bandeja e deu uma gorjeta para ela, como sempre não era menos de cem dólares. Ele estava inflacionando o mercado. Tudo para que o desejo dele fosse realizado. Nem era pelo dinheiro em si, ele cativava as pessoas mesmo sem perceber.

– Vamos comer, amor, o café está quentinho.

Tudo estava tão cheiroso e irresistível. Comi demais e ele também.

– O que vamos pedir para o almoço?

Eu dei uma gargalhada, ele estava louco?

– Brady, acabamos de comer.

– Estou brincando, amor. Que tal darmos uma volta? acho que você gostaria de andar pela praia.

– Ok, preciso tomar um banho rápido e me trocar.

– Você quer ajuda?

Eu ri, pois eu já sabia a resposta.

– Não, eu tenho certeza que eu sei fazer sozinha, não demoro.

Dei um pulo, peguei um biquíni e um short, tomei um banho, escovei os meus dentes, dei só uma arrumada no cabelo e descemos. Andamos pela praia, tomamos água de coco, eu juntei algumas conchinhas e, quando já estava quase no fim da tarde, fomos tomar banho de mar.

Brady atravessava a água com poderosas braçadas, todos os músculos das costas dele se sobressaíam enquanto nadava. Depois que ele voltou já estava no início da noite, estava quente e a brisa do mar refrescante, tudo era lindo naquele lugar.

Eu fiquei de boca aberta quando Brady saiu da água como uma visão gloriosa de Apolo, uma perfeição atlética. A água escorria pelos seus músculos, a barriga lisa e forte, com todos aqueles tabletes de músculos abdominais. O peito e pernas tinham pelos, não era como esses caras que se depilam. Ele era masculinidade pura e isso estava me enlouquecendo mesmo.

– Brady, você é o homem mais lindo que eu já vi.

– Bem, eu espero que você não olhe com tanto desejo para mais ninguém, só para mim.

Ele me beijou. Ficamos cheios de areia de rolar na praia. Ele me fazia sentir tudo. Como eu o desejava... Queria que simplesmente pudéssemos parar o tempo.

– Amor, acho que vamos ter que ir embora.

– Brady, foi um dia incrível, vamos ficar mais essa noite aqui?

Era eu mesma falando isso? Eu queria ficar mais tempo sozinha com ele.

– Amor, seu pedido é uma ordem. Vamos voltar e jantar juntinhos na varanda. Com você tudo é perfeito.

Nós chegamos na pousada e falamos com a dona Ana, ela ficou radiante e pedimos um mega jantar. Brady estava com aquela expressão diferente no olhar, ele estava aprontando. Depois que chegamos ao quarto, ele me beijou e foi me empurrando para o chuveiro.

– Linda, vá tomar um banho que eu quero preparar a nossa despedida da vila.

– O que você está aprontando?

– Uma surpresa. Agora vá e demore o quanto quiser.

Eu estava super curiosa, eu escutava uns barulhos e ria sozinha no banheiro. Acho que realmente a minha vida nunca mais seria a mesma.

Quando você quer algo, tem que fazer de tudo para conseguir. Era isso que eu pensava do Brady. Eu o queria e, se ele estava pensando em me acuar por não ter sexo, isso não aconteceria: ele será meu hoje. Eu coloquei o biquíni vermelho e um vestido branco bem fino. Acho que era isso que eu tinha em mente o tempo todo. Passei perfume e fiquei com a mão na maçaneta; eu estava virando o jogo, mas o frio na barriga estava me paralisando. Eu o amo, ele me ama e eu sei que ele está falando a verdade. Então é isso o que eu quero. Amanhã eu penso no sim. Quando saí do banheiro, Brady ficou me olhando chocado, foi até engraçado.

– Você me deixa louco, você é linda.

Eu fui andando até ele e tirei o vestido, eu não queria esperar, o meu sangue tinha se tornado fogo só com o olhar dele. Era nossa primeira vez e deveria ser especial, ele me carregou e fomos para a varanda, deitamos na colcha e ficamos nos beijando.

Parecia que ele estava me reverenciando. Eu não estava com medo, pois a paixão chegou ao limite, onde os corpos e a mente só queriam uma coisa: amor. Os pedidos de carícias, os toques, cada movimento me emocionava, e eu me entreguei completamente à paixão. Era uma explosão de luxúria e eu descobri que precisava dele.

– Amor, vamos acordar, dorminhoca.

Eu acordei com vários beijos. Ele era bruto e carinhoso, tudo nele era deliciosamente perfeito. Ele sabia como deixar uma mulher nas nuvens. Eu abri os olhos, ele estava todo arrumado e sorrindo para mim. Havia uma roupa em cima da cama e as nossas coisas.

– Brady, minha nossa, o casamento é hoje. Precisamos ir embora. Por que você não me acordou?

Dei um pulo e saí correndo para o banheiro, tomei um banho voando, enquanto ele me observava. Escovei os dentes e, depois que eu me sequei, ele veio me ajudar a colocar a calcinha vermelha. O que ele estava pretendendo?

– Esse biquíni eu já usei.

Ele riu.

– Cinco minutos não conta. Você vai me deixar louco dentro do carro, mas é bom. Assim eu penso que, quanto mais rápido eu chegar, mais rápido posso tirar toda a sua roupa.

Ele tinha enlouquecido, e eu me pendurei nele rindo.

– Ok. Por que você não me acordou antes?

– Eu precisava deixar você descansar um pouco. Já paguei e temos o nosso café dentro do carro. Vamos colocar uma roupa em você e vamos para o hotel.

Fizemos tudo em tempo recorde, chegamos em menos de uma hora. Fomos direto para o meu quarto, por incrível que pareça, fizemos amor tomando outro banho. Parecia que ele me queria nua vinte e quatro horas. Quando eu pensava em me vestir, ele me fazia desistir, até que a fome bateu.

– Amor, vou pedir um almoço com sobremesa, se arrume. Meu pai me falou que David chegou hoje às onze horas, e eu preciso falar com ele. Você vai ficar no quarto com Mandy e Mag. Depois que o sheik foi embora estou mais preocupado.

Ele tinha razão, precisávamos ajudar.

– Ok, não demoro dessa vez.

Fui me arrumar, enquanto ele ligava para o irmão.

– Estou pronta.

– Vamos.

Como era a terceira porta à esquerda, foi bem rápido. Eu bati na porta e entrei. As duas estavam com máscaras no rosto e coisas no cabelo, eu achei engraçado.

– Ann, até que enfim Brady desgrudou de você um pouco. Vem, vamos nos arrumar para hoje à noite.

Quando eu cheguei no quarto da Mandy, elas estavam fazendo o dia das meninas. Eu entrei e fomos começar a nos arrumar.

– Ann, vamos fazer a suas unhas e passar uma máscara hidratante.

– Acho que a minha mãe já marcou no spa às três da tarde, acho melhor estar lá para compartilhar algumas coisinhas antes do sim. Preciso falar com vocês sobre algumas coisas.

Eu preferia dizer logo o que me incomodava.

– Pela sua cara, você e o Brady já chegaram ao segundo nível. Eu estou super, mega feliz. Espero que você diga um sim o mais rápido possível.

Ela me abraçou e eu tive que rir, pois as duas pareciam felizes.

– Minha filha, eu sei que o meu menino será muito feliz com você.

– Eu ainda não disse sim.

– Vai dizer, é claro, pois ele é especial, nem todas as mulheres tem a capacidade ou a oportunidade de ver isso. Ele mudou tudo por amor, eu o admiro muito.

Eu estava muito sem graça, ainda faltava a parte preocupante.

– Mandy, pelo que eu entendi David já chegou, vai vir direto ver você e Brady vai ligar para ele.

Ela saiu correndo para o banheiro para lavar o rosto. Pelo visto a paixão pelo primo ainda era grande.

– Mandy não quer aceitar que ainda sente a paixão de toda a vida, mas acho que isso também vai mudar.

Não demorou para baterem na porta.

– Boa tarde, David.

– Mag, deixe disso.

Ele entrou, Mandy tinha tirado a máscara e estava só com um roupão vermelho.

– Mandy, eu vou ficar aqui até a hora do casamento, você não sai da minha vista nem por um segundo. Depois vamos para Detroit. Se esse maluco acha que pode pensar em encostar em você, está completamente enganado.

– David, eu...

– Não diga nada. Eu vou ficar e ponto final. Podem ir embora, vou mandar buscar minhas coisas e trazer para cá.

– Mag, espero que eu tenha feito o que é certo. – Disse Brady.

– Você fez, meu menino, acho que vou para o spa com a sua namorada e depois eu a trago de volta.

Ele riu, estava feliz, e isso me fazia lembrar do que tínhamos feito.

– Amor, a sua mãe ligou avisando que você tem hora marcada no spa, mas acho que Mag pode te levar. Vou ficar no meu quarto, tenho algumas ligações e e-mails para atualizar.

O Brady me beijou e fomos para lados opostos. Eu não esperava sentir tanta falta por ficar apenas algumas horas longe dele. Fiz as unhas, aplicaram máscaras corporais e faciais, me serviram comida, a minha mãe também pensava nestas coisas. Queria estar linda para ele. Quando terminamos, Mag foi me chamar na minha cabine.

– Vamos, minha menina, acho que você poderia fazer uma surpresa para Brady.

Ela estava lendo os meus pensamentos. Fui para o meu quarto, me arrumei e depois fui para o quarto dele. Bati e ele estava se arrumando, faltava só a gravata. Ele estava incrível.

– Amor, você está perfeita, totalmente perfeita.

Eu fiz que não podia me beijar para não borrar a maquiagem.

– Brady, vamos colocar a sua gravata, estamos em cima da hora e você não pode ficar me beijando.

– Amor, vou beijar outro lugar.

Ele me colocou de costas para a parede e beijou o meu pescoço e isso estava me deixando louca de saudade. Senti falta dele.

– Senti sua falta também, agora vamos pegar a sua gravata e correr para a festa.

Nos apressamos e fomos para a festa. Todos já estavam lá, inclusive Mandy e David.

Brady

Eu já tinha visto várias vezes aquele olhar nas pessoas que viam a Sam, ela é linda mesmo. Porém, eu nunca a amei e sei que vou ter que convencer a minha fada de que, para mim, ela é perfeita. Como vou explicar algo que nem eu mesmo consigo colocar em palavras? Eu fui andando até ficarmos quase nos tocando, sentei e a puxei para o meu colo, assim ela ficava na mesma direção.

Ela me olhava sem acreditar, eu podia ver aqueles olhos dourados que estavam céticos a respeito da Samantha. Droga, como eu posso provar que a Sam não significa nada? Não romanticamente. Eu gosto dela, como amiga, somente. Ela era uma fada em todos os sentidos, jogou um feitiço que me deixa louco. Eu a amo tanto que chega a doer, tenho que tomar uma atitude antes que eu não consiga me controlar mais.

Ela estava se distanciando de novo, porém eu tinha isso ao meu favor. Iria programar o dia seguinte. Eu esperava dormir bem, mas só de saber que ela está apaixonada por mim já basta por hoje. Eu a beijei longamente, peguei as chaves que estavam na sacola e saí. Fui para o meu quarto, tirei a minha roupa e tomei um banho demorado. Ela não estava comigo, porém eu estava nas nuvens. Rá, ela me ama e até sábado ela vai ser minha noiva. Eu iria dormir como uma pedra, feliz. Coloquei uma cueca boxer, me joguei na cama e dormi rapidinho.

Quando eu acordei de uma noite tranquila, de sonhos maravilhosos, lá estava a minha fada, tão abraçada comigo que não passava nenhum milímetro entre os nossos corpos. Estava relaxada, e eu imaginava que ela tinha se acostumado comigo, então ela veio. Dormir com ela é sempre perfeito.

Eu beijei o topo da cabeça dela e a minha fada estava tão linda adormecida. Eu levantei bem devagar, troquei de roupa, escovei os meus dentes, coloquei o tênis, escrevi um bilhete e deixei no criado mudo. Levei meu celular para ela poder me ligar e me encontrar assim que a minha bela adormecida acordasse.

Tranquei o quarto. Tudo o que eu queria era correr, suar um pouco, já que ainda era quinta-feira, e eu tinha mais de quarenta e oito horas para ficar com a Ann sem tocá-la. Sabia que, na noite de sábado, eu seria um homem realizado. Fazer amor com ela completaria tudo o que estávamos sentindo.

Cheguei na academia, que estava praticamente vazia. Só havia dois senhores conversando e andando na esteira enquanto assistiam as notícias da bolsa de valores, que também me interessava. Com isso fiquei na esteira ao lado deles, comecei uma marcha pesada e, depois de cinco minutos, uma corrida. Preferia correr ao ar livre, mas minha fada poderia querer me encontrar.

Eu ficava rindo só de pensar no jeito dela, em como eu amava a teimosia e a chatice, o humor, como ela mudava da raiva para ser engraçada em segundos. Eu a amava demais. Foi aí que escutei um barulho na porta e os dois senhores ao meu lado quase caíram no chão. Era Sam em uma roupa de ginástica preta, um top que deixava os seios dela perfeitos. Ela sabia que eu adorava vê-la de roupa de ginástica, ela era mesmo linda. Eu continuei correndo e ela veio até a esteira ao lado da minha.

– Oi, amor. Estava com saudade de ver você assim, com esse short e uma camisa colada de suor. Só que eu prefiro sem nada mesmo.

Eu trinquei os meus dentes. Ela sabia que eu não estava acostumado a ficar sem sexo por mais de um dia, o meu corpo estava pedindo por liberação, mas a única pessoa que eu queria era a Ann. Era algo que eu nunca tinha experimentado e eu amava saber que o meu corpo agora só respondia ao toque dela. Com isso, sem querer eu sorri.

Samantha achou que era um convite e tocou o meu braço, eu olhei para ela. Realmente, eu amava a minha namorada, era tudo o que eu queria, e eu precisava mostrar para a Samantha que eu amava a Ann em todos os sentidos. Tudo aconteceu em poucos dias, foi amor à primeira vista, nunca imaginei que isso existisse.

– Samantha, eu gosto mesmo de você, como amiga, amo a sua amizade e, se você aceitar a minha amizade, eu nunca vou deixar de estar ao seu lado como antigamente. Eu amo Ann, estou tão feliz que não tenho nem palavras, mesmo os defeitos dela são perfeitos para mim.

Eu parei de correr, não ia mais fazer exercício, a minha saudade crescia falando da Ann. Só tinha em mente voltar, tomar um banho e deitar ao lado da minha preguiçosa.

– Brady, como você pode me trocar por aquela menina?

– Samantha, eu expliquei a você, eu me apaixonei por ela, foi a melhor coisa para nós dois. Não seríamos felizes, não sem o principal, que é o amor entre um homem e uma mulher. Você é maravilhosa, perfeita, porém, para mim, é só amizade. Sei que você merece amar alguém e ser amada da mesma forma. Quero ser feliz e quero que você seja feliz, eu só fazia você sofrer, nós sabemos disso. Agora tenho que ir. Tente me perdoar por todas as vezes que eu te fiz sofrer, quero muito manter a sua amizade.

– Amigos? Bem, vou pensar a respeito e, assim que eu me decidir, vou procurar por você.

– Vou esperar. Sei que podemos ter uma amizade incrível como antes.

– Ok.

Com isso peguei a minha chave e o meu celular e voltei para a suíte. Quando abri a porta já eram oito horas da manhã e a dorminhoca ainda estava no mundo dos sonhos. Só de olhá-la me deu uma preguiça... Como estávamos de férias, podia tudo mesmo.

Tomei um banho, liguei para o serviço de quarto e pedi para mandarem o café da manhã completo às dez horas, e fui dormir ao lado da minha fada. Tudo nela era perfeito, linda! O amor que eu sentia era tão bom, só me assustava um pouco, pois eu precisava tanto dela. Como o ar. Isso soa estranho já que eu nem lembrava o nome da maioria das mulheres com quem transei.

Eu acordei e ela estava pensativa, com um leve sorriso nos lábios. Eu cheirei o cabelo dela, nossa, eu ficava louco só com o cheiro dela, incrível o que o amor pode fazer com você. Eu tinha que tentar mudar o foco, pois se ela continuasse a me olhar daquela maneira, eu iria acabar tirando aquele roupão e esquecendo do meu plano de não assustá-la com os meus sentimentos. Se ela quer ir devagar, eu vou tentar, por ela. Ela ficava perfeita sem graça, só pelo fato das minhas coisas já estarem misturadas com as dela.

Ann precisa ser lembrada que eu só quero uma mulher, as outras não me interessam. Eu sei que as mulheres enxergam, porém eu sou muito mais e só consegui perceber através desta pequena flor ao meu lado.

Era a minha cartada final, estávamos ficando sem tempo e eu queria tanto que ela olhasse e conseguisse ver que eu tinha mudado. O amor às vezes pode ser contraditório quando a pessoa que você ama não acredita em você. Tudo parecia perfeito, eu sabia que teríamos problemas, porém eu estava disposto a passar por tudo para ficar com ela para sempre.

Ela estava tão pensativa, eu sabia que ela já me conhecia o suficiente e eu esperava sempre fazê-la feliz. Era tão perfeito estar com ela nos meus braços. Nunca me imaginei pensando em família, em um futuro, mas ela me fez ver o que o amor pode nos dar.

Coloquei o presente no chão, atrás do meu banco, pois não queria que ela tivesse a chance de ver o que eu tinha comprado para ela. Com certeza, a curiosidade estava crescendo e eu a queria assim. Quando ela não suportasse mais, eu mostraria o presente. Talvez amanhã, já que eu tinha elaborado um plano para ficarmos muito tempo a sós. Só espero que esta pousada seja um local agradável para passarmos a noite.

Ann estava muito pensativa e eu iria dar a ela um pouco de espaço. Pouco, mas não a ponto de esquecer por que estamos juntos hoje. Voltei um pouco na rua em que ficava o estacionamento da feirinha e seguimos na direção que o seu Joaquim tinha indicado. Em menos de dez minutos chegamos a uma construção modesta, toda em madeira, porém, muito acolhedora.

Havia muitas plantas em um jardim, duas redes muito brancas nas varandas, que ficavam bem próximas à arrebentação das ondas. O mar era de um azul perfeito e eu podia imaginar Ann saindo dele, ficaria igual a uma sereia, ela seria o meu conto de fadas de alguma forma. Só espero resistir o suficiente para conseguir o grande prêmio.

Ela estava linda me admirando. Eu sabia que o corpo era bom, mas ela me amar, era tudo de bom mesmo. Ela me deixava louco. Tudo o que eu precisa era Ann na minha vida, e se eu tivesse que passar por algumas provações, eu passaria feliz.

Ela estava pensando no nosso namoro e no pedido de casamento, eu sentia que isso era bom, pois pensar já é melhor do que um não logo de cara. Eu a deixei presa em pensamentos enquanto procurava o presente ideal. Até que achei, na vitrine de uma loja tão pequena que eu mal cabia na porta, de tão estreita e baixinha.

Encontrei um jarro de vidro em forma de coração. Dentro tinha uma paisagem montada com areia colorida e conchinhas que mostravam uma praia no momento do pôr-do-sol. Eu sabia que a Bárbara iria adorar, e o meu pai poderia colocar no escritório, na casa dele.

Subimos e, na metade do caminho, a Ann começou a desacelerar. Eu não duvidei um momento, a segurei bem forte pois eu sabia do medo dela de altura e subi até chegarmos a varanda. Havia uma área com mesa para quatro pessoas, um frigobar, uma cama grande toda branca com um cortinado ao redor, no banheiro tinha uma banheira branca daquelas antigas com uma torneira de cobre para enchê-la.

Ela estava possessiva, eu sabia que não era nada agradável, por isso fui e fiquei abraçado com ela, para que a Ann soubesse que eu era dela, só dela. Eu queria tanto fazer amor com ela que chegava a doer. Mas eu sabia que ela se arrependeria e eu queria tudo.

Depois de um descanso delicioso o almoço chegou, eu e a Ann estávamos famintos. Quando ela começou a comer ela deu um gemido que fez todo o meu corpo vibrar e isso não seria nada bom. Se ela gemesse de novo, eu perderia completamente a razão. Eu estava fazendo o que normalmente é a história de mulheres, elas que esperam até o cara dizer que sim. Porém com a minha fada, se eu não pegasse pesado, ela escaparia pelos meus dedos como areia e isso estava fora de questão. Acho que vou ter uma conversa com dona Ana, vou tentar uma nova área, penso que ela seria uma excelente parceira, vamos ver o que o futuro nos reserva. Meu pai sempre me ensinou a ver as possibilidades.

Eu consegui convencê-la a ficar mais um dia. Eu precisava de mais tempo com ela e o local era perfeito. Falei para meu pai e logo a Bárbara iria ligar. Descemos para comprar o que precisávamos para ficar. A minha consciência estava me deixando frustrado por causa da desconfianças da Ann em relação a mim. Eu não a culpo, porém, acho que as pessoas merecem uma chance de provar que mudaram. Assim, eu a beijei no meio da loja para que ela entendesse que era ela que eu queria.

Nós fomos para a festa e ficamos na mesa da dona Ana. Eu sabia que ela estava incomodada com os olhares que eu estava recebendo e isso só me deixava mais possessivo. Eu sentia alguns gemidos que ela fazia a cada toque na pele. Ela irradiava fogo no meu corpo, era o amor, o desejo, a vontade de nos tocarmos.

Eu a beijei para que ela entendesse de uma vez por todas que eu queria somente ela na minha vida. Nenhuma outra poderia chegar aos pés dela, e disso eu tinha certeza. Além do mais, eu sabia que tinha que cumprir minha meta, que era mostrar o quanto ela significava para mim.

Será que ela conseguiria confiar em mim realmente um dia? Acho que, por pouco tempo, eu aguentaria. Porém, a longo prazo... Sério, eu não queria nem pensar em uma vida assim.

Nós acompanhamos a dona Ana até a pousada e fomos para a nossa suíte na árvore. Eu a beijava no pescoço, o cheiro dela me deixava tonto de desejo, mas uma mistura de medo e angústia estava me fazendo ficar preocupado e fazendo com que eu me sentisse culpado.

Quando ela disse que confiava em mim, todas as minhas dúvidas e apreensões evaporaram. Era isso que eu precisava. Ela abriu os olhos lentamente. Eu percebia a vulnerabilidade que ela não queria demonstrar, eu a amava demais. Eu acordei depois de um sono tranquilo e com o cheiro de verão e flores. O cabelo dela estava espalhado, ela estava de bruços e eu estava abraçado com ela. No dia anterior, eu estava um pouco nervoso, mas depois que ela falou que confiava em mim, eu tinha certeza que a minha vida seria incrível. Nunca estive tão feliz na minha vida.

Eu estava tão feliz, deixei a minha fada dormindo quietinha. Enquanto isso desci e dei uma corrida na praia. Era muito cedo e os pescadores estavam saindo para o trabalho. Depois de quase uma hora, eu voltei e pedi um café reforçado para a suíte. Fiquei preocupado com a dona Ana e esperei para eu mesmo subir com a bandeja.

– Dona Ana, eu gostaria de saber se a senhora gostaria de ter um sócio na sua pousada, eu fiquei muito impressionado com as instalações e a comida. Eu trabalho com carros, mas quero começar a trabalhar em outras áreas. o que a senhora me diz.

– Sr. Brady, sempre trabalhei com meu marido e agora estou só, mas nunca pensei sobre isso.

– Tudo bem, vou deixar o meu cartão e se a senhora tiver interesse, me avise, gosto de trabalhar com pessoas honestas e que trabalham por prazer.

– Vou pensar.

Fui levando com todo cuidado e cheguei no quarto, a Ann estava na mesma posição, eu resolvi tomar um banho e fazer a barba. Vesti uma cueca e voltei para a cama com a minha dorminhoca deliciosa. Acabei dormindo de novo com ela. Ficar assim relaxava e me fazia querer sempre mais um pouquinho dessa intimidade que eu nunca pensei em querer. Acho que era para ser assim para nós dois, como eu a amava.

Resolvemos dar uma volta na praia e nos conhecer e curtir um pouco do momento. Eu queria nadar um pouco e ela tinha a pele muito fina, não podia ficar muito tempo na água, por isso eu a mandei sentar na tolha de praia e me esperar dar um mergulho. Ela estava me convidando para ficar um pouco mais, com certeza seria a coisa certa a dizer. Eu pedi à dona Ana velas em forma de flor, então ela me ajudou a montar o quarto, colocamos um jantar incrível. Ela me emprestou uma colcha enorme e bem macia, várias almofadas e muitas flores colhidas no jardim da pousada. Eu aproveitei que Ann estava demorando mesmo, pedi para tomar um banho em outro quarto, levei uma bermuda e a blusa que não servia direito em mim. Voltei bem rápido, deu tempo de tudo. Aí me joguei na cama esperando ela sair. Quando ela abriu a porta, eu fiquei maravilhado, ela estava me seduzindo e já tinha funcionado. Como eu a queria!

Tocar nela dessa maneira sabendo que ela me queria realmente nublou qualquer ideia que eu tinha. Eu a beijei e ela tirou a minha camisa, me deixou só de cueca.

Eu sabia que era possessivo e um pouco bruto, porém eu queria algo especial. Não precisávamos falar nada, nossos corpos entraram em combustão imediatamente e ficamos nos amando por horas. O jantar foi completamente esquecido, eu pegava algumas frutas e fazia ela comer, assim como ela fazia comigo. Foi uma noite incrível, dormimos já no amanhecer, totalmente saciados.

Quando eu acordei, o sol já estava alto. Deveria ser nove horas da manhã. Carreguei minha fada até o quarto e a deitei na cama, eu sabia que ela deveria estar super cansada. Era o dia do casamento e precisávamos voltar à realidade. Tomei um banho, pedi um café da manhã para viagem e a conta, só então fui acordar minha futura esposa, pois minha mulher ela já era. Voltamos para o hotel, quando chegamos eu não podia me separar dela, era o vício que eu precisava na minha vida. Fomos tomar um banho, eu queria ser mais delicado, porém ela me fazia esquecer da prudência.

Eu precisava falar com o David, não seria nada fácil, por isso eu deixaria a minha mulher com as duas outras mulheres da minha vida. Eu a beijei e a deixei em boas mãos. Fui para o meu quarto, acho que seria melhor.

– David, você já está no hotel?

– *Acabei de chegar, aconteceu alguma coisa?*

– Vem aqui no meu quarto, preciso falar com você, é urgente.

– Ok, estou a caminho.

Ele chegou em menos de cinco minutos, eu abri a porta e fiz um sinal para ele sentar na mesa. Ele estava mais magro e com a barba por fazer, parecia um homem sem rumo, não consegui deixar de pensar que parte da culpa poderia ser minha.

– O que houve, Brady?

– David, preciso que você me escute e depois fale. Por favor, ok?

– Brady, que mistério todo é esse? Você está me assustando.

Como eu faria para contar tudo? Eu sabia que esta hora iria chegar.

– David, quando Mandy chegou, você se afastou um pouco de todos. O papai pediu uma reunião e contou que a Mandy estava vindo antes. Explicou que havia dado a ela um restaurante em Detroit, e nossa tia deu um apartamento, tudo para convencê-la a sair de Paris. Sabe por quê? Bem, houve um problema sério: um cara entrou no castelo à noite, foi no quarto dela e deixou uma carta dizendo que ela era dele. Foi por isso que ela veio. O mesmo cara entrou no quarto depois daquele jantar, apesar dos vários seguranças. Ele ficou horas lá dentro enquanto Mandy dormia. Quando ela acordou, viu o vestido verde todo cortado e uma carta dizendo que ela pertencia a ele. Estava em choque, coitada. Eu só soube à noite, no baile, mas me pediram para não falar nada com você. Foi então que o sheik chegou quando você tinha voltado para casa.

Ele estava pálido, depois ficou com aquele olhar lívido de raiva. Eu sabia que ele tinha razão em ficar furioso comigo.

– Me desculpe, David. O papai está à frente das investigações, com isso ela estaria protegida. Mas agora, está todo mundo nervoso. Ela tenta aparentar calma. Mag e Ann resolveram fazer o dia das meninas com Mandy para distraí-la.

Ele ainda não tinha falado nada.

– Eu sei que você deve estar me odiando, mas você poderia fazer uma loucura. E tem mais, David, ela agora tem alguém, não podemos fingir que não. Me desculpe não ter te ligado. Cara, eu liguei várias vezes mais você não atendia e não me retornou. Eu queria que você tivesse me ligado, aí eu teria dito, mas, pelo que eu imagino, você deveria estar bêbado o tempo todo.

– Brady, eu estou furioso mesmo. Eu queria te quebrar todinho, na porrada, agora, mas acho que você tem razão. Vou até o quarto dela e vou expulsar todo mundo. Não quero nem saber o que vão achar, ela só sai da minha vista para ir ao banheiro.

– Ela vai para Detroit depois do casamento, o papai e a Bárbara vão levá-la.

– Não, ela vai comigo. Por que não enviaram Mandy para uma ilha deserta cercada pela polícia?

Ele tinha perdido o juízo? Ninguém manipula o querer da Mandy.

– Cara, a Mandy não vai até o casamento, ela empacou e você a conhece.

Ele estava inquieto, eu sabia que ele podia fazer uma besteira, mas pelo menos ela estaria bem defendida.

– Vamos, estou indo.

Eu saí atrás dele, pois eu sabia que ninguém segurava um Blinner irado. Ele bateu na porta e Mag atendeu, acho que ela já suspeitava porque Ann já devia ter dito alguma coisa.

Com isso, nós fomos expulsos do quarto, que Deus ajudasse a Mandy e o David. Liguei para o meu pai e para os outros e pedi que deixassem eles quietos, caso contrário, as coisas ficariam mais complicadas ainda.

Bárbara havia me avisado que Ann tinha hora marcada no spa e Mag iria com ela. Eu a beijei, organizei algumas coisas pendentes no meu quarto, tomei banho, me arrumei. Quando ia colocar a gravata, Ann bateu à minha porta. Ela estava linda. Quando tentei beijá-la, Ann disse que não podia borrar a maquiagem.

Ela achava que eu iria ficar sem nada? Por favor... A minha fada ainda não sabia o que eu estava aprontado, mas logo iria descobrir.

O casamento e muito amor

Capítulo 12

Todas as madrinhas estavam junto com os padrinhos em uma sala próxima ao salão. Brady não queria me soltar, mas mandaram me chamar.

De repente, Donatella entra na sala com o vestido lilás na mão, eu não entendi na hora.

– Minha *ragazza*, venha, você tem que trocar de roupa correndo. A daminha que iria levar as alianças está doente e não vai poder vir na cerimônia. Então, eu peguei um dos vestidos e já fiz os ajustes.

– Se eu sou a madrinha, quem vai ficar com Brady?

Eu não queria ele com Samantha, não mesmo.

– Com ciúmes, minha fada? Não se preocupe, eu posso ver se Mandy está disponível para entrar comigo.

Ele saiu e eu me virei para a Donatella.

– Por que só agora você me avisou?

– Bem, foi de última hora. Deixe de reclamar e venha logo.

Eu me arrumei com o vestido lilás e a tiara de flores toda em diamantes. Minha mãe era uma exagerada. Fui me olhar no espelho, me sentia uma princesa com tudo, até a ornamentação me fazia pensar em um conto de fadas real.

Eu escutei a música de entrada dos padrinhos, me controlei para não abrir a porta e ver Brady, porém era mais forte do que eu. Droga! Afinal, nós somos quase noivos e acabei olhando pela brechinha da porta bem na hora que o Brady estava entrando com Mandy. Eles pareciam modelos de revista. Os fotógrafos estavam alucinados. Ela levou na brincadeira, parava e jogava beijos, acenava. Ela era tão... Ela.

– A minha linda, obrigada por estar sempre disponível para as minhas necessidades, amor.

Tomei um susto, até que eu vi que a minha mãe estava chorando, isso não seria nada bom.

– Mãe, calma, ok? Estou pronta, todos estão esperando a noiva mais linda do mundo e o papai deve estar feliz por nós duas estarmos felizes.

– Filha, eu te amo.

– Também te amo muito, mãe. Agora pare de chorar um pouco, só pode chorar no altar, não sabia dessa regra?

Eu peguei um lenço e enxuguei o rosto dela, nos abraçamos e começou a música da entrada da dama. Droga. Abriram a porta e eu peguei a caixa de cristal com as alianças que a Donatella estava segurando, e fui a caminho do altar. Eu só conseguia olhar para Brady. Ele e Mandy trocaram de lugar com Nick, assim eu ficaria ao lado dele no altar.

Eu cheguei no altar e me coloquei ao lado do Brady, ele me puxou e me segurou pela cintura. Os fotógrafos não paravam, eu estava completamente atordoada. Nas fofocas, nós éramos o centro das atenções desde o final do namoro do Brady com Samantha.

Quando olhei ao redor, vi Samantha com Melane e o sr. Anderson. Samantha me fulminava com os olhos. Tudo no casamento foi lindo, os votos, e no final fomos para a recepção.

– Amor, logo eu levarei você ao altar.

Ele me beijou e ficamos perdidos no nosso mundo por alguns minutos.

– Vamos aproveitar a festa, depois conversamos.

Eu estava nervosa, mas feliz. Na minha cabeça, eu já tinha decidido. Comemos, dançamos, foi um casamento incrível e nós estávamos felizes realmente. Fomos sentar na mesa onde estava a Mag e os irmãos do Brady.

– Amor, fique aqui, não demoro.

Ele me deu um beijo e foi embora. Brady estava aprontando algo, o que seria agora? Quando eu estava conversando com Mag, escutei vários gritos e palmas, só podia ser ele, meus instintos me diziam.

– Eu quero cantar uma música especial para a mulher que conquistou o meu coração. Ann, esta é para você, amor. Vou tocar a música *Make You Feel My Love.*

Meu coração parecia que iria sair pela boca, ainda bem que Mag me abraçou, eu tremia completamente. Eu o amava tanto e depois de tudo o que ele fez e esperou.

When the rain is blowing in your face
And the whole world is on your case
I could offer you a warm embrace
To make you feel my love
When the evening shadows and the stars appear
And there is no one there to dry your tears
I could hold you for a million years
To make you feel my love

I know you haven't made your mind up yet
But I would never do you wrong
I've known it from the moment that we met
No doubt in my mind where you belong

I'd go hungry, I'd go black and blue
I'd go crawling down the avenue
No, there's nothing that I wouldn't do
To make you feel my love

The storms are raging on the rolling sea
And on the highway of regret
Though winds of change are throwing wild and free
You ain't seen nothing like me yet

I could make you happy, make your dreams come true
Nothing that I wouldn't do
Go to the ends of the Earth for you
To make you feel my love

Fazer Você Sentir Meu Amor
Quando a chuva estiver soprando no seu rosto
E o mundo todo depender de você
Eu poderia te oferecer um abraço caloroso
Para fazer você sentir o meu amor

Quando as sombras da noite e as estrelas aparecerem
E não houver ninguém lá para secar suas lágrimas
Eu poderia segurar você por um milhão de anos
Para fazer você sentir o meu amor

Eu sei que você não se decidiu ainda
Mas eu nunca te faria nada de errado
Eu já sei que desde o momento que nos conhecemos
Não há dúvida na minha mente de onde você pertence

Eu passaria fome, eu ficaria triste e deprimida
Eu iria me arrastando avenida a baixo
Não, não há nada que eu não faria
Para fazer você sentir o meu amor

As tempestades estão violentas sobre o mar revolto
E sobre o caminho do arrependimento
Embora ventos de mudança estejam trazendo entusiasmo e liberdade
Você ainda não viu nada como eu

Eu poderia fazer você feliz, fazer os seus sonhos se tornarem reais
Nada que eu não faria
Vou ao fim da Terra por você
Para fazer você sentir o meu amor

Ele só podia estar falando a verdade. O medo me dava aflição, mas ele estava pedindo para que eu sentisse o amor.

Sou dele desde o dia em que nos encontramos, ele esteve certo o tempo todo e eu fui uma idiota, esse era o sim que ele estava esperando. Brady é o meu príncipe. A voz dele era perfeita cantando, afinado, e ele sabia tocar violão! Quando terminou de cantar e desceu do palco, todos o aplaudiram. Já eu tremia tanto e não conseguia parar de chorar, eu o queria tanto que doía.

Mag deu um beijo no meu rosto e me fez levantar.

– Você é a minha fada, diz que vai casar comigo.

– Eu, eu, eu te amo tanto... Só posso dizer sim.

Ele me rodou no ar e me beijou, todos aplaudiam. Só que para ele era pouco. Eu estava morta de vergonha, para ele era a coisa mais normal do mundo. Então, ele tirou o meu colar, pegou o anel de noivado e se ajoelhou, sério, como nos contos de fada.

– Elizabeth Ann Willams, você aceita casar comigo e me fazer o homem mais feliz do mundo?

Eu coloquei a minha mão para frente, tremia tanto que ele mal podia colocar o anel. Era tão grande que eu pensei que fosse pesar, mas pelo contrário, era perfeito. Tão perfeito quanto ele na minha vida.

– Sim, eu aceito.

Todos bateram palmas, a família nos parabenizou, foi um momento lindo. Então percebi que David e Mandy não estavam mais, acho que eles já estavam a caminho de Detroit. Brady me levou até o elevador e, quando eu percebi, o sr. Anderson apareceu na nossa frente. Senti a tensão entre os dois.

– Liza, eu queria falar com você antes de você ir com o seu noivo.

Se eu não fizesse nada, a situação acabaria mal.

– Sr. Anderson, eu estou de saída com o meu noivo, como o senhor mesmo colocou.

O Brady me abraçou com tanta força que eu mal podia respirar, ele estava se segurando para não brigar.

– Você me apresenta?

Ele nem terminou de falar, Brady me soltou rápido e deu um soco que ele voou por cima de uma mesa. Nós nem esperamos para ver o que tinha acontecido, Brady me carregou no colo e entramos no elevador para descer. Nessa hora, eu não queria mais saber de nada e nem se alguém tinha visto alguma coisa.

Nós descemos e, quando chegou no nosso andar, ele continuou me carregando no colo, ainda bem que já era tarde e não encontramos ninguém no corredor. Ele me levou até o quarto dele. Quando Brady abriu a porta, eu não podia acreditar. O quarto estava cheio de pequenas velas de baunilha, vários arranjos de flores vermelhas, estava tocando a música que nós dançamos no jantar dos padrinhos. Como ele conseguiu preparar tudo isso? Significava uma coisa: Mag era totalmente alcoviteira.

Nem tive tempo de pensar, ele me virou e tocou o meu rosto com uma das flores, a sensação das pétalas na minha pele era delicada e deixava um rastro de fogo. Ele chegou perto do decote do meu vestido, ele quebrou o talo e encaixou a flor bem no meio dos meus seios.

O Brady me olhava com tanta admiração que eu fiquei encantada só pelo olhar dele passear pelo meu corpo. Acho que não tinha como adiar algo que nós estávamos desejando tanto: uma entrega que seria um sim para a vida toda. Brady ficou na minha frente, a milímetros do meu corpo, e eu percebi quando o desejo tomou conta dele. O beijo que ele me deu, parecia que ele estava faminto por mim. Eu me agarrei a ele, precisava muito de cada toque.

Me sentia totalmente sexy nesse momento, ele me fazia sentir tudo ao mesmo tempo, era muito intenso.

– Brady, eu quero tocar você.

– Me ajude a tirar o que está nos atrapalhando.

Tirei a gravata azul que nós tínhamos escolhido, enquanto ele tirava o paletó, depois eu desabotoei a camisa puxando para fora da calça e ele desabotoou os punhos e acabou de tirar. Toda vez que ele estava de peito nu, eu quase perdia a respiração. Ele tinha o corpo de um deus. Quando ele foi abrir a calça, segurei as mãos dele. Eu queria fazer isso.

Agora estava tocando Only Hope. Cada carícia parecia que tinha sido sincronizada com a letra das músicas. Os meus pensamentos estavam ficando todos embaralhados, como se eu não pudesse sentir mais nada além do toque dele.

– Nós vamos fazer essa noite perfeita, você foi feita para mim.

Com isso ele me deitou e foi deixando uma trilha de beijos. Eu me contorcia. De repente, como se houvesse uma explosão, os lábios dele moviam-se vorazes sobre os meus, enquanto os nossos corpos tremiam a cada toque. Assim, nos entregamos a um desejo febril e descontrolado. Fizemos amor durante a madrugada toda e cada vez ficava melhor.

Caímos imóveis e ofegantes por não sei quanto tempo, só sei que eu nunca mais queria outro homem na minha vida. Foi o dia da minha libertação de todos os medos e riscos que eu poderia ter me envolvendo com ele, eu estava encantada com tudo, parecia um conto fadas, já que era assim que ele me chamava.

– Eu quero você para sempre na minha vida.

– Você já tem. Brady, que horas você organizou tudo isso?

– Eu percebi que você precisava de uma prova pública do meu amor. Depois, eu iria te sequestrar até aqui. Então, falei com a Mag que me ajudou a preparar as coisas. Precisava ser algo especial esta noite, a nossa primeira noite realmente juntos como noivos. Eu te amo, eu te amo demais, minha fada.

A boca dele encontrou a minha e a percorria cada centímetro, como se estivesse me marcando. Enquanto falava, fazia carinho no meu cabelo, delineava meu rosto. Olhar para ele assim me deixava sem chão. O que se fazia com um homem perfeito e esperto? Eu estava perdida.

– Sabia que eu amo seu corpo?

– Eu trabalhei muito só para escutar isso da sua boca. Eu amo seu corpo, seu cheiro, nossa... Seu cheiro me alucina, seu sorriso me dá vontade de te beijar o dia todo.

Naquele momento começou a tocar a música da Adele que eu amava. Tinha dito a ele que a música que eu mais gostava dela era Make You Feel My Love. Ele sorriu quando percebeu que eu tinha reparado na música.

– Você não esquece de nada?

– Não, porque eu te amo e tudo sobre você é importante para mim. Daqui a pouco vai tocar o CD do Nickelback, eu adoro essa banda.

– Eu quero escutar, acho que vou ser mais uma fã.

– Eu espero, já fui em vários shows deles, eles são incríveis.

Quando estava amanhecendo, nós vimos o nascer do sol abraçados. Não precisávamos falar nada, nossas ações mostravam o quanto nos amávamos. Assim, nós dormimos abraçados e felizes.

A luz quente do sol refletia em meu rosto quando acordei. Olhei para o homem ao meu lado, ele estava dormindo relaxado, e eu percebi que ele era muito mais perfeito do que eu achava, os cílios dele eram incrivelmente longos e grossos. Ele me deixava encantada com a beleza dele. Fiz carinho no rosto dele, Brady riu de olhos fechados. Ele abriu os olhos e me puxou até que eu estivesse colada ao corpo dele.

– Você é sempre linda dormindo, e quando acorda também. Eu te amo. Vamos, preguiçosa, eu vou te carregar até o banheiro e te dar um banho. O café da manhã deve chegar daqui uma hora.

– Um banho de uma hora?

– Eu estou com mais fome de você do que de comida.

Ele me pegou no colo e fomos para o banheiro. Acho que, por ele, eu nunca mais vou dar mais que dois passos sozinha.

– Eu posso ir andando, sabia?

Machista.

– Isso é passado, eu amo te carregar.

Brady me colocou de frente e eu enlacei a cintura dele e voltamos a nos beijar. Ele abriu a porta e eu vi que havia caixas de som para continuarmos a escutar as músicas que estavam tocando no computador. Ele adorava música.

– Brady, para, por favor.

– Amor, vou te dar um banho inesquecível.

E foi entre toques, beijos e declarações, que ficamos perdidos fazendo amor, delicadamente. Penso que precisávamos disso, já que todas as vezes que fizemos amor começava lentamente e depois era algo explosivo, cheio de paixão e um pouco de loucura.

– Vamos, amor, a sua mãe vai viajar em duas horas e ela quer se despedir de você.

– Brady, como você sabe de tudo?

– Ela mandou uma mensagem antes da música que eu cantei para você. Por isso, vamos nos secar e tomar um café maravilhoso, pois não quero você passando mal de fome.

– Ok, estou faminta mesmo.

Fomos nos secar, ele colocou uma cueca, um short de dormir e uma camiseta, acho que ele iria trabalhar um pouco no quarto, e me esperar. Coloquei um vestido azul simples, uma sapatilha e prendi o meu cabelo em um coque alto. Então, chegou o café da manhã.

– Amor, vou te esperar no meu quarto, preciso assinar uns papéis e enviar para a loja agora. Você vai se despedir da sua mãe, por isso eu já falei com o meu pai ontem a noite, eu sabia que hoje seria difícil sair de manhã.

Tomamos café, eu estava faminta e ele também. Peguei a minha bolsa, o celular. E fui para a suíte da minha mãe. Quando cheguei lá, eles estavam tomando café da manhã.

– Bom dia, mãe.

Ela me abraçou forte.

– Amor, estou tão feliz. Acho que você e o Brady formam um casal maravilhoso. Entre, estamos terminando de comer antes de viajar.

Entramos e o Sr. Arthus estava falando ao telefone.

– Sente-se, amor, você já comeu?

– Mãe, o Brady não me deixaria sair sem comer, tenha plena certeza disso.

– É verdade, ele parece muito certinho em relação à rotina.

Ficamos conversando, depois o Sr. Arthus se juntou a nós. Minha mãe olhou a hora e saiu correndo para o banheiro, terminou de se arrumar e voltou com a bolsa. Minha mãe é linda.

– Filha, tome cuidado e me ligue, pelo menos, umas três vezes por dia. Querido, quero chegar em Paris o mais rápido possível, não vejo a hora de passear pela cidade luz. Venha cá, amor, me dê um beijo e me ligue por favor, não quero ficar preocupada. Vou enviar uma mensagem para Brady, quero que ele me deixe a par de tudo o que vocês vão fazer.

Eu a abracei, ela já estava chorando. Minha mãe era uma manteiga derretida, e Brady realmente não tinha jeito. Eu me despedi dos dois e desci para o quarto dele, já não via a hora de ficar juntinho com o meu futuro marido.

Brady

Ela sabia o que eu estava fazendo, pensei nisso enquanto Donatella pedia para a Ann ser a dama de honra, e ela é incrível. Eu ri e ela ficou toda vermelha. Saber que o anel de noivado estava no pescoço dela, isso já me deixava nas nuvens. Fui atrás da Mandy para ser a madrinha.

– Mandy, preciso de você. Ann vai entrar como dama de honra e fiquei sem par. Entre comigo.

– Mas não tenho o vestido.

– Use o da Ann.
– Não vai caber.
– Anda logo, não temos muito tempo.
– Calma aí, ela não vai.
O David era um imbecil quando estava com raiva.
– Claro que vou, seu idiota. O casamento precisa ser salvo e já me sinto uma heroína.
Assim ela trocou a roupa pela da Ann, ficou curto e apertado no corpo todo, mas seria rápido e ela ficou com todas as curvas a mostra. David não gostou nada do vestido novo.
Peguei Mandy e chamei a Mag.
– Mag, você consegue alguém para arrumar meu quarto, preciso de velas e rosas vermelhas, quero fazer uma surpresa para a minha futura noiva e tenho algumas músicas em um pendrive na minha mesa.
– Ai Brady, porque eu não me apaixonei por você.
– Por que você é uma pirralha.
– Mag, você consegue.
– Claro, estará tudo no lugar.
Ela me deu um beijo e piscou como se soubesse de tudo.
– Ela me assusta as vezes.
– Mandy, a Mag sempre sabe de tudo.
Rimos e fomos ficar na fila para entrarmos.
Quando ela entrou, foi como se tudo o que sonhei estivesse virando realidade. Durante a cerimônia fiquei abrançado a ela o tempo todo. Depois nos divertimos dançando e conversando, mas ainda faltava a cereja do bolo.
Eu iria tocar e cantar para ela. Sempre amei tocar violão, mas só minha família sabia e hoje eu estava abrindo todo meu sentimento para a mulher que amo.
Antes de conseguir subir ao palco, fui me despedi do meu pai.
– Pai.
– Filho, amanhã nós vamos viajar pela manhã.

– Sei, por isso eu vim agora. Queria pedir desculpas por tudo o que disse e fiz para impedir este momento. Sei que Bárbara te faz feliz e devia ter apostado nisso desde o começo.

– Sem problema filho, eu sabia que você veria a verdade.

– Meus parabéns e boa viagem.

– Me ligue.

– Vou ligar pai, eu te amo e quero que o senhor seja muito feliz.

Nos abraçamos e fui fazer a declaração de amor para a mulher da minha vida. Os fotógrafos tiravam milhões de fotos e ela estava em choque, todos aplaudiram. Eu peguei o violão e sentei em um banquinho, e todos os convidados e os meus irmãos ficaram me encarando. Eu faria qualquer coisa para mostrar que eu tinha mudado e que eu confiava nos meus sentimentos por ela.

Enquanto eu cantava, ela me encarava, até que eu vi as lágrimas escorrendo pelo rosto dela. Essa era a minha última tentativa. Eu só queria amá-la e que ela correspondesse sem medo de se entregar ao nosso amor. Abri o fecho do colar, tirei o anel, me ajoelhei e olhei para ela.

Minha noiva era incrivelmente linda e eu queria quebrar a cara daquele palhaço desde sábado, foi muito bom saber que ele vai passar um bom tempo com o rosto doendo.

Eu queria que a nossa primeira noite como noivos fosse diferente de tudo o que ela pudesse ter experimentado. Ela seria minha para sempre. Eu fui abrindo o zíper do vestido, ele escorregou lentamente por aquele corpo de fada e eu fiquei completamente maravilhado na hora em que o vestido chegou aos pés.

Nossa, por baixo do vestido ela estava só de calcinha, era branca tipo um shortinho de renda. Ela era a mulher mais linda do mundo e eu a amaria para sempre. Esse dia eu nunca esqueceria. A rosa ficou presa entre os seios perfeitos e deliciosamente arredondados que sobravam nas minhas mãos. Eu agradecia pela sorte que tive de encontrá-la. Que ela seja minha para sempre, obrigado!

Eu a carreguei até a cama e a deixei sentada na beirada. Me ajoelhei entre as pernas dela, a abracei pela cintura e a puxei para perto de mim. O perfume dela me deixava louco assim, de joelhos, eu ficava na altura certa. Beijei seu pescoço e fui descendo até os seios.

Eu me levantei e o botão da calça ficava bem na frente dela. Quando ela abriu o botão e olhou para mim, eu tinha certeza de que fazer amor com ela era a melhor coisa da minha vida. Ela ia baixando o zíper e não deixava de me olhar. Ela me tocava e eu estremecia, tirei a minha calça de uma vez.

Eu amava tocar, beijar e amar aquela mulher. Já imaginava nosso futuro, e logo iria procurar uma casa bem grande para os nossos filhos. Eu a amava tanto que queria sempre mais, muito mais. Eu poderia chamar a Adele e Nickelback para cantarem no nosso casamento. Ela vai enlouquecer, vai ser perfeito.

Liguei o chuveiro na água quente, eu sabia que ela não gostava de água fria, como eu. Ficamos nos beijando bem devagar, até que eu peguei o sabonete, fiz espuma e comecei a lavar os braços dela. Fiz cosquinha.

Ficamos assim, fazendo amor bem devagar. Eu me segurava para não devorá-la, sabia que ela precisava de todo o carinho que eu pudesse dar. Porém, eu precisava me ater ao tempo. Bárbara e meu pai iriam viajar naquela manhã, já que a Mandy tinha ido para Detroit com o David. Espero que eles realmente se entendam, pois o amor é maravilhoso.

As descobertas

Capítulo 13

Quando eu cheguei no corredor, vi que a porta do quarto dele estava aberta, ouvi a música. O que estava acontecendo? Ele nunca fazia isso. Fui entrando e o vi abraçado com a Samantha. Eu não podia acreditar. Ela usava um short tão curto que parecia um top, e a parte de cima era um biquíni dourado. Para variar, ela estava linda, os dois combinavam direitinho. Piranha! Eles pareciam tão felizes.

– O que está acontecendo, Brady? Eu sabia que você não mudaria por mim. Você tem ideia do que você fez comigo? Você é um cretino. Você fez tudo isso só para dormir comigo. Agora fica com outra! Logo ela?

Eu tinha que sair, eu não iria ficar sendo piada para aqueles dois.

– Ann. Amor, espera, por favor.

Ele me virou, estava com raiva de mim. Como ele se atrevia a fazer isso comigo? Eu dei um tapa nele e ele nem piscou. Ele me prendeu contra a parede e ficou me olhando muito sério, como se eu é que tivesse feito algo de errado.

– Eu só vou te fazer uma pergunta: você acha que eu poderia ter outra mulher depois de você?

– Você estava com essa piranha.

– Responda: sim ou não?

– Sim. Como eu acabei de pegar vocês dois juntos.

Eu olhei para o lado e a Samantha estava balançando a cabeça, ela sabia de algo que eu não sabia.

Brady me soltou como se o toque queimasse, entrou no quarto e fechou a porta. Samantha veio até onde eu estava.

– Elizabeth, o que você fez? Ele te ama.

– Sai daqui, sua piranha, vocês dois se merecem.

Com isso, ela foi embora e eu fui para a beira-mar. Queria levar Brady até lá para dizer que poderíamos ter uma vida juntos, que não era loucura ele ter me pedido em casamento... Mas agora, eu estava sozinha de novo. Fiquei deitada na areia, embaixo de um coqueiro. Nunca tinha chorado tanto, nem mesmo quando o meu pai morreu. Como ele me dizia sempre: "quando você souber o que é o amor de verdade vai poder ser realmente feliz".

– Pai, o que eu faço? O homem que eu escolhi para mim é um cafajeste.

Ele parecia tão sincero, ele era perfeito, mas acabou. Não posso mais acreditar nele, não mesmo. O sol estava se pondo, essa era a nossa hora... O que eu faria da minha vida sem ele? Droga! Se ele mudou tudo para ficar comigo e eu disse que acreditava que ele ficaria com outra mulher, que ele continuava um mulherengo, ele não me perdoaria. Esquece... Vou entrar, dizer para a minha mãe que eu estou voltando para Nova York.

Fui andando devagar pela trilha, olhei para o quarto dele, estava tudo escuro e silencioso. Eu queria ir até lá e bater nele de novo. Droga! Merda! Eu precisava ir embora o mais rápido possível, e esquecer que ele existiu. Peguei minhas coisas, joguei na mala e liguei para a minha mãe.

– Mãe.

– Filha, amor, graças a Deus... O Arthus me disse que você e Brady terminaram. Querida, sinto tanto.

– Mãe, ele ficou com a Samantha, depois de ter ficado comigo.

– Minha linda, você vai para casa. Eu estou indo buscar você, já falei com o Arthus e ele está indo para Detroit.

Eu quero estar com você, amor. Que droga nós estarmos no avião quando isso aconteceu. Estamos voltando para o continente nesse momento.

– Mãe, não precisa.

– Amor, o Arthus está uma pilha, ele está super preocupado com Brady. Ninguém sabe dele, ele não atende o telefone, não voltou para casa, não está no hotel.

– Que suma, eu o odeio.

– Querida, eu estou chegando, me espere aí no quarto. Não suma, não quero ficar como Arthus. Estão todos em desespero. Filha, você tem certeza do que aconteceu? Todos os irmãos estão à procura dele, até a polícia, eu estou muito preocupada. Tenho medo do que possa acontecer, amor, sei que você está muito chateada. Pense direito nisso, por favor.

– Ok, mãe, tudo bem.

– Te amo, linda.

– Te amo também.

Eu comecei a soluçar... De onde vinham tantas lágrimas? Parecia que tinha um buraco enorme no meu peito. Fui me encostando na parede e deslizando até o chão. Como poderia suportar ficar sem ele? Que merda! Eu estava ficando preocupada também, ele sempre dizia para todos o que iria fazer. Revia a cena na minha cabeça, será que eu tinha me enganado?

Onde ele estava? Por que eles estão preocupados com ele? Por que ele nem me ligou? Acho que ele não estava nem arrependido.

Não demorou muito e alguém bateu na porta.

Quem seria? Se fosse ele, eu o mataria, cretino. Enxuguei o rosto com o dorso da mão e me levantei. Ele veria que eu não era idiota de ficar me arrastando atrás dele. Quando eu abri a porta, era Donatella. Ela me abraçou e eu chorei como uma criança. Será que essa dor iria passar?

– Minha *ragazza*, não chore. Calma, vamos entrar.

Ela me deitou na cama e foi pegar água no meu frigobar. Eu vi que ele tinha deixado um saco com doces. Por que ele fez isso? Eu não podia entender o que levava um cara a mentir só para ter sexo com uma mulher. Será que eu era um desafio assim para ele? Ele podia ter qualquer mulher que quisesse. As lágrimas não paravam de escorrer pelo meu rosto, eu tentava parar e não conseguia.

– Minha *ragazza*, não chore, se acalme. Beba um pouco de água.

Eu respirei fundo e comecei a bebericar a água. Eu estava melhor realmente, estava ajudando de verdade.

– Querida, a sua mãe me ligou e perguntou onde eu estava. Eu disse a ela que eu ainda estava aqui em Cancún e ela pediu para que eu viesse ver você.

– Obrigada, Donatella, eu estava descontrolada. Acho que estou sem líquido no corpo de tanto que chorei.

– Minha linda, ele não merece isso. Enxugue esse rostinho, vá tomar um banho enquanto eu peço um jantar para você, ok?

– Tudo bem.

Eu me levantei, fui para o banheiro e tomei um banho rápido. Não pensaria nele... Mas tudo me lembrava ele, nós... Sou uma burra, isso só foi uma ilusão, nada mais. Me sequei rápido, coloquei um roupão e saí.

– Venha, eu pedi uma sopa e uma torta de morango.

– Torta de morango, não. Pode levar, por favor.

– Tudo bem, eu vou guardar no frigobar.

Eu não iria olhar para as coisas que ele tinha deixado para mim, aquele safado, que raiva. Por que eu tinha que me apaixonar por um cara que não tem respeito pelos sentimentos das pessoas? Eu já sabia, só que eu não queria encarar.

Tomei a sopa, que estava sem sabor. Pelo menos melhorei um pouco e logo fiquei com sono. Acho que o desgaste de chorar tanto finalmente iria me deixar um pouco.

Deitei na cama que a Donatella preparou, me embrulhei, agradeci a Deus pelo cansaço e acabei dormindo. Acordei depois de umas duas horas. O quarto estava escuro e eu estava sozinha.

Procurei pelo meu telefone. Vi as chamadas das minhas amigas, mensagens de apoio dizendo que eu podia contar com elas e do George. Ele tinha ficado doente, com uma gripe muito forte mas estava melhor. Ainda bem que ele não estava aqui para me ver assim, destruída. As minhas duas amigas estavam para finalizar um contrato da rede de supermercados Fairway Market, em Manhattan. Trabalhar me ajudaria a passar por aquele momento. Eu faria qualquer coisa para ir logo para casa.

A Donatella deixou um bilhete, dizendo para eu me arrumar e ir passar uns dias na Itália com ela, longe de tudo e de todos. E era isso o que eu iria fazer.

Dizer que eu estava bem e me acostumando com a saudade que eu sentia do Brady era mentira. Como um cara muda a vida de uma mulher em apenas sete dias? Sempre achei que isso era algo para histórias de romance, aqueles bem melosos, de amor à primeira vista. Só que o que tinha acontecido comigo era às avessas.

Resolvi passar uns dias na Itália, já que a Donatella, o George me apoiou. Agora eu estava na Itália fazia uma semana e eu não tinha falado com ninguém fora a minha mãe, a Donatella e as minhas amigas. Se enclausurar é coisa de pessoas piscóticas, mas é isso o que eu estou fazendo.

A Donatella foi muito gentil em me ajudar, estou hospedada na casa dela para ter umas ideias para a reforma. Ela e a minha mãe se tornaram melhores amigas logo depois que ela ganhou o concurso de miss. Se conheceram numa festa e a amizade prevaleceu. Neste momento, só as minhas amigas sabem onde eu estou.

Esperava que Brady tivesse ligado, feito de tudo para me encontrar, porém ele não ligou nenhuma vez. Escutei minha mãe falando que Brady apareceu, que está trabalhando para a abertura da sua loja de motos da BMW, em Detroit. Ele havia me contado que era o segundo sonho dele realizado. Eu sabia que Brady trabalhava muito e que o dinheiro que ele gastava vinha de tudo o que ele construiu.

Brady era um milionário por esforço próprio, principalmente, e pela visão de negócios herdada do pai. Eu soube disso desde que ele me falou sobre como conseguiu construir uma empresa sólida. Agora ele estava investindo nessa loja. Ter uma da Lamborghini e uma da BMW só de motos era o sonho de todos os amantes de velocidade.

Por que eu fui me apaixonar por um cara que não valoriza o que tem? Não sei se, nessa história, o errado foi ele, por ser safado, ou se fui eu, por pensar que ele mudaria uma vida toda por mim. Só uma tonta acredita nesse tipo de coisa. E essa tonta está sofrendo como se, cada vez que respira, um objeto pontiagudo fosse sendo enfiado bem lentamente no meio do peito.

Eu fiquei totalmente sem chão no dia que eu o peguei com aquela vagabunda, os dois abraçados e rindo. Deviam estar rindo da tola que se iludiu com um mulherengo. Eles se mereciam. Chega de momento depressão, Elizabeth. O mundo não acabou, só despedaçou, mas você é forte e vai conseguir superar.

Com esse pensamento, eu fui olhar a casa pelo lado de fora pela décima vez, pois até agora eu não tinha conseguido colocar nada no papel. Donatella tinha viajado para um compromisso em Paris, voltaria à tarde. Eu tinha que mostrar alguma coisa para a minha cliente. Dei a volta pela casa, ela era vitoriana, toda com detalhes em pedra. As vinhas subiam por duas laterais da casa, destacando as molduras brancas das janelas enormes.

Escutei um carro se aproximando, sabia que só poderia ser Donatella. Entrei pela cozinha e fui encontrar com Franco. O mordomo já estava abrindo a porta, quando quem entrou foi a Samantha Backer, com todo o seu glamour. O que ela está fazendo aqui?

Donatella entrou logo depois, com a minha mãe, que deveria estar na lua de mel que eu já tinha estragado. Olhei para as três. Eu fervia de vontade de dar uns tapas na cara daquela mulher. Afinal, o que estava acontecendo? A minha mãe foi quem falou primeiro.

– Filha, Donatella me telefonou e disse que Samantha queria conversar com você. Espero que você a escute.

– Mãe, essa mulher simplesmente não presta. Ela ficou com o meu noivo e eu não quero falar com ela.

Eu vi a expressão dela mudar... Pelo visto iria se defender.

– Olha, Elizabeth, você acha que eu fiz algo errado. Pois bem, vou dizer o que aconteceu: eu estava fazendo uma sessão de fotos quando o meu namorado me falou que estava apaixonado por outra mulher. Eu fiquei... Eu fiquei... Nem sei dizer o que eu senti. Estava chocada!

Eu queria ir embora. Não queria ficar para ouvir o que aquela criatura tinha a dizer. Ela pegou o meu braço e me fez sentar no sofá. Minha mãe e Donatella sentaram também, uma de cada lado, para evitar uma briga que estava prestes a acontecer, se ela me tocasse mais uma vez.

– Olha, o Brady nunca me disse um "eu te amo", nunca me falou que estava apaixonado por mim. Nós terminamos várias vezes, mas eu sempre fui amiga da família. Brady, como eu posso dizer, ele é tudo o que eu sempre quis. Eu achava que ele iria me pedir em casamento, depois do casamento do pai dele. Sabe por quê? Porque eu era a única por quem ele sentia alguma coisa, mesmo sabendo que não era amor. Mas eu o amo tanto que vale por nós dois. Como você deve ter percebido, ele não é só lindo, gentil, romântico, inteligente... Ele falou que te ama. Eu sempre quis que isso acontecesse comigo, pois eu o amo demais, só que isso foi antes de ele achar a mulher da vida dele! E essa mulher não sou eu.

Eu não tinha reação, ela estava dizendo que ele me amava e me queria. Mas eu vi como eles estavam...

– Preste atenção: Brady não te ligou nem veio atrás de você porque, depois de tudo o que vocês dois passaram na semana passada, ele queria casar com você. Foi por isso que ele me abraçou e ficamos rindo. Ele ama você e disse que vivia para fazer você feliz. Eu não queria perder também o amigo. Mas é tudo o que somos, Elizabeth. Eu amo Brady, mas ele ama você. Tenho certeza que você o ama também. Estou aqui para dizer que, se você não fizer alguma coisa logo, nunca mais conseguirá tê-lo de volta. Ele não merece o que você está fazendo com ele. Ele sumiu por quase uma semana, ninguém sabia onde ele estava. Lembrei que, quando algo de ruim acontece com ele, como quando a mãe morreu, ele vai para uma casa que fica isolada, de frente para o Pacífico, na Califórnia. Tentei fazer contato, ele não atendia as minhas ligações, então eu achei que ele deveria estar lá e fui me encontrar com ele. Posso dizer que eu nunca o vi daquela maneira: ele estava bêbado, jogado em um sofá de frente para uma janela, ele não tinha comido nada durante três dias. Se acontecesse algo de ruim com ele, eu não sei o que eu faria com você.

Ela foi consolá-lo, e ele estava assim por minha causa. Será que tudo não passou de um erro? E se fosse? Ele deveria estar com muita raiva de mim por não acreditar nele. As lágrimas começaram a escorrer pelo meu rosto, eu o amava tanto.

– Elizabeth, ele te ama, te ama muito mesmo. Estou aqui porque ele e você podem ter uma vida maravilhosa juntos. Precisamos dar um jeito de ele te aceitar de volta, pois Brady está muito magoado. Quando você aceitou casar com ele, ele achou que você acreditava nele de verdade.

– Eu não pude. O medo de acreditar nele me fez ir pelo caminho mais fácil.

Foi quando eu desabei no choro, minha mãe me abraçou e a Donatella segurou a minha mão. Quando consegui me acalmar e abri os olhos, Samantha estava chorando também. Ela o amava. Como será que ela se sentia por estar aqui tentando nos unir de novo?

– Obrigada, Samantha. Não sei o que fazer agora. Parecia que ele estava com tanta raiva quando voltou para o quarto.

– Você está bem encrencada. Ele está muito magoado por você pensar que ele conseguiria ter outra mulher depois de você. Mas estou aqui para tentar mudar isso. Acho que ele merece ser feliz com a pessoa certa, e essa pessoa é você. É muito difícil para mim fazer o que estou fazendo, mas ele é outra pessoa agora. Aquele homem brincalhão e sorridente está morto, e eu não posso deixar que ele fique assim.

Eu levantei e a abracei, acho que ela não esperava a minha reação. Mas ela acabava de me devolver a vida e eu jamais esqueceria.

– Obrigada por vir. E agora, o que eu faço?

– Só sei que ele está muito magoado. Esteve longe de tudo e de todos durante a semana que passou, não teve como alguma mulher dar em cima dele. Você vai ver como é difícil ter um cara lindo como ele. As mulheres babam e dão em cima sem nenhum pudor.

– Filha, eu perguntei ao Arthus e ele me disse que Brady tem estado o dia todo na obra da loja, e de noite ele tem feito exercício na academia em casa. Está super sério, isso não é comum, pois ele sempre foi muito espontâneo e alegre. Ele me disse que os meninos estão super chateados com você pelo que houve.

– Mãe, você é brilhante.

– Sou?

– É claro! Olha, quando nos conhecemos, ele me disse que fez uma reunião para saber como ele poderia terminar com você, Samantha. Me desculpe, eu disse que não tentaria conhecê-lo melhor se ele estivesse comprometido com alguém.

– Tudo bem, eu sei que ele te ama, senão não teria feito isso.

– Como eu faço para reunir todo mundo?

– Filha, todos vão estar na festa de inauguração da loja de motos, acho que seria a forma de todos estarem lá. Podemos pedir uma reunião.

Isso tinha que dar certo.

– Eu vou ligar para Karen e Susan. Elas finalizaram o projeto do supermercado hoje, então teremos tempo.

– Filha, eu não quis dizer antes, mas Brady te deu uma Lamborghini. Chegou no dia em que você desembarcou aqui na Itália. Mandou entregar em Nova York só para você, eu achei maravilhoso e romântico.

– Elizabeth, eu tenho que te dizer que eu estou com inveja porque ele te ama tanto que faz coisas que eu nunca imaginei. Ele já me deu joias, mas nunca um carro. É a vida dele trabalhar com super máquinas.

– Mãe, quero ir para Detroit. Vou me hospedar em um hotel, assim podemos nos reunir para saber se eu terei ou não apoio da família.

– Não quero que ele sofra, Elizabeth. Preciso ter certeza que você não vai mais desconfiar dele.

– Eu prometo, ele é tudo o que eu quero. Depois dos dias terríveis que eu passei, nunca mais quero ficar sem ele.

Ela me abraçou e todas nós subimos para arrumar as minha coisas. Mesmo sabendo que ela amava Brady, ela veio me ajudar a voltar para ele. Espero que nós possamos superar essa situação. Agora eu tinha certeza do que o Brady havia me falado sobre ela ser bonita por dentro e por fora, e eu concordava.

Samantha me ajudou a jogar as minhas coisas na mala, eu não via a hora de encontrar com o Brady, nem que fosse de longe. Meu coração parecia que iria sair pela boca, a expectativa era enorme.

– Liza, a inauguração da loja de motos vai ser no próximo sábado, ele conseguiu terminar tudo e as motos já estão chegando. Ele não está feliz. Sabe aquele sorriso que não chega aos olhos? É assim que ele está.

– Samantha, eu quero mudar tudo, me ajude. Eu preciso da ajuda de todos para conquistá-lo de novo.

– Ele te ama muito, eu sei que vocês dois são como almas gêmeas.

Depois que jogamos as minhas coisas na mala e fechamos, sentei na cama. Queria agradecer por ela me devolver a força e a minha vida, pois eu ainda não tinha achado um modo de ficar sem ele.

– Samantha, obrigada por vir me avisar, eu estava destruída e agora eu tenho um objetivo para retornar a ter uma vida. Tentei montar um projeto durante uma semana, mas só pensava nele, no que tinha acontecido, por que ele não ligava, e para onde o Brady tinha ido. Estou voltando a ficar sã novamente.

– Eu mal a conheço, eu fiz tudo isso por ele. Nós sempre fomos amigos e ele era o pegador, nem desconfiava que eu o amava. Até que um dia eu o beijei, e assim nós começamos a namorar e a terminar milhões de vezes. Ele me desejava, porém nunca passou de amizade para ele, eu é que me iludi. Sabe, pela forma como ele me olhou no dia em que nós terminamos, mesmo sendo pelo computador, eu pude ver que ele estava com um olhar apaixonado quando falava de você. Foi por isso que eu não lutei mais para voltar, eu sabia que não tinha volta.

– Você é uma amiga, realmente. Ele me disse que queria que você encontrasse alguém que te amasse, e que você era linda por dentro e por fora.

Eu levantei e a abracei. Era importante dizer e expressar a minha gratidão e admiração por uma mulher como ela.

– Tudo bem. Que tal descermos para voltarmos aos Estados Unidos? Detroit a espera.

– Vamos, no caminho eu conto para as minhas amigas.

Nós descemos e a minha mãe já estava no carro. Ela tinha vindo com um jatinho do Sr. Arthus e ele estava do meu lado na reconquista do Brady. Nos despedimos da Donatella e ela me falou que estaria na inauguração para ver a minha declaração. O que eu faria agora?

Senti um frio na barriga, será que ele vai me aceitar de volta? Não, eu não iria ser uma pessoa pessimista, eu não deixaria o sr. playboy ficar sozinho nunca mais. Samantha, minha mãe e eu embarcamos. Quando o avião decolou, comecei a passar mal, parecia que todo o café da manhã estava para voltar. Fui para o banheiro e vomitei tudo. O nervosismo estava me deixando ansiosa e, quando eu saí do banheiro, as duas me olharam com cara de espanto.

– Filha, você está pálida, está até meio esverdeada. Você nunca passou mal em aviões.

– Estou tão nervosa. Parece que quando eu entrei no avião para voltar a encontrá-lo fiquei com medo. Eu estou com medo de ele não me aceitar de volta.

Acabei caindo no choro de novo. Como eu faria para ele me aceitar de novo? O que eu poderia fazer para provar que eu o amava e que nunca mais ficaria desconfiada dele com relação às outras mulheres? Aquilo estava me corroendo e eu tinha que falar para alguém.

Até o momento eu não tinha falado em voz alta o que eu realmente sentia: medo de Brady não me aceitar novamente. Ele tinha feito de tudo por mim e eu não acreditei no momento em que ele precisou. Me sentia péssima, não consegui comer nada durante a viagem, até que, por fim, dormi. Acordei com a minha mãe me avisando que havíamos chegado.

A Samantha disse que tinha um compromisso. Dava para ver que ela estava sofrendo, ela amava o Brady, mas ele era meu e só meu. Assim, ela entrou em outro avião e foi para algum lugar desfilar, mas um dia ela também encontraria alguém que a amasse.

Fomos para o hotel. Todos os irmãos e o Sr. Arthus estavam à minha espera.

– Tudo bem na viagem, Bárbara? Por que a Liza parece meio verde?

Quando ele falou, eu corri para o que eu achava que era o banheiro e fechei a porta. Enquanto eu passava mal, ouvi gritos lá na sala. Lavei meu rosto e respirei fundo. Precisava da ajuda deles para conseguir ter Brady de volta. Abri a porta, a minha mãe veio me buscar e me sentou em uma cadeira.

– Tome um pouco de água gelada, vai melhorar.

– Por que estão todos pulando e se parabenizando? O que aconteceu?

Mag veio e pegou a minha mão, sorrindo.

– Minha menina, você nos deu um presente maravilhoso! Você está esperando um filho do Brady. Quando ele souber, minha nossa! Você nunca mais vai pisar no chão, ele vai te carregar vinte e quatro horas por dia. Ninguém vai nem poder encostar em você.

Grávida? Eu não podia acreditar. Todos viram que eu fiquei completamente assustada e riram. Como eles tinham tanta certeza de que voltaríamos a ficar juntos?

– E se Brady não me quiser?

Foi a vez de David falar.

– Minha linda, Elizabeth, Brady literalmente lambe o chão que você passa. Está totalmente despedaçado, ele me disse que não consegue viver sem você. Depois da inauguração, ele estava querendo viajar, fiquei com medo de ele fazer alguma besteira. Mas agora, com você querendo realmente casar com ele, esse homem vai pirar. Ainda mais com um filho a caminho. Você sabe que ele quer ter muitos, ele te ama muito mesmo.

Saber que ele me amava era maravilhoso. E estar grávida me deixou sem saber direito o que falar. Eu precisava cuidar dos dois, eu quero minha família e lutarei por ela.

– Preciso de ajuda. Eu quero o Brady na minha vida, mas preciso de todos para fazer isso acontecer.

– Estamos aqui para isso. Meu filho está acabado, e eu quero ele de volta. O que você pretende fazer a respeito?

Ele bateu com força na mesa e os outros homens repetiram o gesto. Irlandeses... Mas eu amava tudo neles. Eu tinha um plano. Contei para eles o que eu precisava e todos estavam dispostos a me ajudar. Depois da reunião, mandaram chamar o médico com o aparelho de ultrassonografia para saber se estava tudo bem comigo. Eu conversei com o Dr. Kind, ele fez o exame e lá estava, o nosso filho ou filha, eu sabia que seria muito amado. Então eu pedi para gravar, pois sabia que o Brady ficaria maravilhado. Eu até já imaginava o sorriso dele.

– Mãe, eu preciso vê-lo.

– Podemos ir de carro e ficar na frente da loja, ele nem vai reparar. Ele anda muito desligado e está sempre ajudando o pessoal da obra.

– Então vamos, eu não conheço nada aqui.

– Ok, vou dizer ao Arthus que ficarei um pouco com você.

Ela falou com todos e, antes de sair, Mag e Mandy vieram falar comigo.

– Ann, fiquei furiosa quando soube que você desconfiou do Brady. Cheguei a pensar em rogar várias pragas, mas depois me arrependi. Estou pedindo que nada do que eu pensei aconteça.

Eu achei graça, acho que já sou da família mesmo e tinha que me acostumar com isso.

– E você e David?

– Nós estamos brigados ainda e, como não encontraram o louco que está atrás de mim, ele se acha o meu salvador. Sou comprometida e o meu namorado gosta dele. Até pediu para ele tomar conta de mim, estou perdida.

Com certeza ela estava, mas ficava o tempo todo olhando para ver onde o anjo loiro estava. Esses dois ainda teriam muita coisa pela frente, mas iriam se acertar, assim como eu e o Brady, pois é impossível viver sem ele. Hoje eu entendo os riscos que eu vou ter que passar para ter o amor da minha vida ao meu lado. Porém, ele vale todos os riscos, e com isso eu me sinto mais segura. A Mag veio sentar ao meu lado, ela parecia emocionada.

– Minha menina, tudo vai ficar bem. Sei quando é um amor de almas, tenha tranquilidade até sábado. Ele está muito triste, mas consegue aguentar até lá. Ele é forte e merece o que você vai fazer. Sorte que os fofoqueiros não sabem do seu rompimento. Mudando de assunto, eu trouxe uma coisa que eu gostaria que você desse a ele. É a aliança que foi do meu marido. Brady é como um filho, e eu pretendia dar a você no domingo depois da festa.

Ela me mostrou uma caixa preta de veludo. Quando eu abri, fiquei encantada: era uma aliança grossa, de ouro branco, toda trabalhada, uma joia de design. Era perfeita para ele. Eu a abracei, ela era incrível, eu estava me sentindo melhor. Minha coragem havia voltado, e como eu amava ser eu mesma novamente.

– Obrigada, Mag, ele vai amar o presente.

– Já vou, meu bem, tenho que cuidar dos outros também.

Ela falou como se estivesse planejando cada passo amoroso que eles fossem dar. Depois piscou e riu, acho que ela podia fazer isso. Colocou todos para fora. Era engraçado uma mulher tão pequena mandar em um monte de homens altos como uma porta.

– Vamos, amor. Ele está na inspeção da obra, ai você poderá vê-lo por um bom tempo.

Nós fomos para o carro da minha mãe, era um Cadilac branco. Ela pediu ao motorista que nos levasse até a loja do Brady, que me olhou e riu. Acho que ele estava na jogada também. A loja ficava a dez minutos do hotel que eu estava. Minha mãe, que é um exagero em vida, pediu a suíte presidencial do Motorcity Casino Hotel, parece que os outros iriam tentar a sorte por lá. Eu só queria sair e ver Brady.

Estacionamos na frente da loja, era enorme e estava nos últimos acabamentos na fachada. Foi aí que eu vi onde ele estava: de costas, a uns vinte metros de altura, usando um capacete de proteção e óculos de sol, com as mangas da camisa enroladas até os cotovelos. Parecia que estava avaliando algo no ponto mais alto da loja. Senti um frio na barriga e fiquei com medo que algo acontecesse.

Eu estaria pertinho dele. Pensei em alugar um carro e o seguir por toda parte, até o dia da inauguração. Ficamos horas lá fora. Minha mãe pediu um lanche para mim, pois eu não podia ficar com fome. E assim se passaram os meus dias, o seguindo de longe e matando um pouco da saudade. Eu queria tudo de volta.

Quando o sábado chegou, eu estava agitada. Minhas amigas estariam chegando, iriam direto para a festa e lá passaríamos tudo o que precisávamos fazer. Vesti um vestido vermelho colado até abaixo dos quadris, e, para baixo, era tipo de sereia, eu sabia que ele iria amar. Coloquei algumas das joias que ele havia me dado, calcei um sapato de salto alto e fui conseguir o meu amor de volta. Isso era algo que eu não desistiria jamais. Eu tinha colocado o anel no colar, nunca consegui me separar totalmente dele.

Brady

Ela ficou louca? Eu e a Samantha? Ela não tinha visto nada de mais. Será que ela não entendia que eu a amava, que ela era tudo para mim? Já que a Ann queria acreditar naquela idiotice, então estava na cara que ela nunca iria perdoar o meu passado e que tinha me iludido o tempo todo.

Eu entrei no quarto com tanta raiva, joguei todas as minhas coisas na mala, liguei para a recepção fechando a conta e fui para o aeroporto. Peguei o primeiro avião para os Estados Unidos, fui parar em Miami. De lá peguei um voo para a Califórnia, não era a melhor rota, porém era única opção. Eu queria ficar longe de tudo e de todos. Eu tinha uma casa no norte da Califórnia, era beira-mar e isolada, assim comprei muita bebida e fui.

Olhar a beleza do mar e beber era tudo o que eu fazia, antes de desmaiar de tanto beber. Eu não conseguia ficar sem a Ann, ela nunca iria acreditar em nada do que eu falasse para ela. A dor era insuportável, era como se tivesse um buraco no meu peito e até respirar era difícil, mas a bebida me anestesiava. Até que um dia a Samantha apareceu na minha frente e estava chorando. Acho que eu estava mal mesmo.

– Brady, você não pode fazer isso com você mesmo. Você vai levantar e vai tomar um banho, minha nossa. Você está horrível, nunca pensei que um dia eu iria dizer isso.

Eu ri e consegui me sentar.

– Sam, ela me deixou, me odeia. E eu não posso ficar sem ela.

– Brady Blinner, você vai deixar tudo desmoronar. Levante e volte para a realidade, a sua loja está com tudo atrasado. Seu pai e seus irmãos já chamaram até a polícia, ninguém sabia onde você estava.

– Preciso desse tempo.

– Não, seu tempo acabou. Deixe de se sentir um lixo, eu sei como é. Já me senti assim muitas vezes, mas você pode mudar isso.

A Samantha me ajudou a levantar. Fui para o banheiro, tomei um banho gelado e comecei a clarear minhas ideias. Ela tinha razão, eu precisava voltar e pensar no que eu iria fazer. Eu senti um cheiro de pizza, a Samantha tinha ido comprar comida. Me arrumei e comi com ela em silêncio.

– Obrigado, Sam, você me ajudou muito.

– Liguei para o seu pai e avisei que você está voltando para casa. Ele comprou as nossas passagens e o voo sai daqui a duas horas, por isso precisamos ir.

– Você tem razão, vou voltar e tentar viver.

– Vamos, então.

Quando cheguei no aeroporto, todos estavam à minha espera, e eu via o alívio em cada rosto.

– Filho, nunca mais faça isso. Sou velho. Não posso suportar mais uma perda.

Eu sabia que o meu pai estava preocupado, só que ele não era velho, isso era mais chantagem emocional. Nos abraçamos no saguão.

– Cara, você é doido. Todos nós te procuramos, até que pensamos em falar com a Samantha, pois tinha ficado com você na morte da mamãe. Agora estamos juntos.

Nic parecia preocupado também.

– Sinto muito. Eu estava fora de mim, mas voltei para ver o que eu posso fazer com a minha vida sem a Ann.

Assim, voltei ao trabalho e tentei manter uma rotina. Trabalhar, comer, malhar e dormir. Tudo parecia sem sentido, mas eu tentava ir em frente. Eu já tinha planejado umas férias e eu tentaria encontrar a Ann, eu precisava dela na minha vida. Comecei a achar estranho, meus irmãos começaram a fazer piadas a todo momento e eu não conseguia entender a animação deles.

A Inauguração

Capítulo 14

Eu estava muito nervosa, Muitas pessoas estavam me ajudando, mas saber que eu tinha estragado tudo, e ele podia não me querer mais, me deixava desesperada.

– Liza, calma, estamos todas aqui com você. Ele te ama. Olha para ele, as mulheres caem loucas de amor, só que ele as ignora.

Tinha uma morena super linda ao lado dele, ele estava conversando com todos e nem sequer olhou para ela. Quando ela percebeu que ele não iria dar atenção, ela o tocou no ombro e apertou. Todo mundo sabe o que isso significa. Ele falou alguma coisa no ouvido dela que ela não gostou. Nunca mais eu deixaria ele dando sopa por aí. Ele era meu e eu era dele.

– Pronta, querida?

Minha mãe estava ao meu lado. Os outros irmãos, Mag e Mandy puxaram ele para frente do palco. Eu o queria bem pertinho de mim.

– Estou, diga para eles começarem.

Até o Peter, que eu descobri ser um amigo do Brady desde criança e quando falamos para ele o que estávamos pensando, ele nos apoiou. Para isso, eu tive que prometer nunca mais fazer Brady sofrer, coisa que com certeza eu não faria, pois agarraria esta chance com unhas e dentes. Quando começou a tocar o início da música e eu entrei, minhas amigas vieram atrás de mim. Eu cantava para ele, nós sabíamos o que significava. Os fotógrafos me bombardeavam de fotos, isso era estranho, mas todos estavam me apoiando. Eu só queria Brady de volta.

Far Away
This time, This place
Misused, Mistakes
Too long, Too late
Who was I to make you wait
Just one chance
Just one breath
Just in case there's just one left
Cause you know,
you know, you know

That I love you
I have loved you all along
And I miss you
been far away for far too long
I keep dreaming you'll be with me
And you'll never go
Stop breathing if
I don't see you anymore

On my knees, I'll ask
Last chance for one last dance
Cause with you, I'd withstand
All of hell to hold your hand
I'd give it all
I'd give for us
Give anything but I won't give up
'Cause you know,
You know, you know

That I love you
I have loved you all along
And I miss you
Been far away for far too long
I keep dreaming you'll be with me

And you'll never go
Stop breathing if
I don't see you anymore

So far away, so far away
Been far away for far too long
So far away, so far away
Been far away for far too long
But you know, you know, you know

I wanted
I wanted you to stay
Cause I needed
I need to hear you say
That I love you
I have loved you all along
And I forgive you
For being away for far too long
So keep breathing
Cause I'm not leaving you anymore
Believe it Hold on to me and, never let me go
Keep breathing
Cause I'm not leaving you anymore
Believe it Hold on to me and, never let me go
Keep breathing Hold on to me and, never let me go
Keep breathing Hold on to me and, never let me go

Longe
Esse tempo, esse lugar
Desperdícios, erros
Tanto tempo, tão tarde
Quem era eu para te fazer esperar?
Apenas mais uma chance
Apenas mais um suspiro
Caso reste apenas um
Porque você sabe
Você sabe, você sabe

Eu te amo
Eu sempre te amei

E eu sinto sua falta
Estive tão longe por muito tempo
Eu continuo sonhando que você estará comigo
E você nunca irá embora
Paro de respirar se
Eu não te ver mais

De joelhos, eu pedirei
uma última chance para uma última dança
Porque com você, eu resistiria
A todo o inferno para segurar sua mão
Eu daria tudo
Eu daria tudo por nós
eu daria qualquer coisa, mas não desistirei
Porque você sabe
você sabe, você sabe

Eu te amo
Eu sempre te amei
E eu sinto sua falta
Estive tão longe por muito tempo
Eu continuo sonhando que você estará comigo
E você nunca irá embora
Paro de respirar se
Eu não te ver mais

Tão longe, tão longe
Estive tão longe por muito tempo
Tão longe, tão longe
Estive tão longe por muito tempo
Mas você sabe, você sabe, você sabe

Eu quis
Eu quis que você ficasse
Porque eu precisava
Porque eu preciso ouvir você dizer
Eu te amo
Eu sempre te amei
E eu perdôo você
Por ficar tão longe por tanto tempo

Então continue respirando
Por que eu não estou te deixando mais
Acredite em mim, segure-se em mim e nunca me solte
Continue respirando
Por que eu não estou te deixando mais
Acredite em mim, segure-se em mim e nunca me solte
Continue respirando, segure-se em mim e nunca me solte
Continue respirando, segure-se em mim e nunca me solte

Todos bateram palma, menos um. Por favor, ainda me queira.

– Brady, eu te amo.

Ele me olhava tão sério. Por favor, eu não vivo sem você.

– Eu preciso de você na minha vida.

As lágrimas escorriam pelo meu rosto e eu não conseguia desviar os olhos dele. Foi quando ele veio andando até onde eu estava no palco, segurou a minha mão e me beijou. Senti tanto a falta do toque, do sabor desse beijo. Ele era tudo o que eu precisava. Quando nos separamos, ele me segurou pela cintura, pegou o microfone e virou para o público.

– Obrigada a todos, agora assistam ao show do Nickelback.

Todos aplaudiram e ele me levou a uma sala ao lado, que dava para ver a festa, era o escritório dele. Trancou a porta, me abraçou e me cheirou, mas não disse nada. Era como se ele não acreditasse que eu estava com ele.

– Eu te amo, te amo tanto, não suporto mais um dia sem você. Por favor, me perdoa. Samantha me procurou e eu estava mal. Eu deveria ter confiado em você Brady, e eu prometo que nunca mais vou desconfiar da sua lealdade. Me dá uma chance, me perdoa.

Eu chorava e ele me olhava, ainda sem dizer nada. Nesse momento, eu me desesperei. Será que ele não me queria mais?

– Eu te amo, minha fada, eu aceito. Quero casar em uma semana e não há como você questionar. Eu já tinha comprado uma casa, só não tive coragem de ir olhar.

Nossa, ele enviava choques pelo meu corpo todo. Nos beijamos, os beijos foram ficando mais exigentes, até que ele parou e me encarou ofegante.

– Ann, eu te amo tanto. Eu estava sentindo tanta saudade de você.

A única coisa que eu podia fazer era agradecer a Deus por ele ainda me amar.

– Só fui embora da sua vida porque achava que era melhor a fazer. Se você não confiava em mim, nada mais daria certo entre nós dois. Mesmo com tudo para dar errado, quero dizer que não consigo mais viver com o vazio e ficar infeliz, fingindo que tudo está bem, quando a única coisa que eu quero é estar com você. Eu sofri demais. Estava disposto a ir atrás de você e te obrigar a me aceitar, principalmente nestes últimos dias. Queria tanto que você estivesse ao meu lado hoje na inauguração. Mas já que estamos aqui, quero você para sempre, nunca mais eu tiro os olhos de você.

Nós fizemos amor várias vezes. Eu estava desesperada por ele, cada toque era como se fogos estivessem explodindo ao nosso redor. Agora eu sabia que a nossa vida seria perfeita, pois o nosso amor era mais poderoso do que tudo que já imaginei. Realmente almas gêmeas.

– O que foi?

– Estou feliz novamente. Você é o meu sol, a minha felicidade.

– Amor, vem aqui, quero tirar esta aliança que está no seu pescoço.

Ele tirou a aliança e a minha mão tremia tanto, eu seria dele para sempre.

– Agora você só vai tirar para que eu coloque na sua mão direita e você só vai tirar para colocar no lado esquerdo e nunca mais vai tirar. Você é toda minha e será para a vida toda.

Eu o beijei e nos entregamos a paixão, até que eu o afastei. Eu queria saber o que tinha acontecido com ele.

– Brady, me conta o que aconteceu com você depois do que eu falei. Eu quero saber para me desculpar de tudo.

– Amor, esqueça, eu tenho você e você me tem, é o que importa.

– Eu quero saber, por favor.

– Bem, eu fiquei puto. Eu estava vestido, com a porta aberta, só estávamos rindo. Se fosse uma situação constrangedora, eu até poderia aceitar, mas você nem pensou e nem me deixou explicar. Quando eu vi que você estava irredutível, simplesmente achei que você nunca me aceitaria novamente. Peguei um avião para a Califórnia e fui para a minha casa, comprei toda a bebida que uma multidão consumiria em um mês e fiquei lá por dias. Perdi a noção do tempo. Então, Samantha chegou e quando me viu, começou a chorar.

Ele se calou e eu o abracei.

– Eu voltei com ela para casa, todos brigaram muito comigo. Mag cuidou de mim e voltei a trabalhar. Minha vida tinha acabado no momento em que você disse que não acreditava em mim. Eu vinha trabalhar todos os dias, e estava disposto a te encontrar depois da inauguração. Fazia tudo mecanicamente. Você é meu tudo, nunca mais eu deixarei você ficar longe de mim, nunca.

Ele me beijou e fizemos amor como se precisássemos de mais para viver. Quando desabamos no chão novamente ele continuou.

– Quando eu te vi no palco, eu não podia pensar em mais nada. Era o meu sonho e, ao mesmo tempo, tudo era real. E você, o que fez sem mim?

– Eu estive com Donatella na Itália, até a Samantha chegar e mudar a minha vida. Eu estava sem rumo, eu não conseguia fazer nada, tudo me lembrava você. Nunca chorei tanto como durante aqueles dias. Vim direto para Detroit e, por sinal, o meu carro está estacionado aqui na frente. Eu amei o meu presente e agora não vejo a hora de conhecer a nossa casa. Eu passei a semana te vigiando, eu estava louca de saudade. Posso dizer o que você fez, desde a hora que saía de casa até quando voltava à noite.

Nos beijamos, eu amava tudo nele. Fiquei sentada no colo dele, pois eu teria que falar da gravidez e eu precisava estar assim com ele, para saber o que ele estaria sentindo no momento que eu desse a notícia.

– Você devia ter aparecido para mim. Eu sabia que sentia algo diferente. Era você me olhando, está explicado agora.

– Bem, na viagem eu passei muito mal. Quando me reuni com a sua família, eles me ajudaram, e as minhas amigas também vieram.

– Volte aí, passou mal como?

– Brady, não planejei, sempre fui tão cuidadosa, mas eu te queria tanto e não tive nenhum cuidado. O que posso dizer, é que eu estou grávida.

Ele me olhou assustado e depois me beijou, me abraçou e olhou para a minha barriga. Me deitou, me beijou e colocou o ouvido na minha barriga. Se ele soubesse que nosso bebê era menor do que um grão de feijão...

– Você acaba de fazer de mim o homem mais feliz do mundo. Eu quero essa família. Todos já sabem, não é?

– Já, amor, eles descobriram antes de mim.

– Vamos, amor, vou te levar para o meu quarto. Amanhã vamos a uns seis médicos para ter certeza de que está tudo bem com o nosso bebê.

– Brady.

Ele estava maluco?

– Nada de Brady. Vamos ao médico, depois vamos olhar a nossa casa, depois vamos comprar toda a mobília e faremos todos os ajustes que você quiser. Não quero que você dê nenhum passo com esses saltos, se for sair. Saiba que eu vou te carregar, isso é um fato, então se acostume. O seu futuro marido dominador chegou para ficar, lembre-se, sou um irlandês.

Eu ri, pois eu amava até a maneira machista dele.

– Agora vamos, hoje vou te mimar muito.

– Brady, eu arriscaria tudo e muito mais para sentir essa felicidade. Você me completa e eu tenho certeza que vale a pena.

Ele abotoou a camisa em mim, colocou a minha calcinha, pegou a gravata e fez um cinto, e ficou só de calça.

– Vem, minha fada, vou te arrumar para tirar tudo quando chegarmos em casa. Bárbara e Mag vão pirar ao saber que terão só uma semana para o casório. Em uma semana você será a sra. Brady Blinner.

Eu ri e ele me carregou.

– E serei a mulher mais feliz desse mundo.

Arriscar é difícil, mas vale a pena quando se ama de verdade.

Brady

Eu estava na inauguração, tudo corria perfeitamente como o planejado. Muitos compradores e a imprensa estava por todos os locais. A loja estava linda, mas eu continuava vazio, ria das piadas e tentava socializar para parecer que eu estava feliz. Mas, mesmo realizando um sonho, era só na Ann que eu pensava.

Uma das modelos colegas da Sam apareceu ao meu lado. Eu sabia o que ela queria, já que eu estava disponível, mas isso não iria acontecer. Ela apertou meu ombro e, antigamente, isso seria simples: iríamos para um local reservado e ela seria mais uma para a minha lista.

– Desculpe, sou comprometido, minha noiva está para chegar. Ela não gosta de mulheres em cima de mim, por isso é melhor você ir.

Por que eu disse isso? Mas era a verdade. A mulher que me completava um dia vai voltar a ser minha, eu estava decido a ir procurar por ela. Nesse momento, eu escutei ela falar. Quando virei, a Ann estava no palco.

Quando ela cantou para mim, eu só podia agradecer pelo meu sonho se realizar, ela me amava e com certeza eu a teria comigo para sempre. Ela estava linda, com um vestido vermelho longo colado, o contraste com a pele dela e o corpo delicioso me deixavam sem palavras. A minha vontade era de ficarmos a sós e fazer amor com ela durante horas.

Quando a música terminou, eu subi e a levei para o meu escritório, lá ela não me escaparia nunca mais. Ela era deliciosa, eu passaria a próxima semana arrumando tudo para a nossa vida, ela seria a minha mulher de uma vez por todas e para sempre. Depois que a festa terminou, nós ficamos deitados no tapete da minha sala, abraçados. Como eu tinha as chaves, eles deviam ter fechado tudo e nos deixado para resolvermos os nossos problemas. Eu acariciava as costas dela, enquanto ela me fazia carinho no peito, eu estava maravilhado. Comecei a rir. Ela se sentou e colocou a minha camisa. E ela estava incrível.

Quando eu descobri o que ela passou, fiquei preocupado. Ela era o meu sol, foi ai que ela me disse que estava grávida. Há poucos instantes eu estava sozinho e angustiado, e agora não só ela me devolvia a vida, como a alegria de uma família completa.

Filho, nós teríamos um filho, eu era um filho da mãe sortudo mesmo. Eu ria, pois os meus irmãos ficaram jogando indiretas para mim a semana toda. Agora eu entendia, mas eles iam ver... Eu olhei para os sapatos que ela tinha usado... Minha nossa, ela podia ter caído e não quero nem pensar. Ela nunca mais daria dois passos sem que eu a carregasse no colo.

Amar a pessoa certa é perfeito, e ser amado é melhor ainda.

FIM

Primeiro amor

Livro 2 - David e Mandy

O que fazer. Quando se ama e não é correspondida? Essa sou eu, sempre fui apaixonada pelo meu primo David. Ele é maravilhoso, porém nunca me quis. Pelo menos não até hoje. Espero que ele não pense que estarei à disposição, pois esse risco eu não vou correr.

Mesmo com um noivo maravilhoso, falta a explosão de paixão. Eu me guardei para um homem que eu sabia que não tem os mesmos sentimentos por mim. Ele me maltratou e eu fugi disso. Agora que estou com um perseguidor louco atrás de mim, e o David é o meu defensor.

David

Eu a afastei de todas as formas possíveis. Sempre neguei o que eu sentia por ela, afinal, ela é minha prima. Até que tudo muda e, quando eu a encontrei depois de dois anos afastados, ela estava a mulher mais linda do mundo, e eu não sabia o que fazer.

Quando eu descobri que ela corria perigo, eu nem duvidei, ela seria minha e ninguém toca no que é meu. Assim são os homens desta família, todos possessivos. Espero que ela me dê uma segunda chance e se arrisque a me amar de novo.

Agradecimentos

Agradeço a todas as pessoas que sempre me incentivaram a escrever. O primeiro deles é o meu pai, que não estará pessoalmente aqui para ver mais um sonho ser realizado, mas sei que ele sempre estará me ajudando a superar todos os problemas e medos que eu tiver que enfrentar. Minha mãe e minhas irmãs que sempre me apoiaram.

Agradeço ao meu marido, Wagner, e aos meus filhos, Thiago Felipe e Ana Cecília, que sempre estiveram ao meu lado em todas as etapas, me ajudando e incentivando.

Minha filha que ama vender e divulgar os livros, seu apoio e felicidade me fazem querer escrever cada vez mais.

Minha sogra, Zilma, minha tia, Mirian, meu tio, Meda, e minha prima, também escritora, Carol. Sei do amor e dedicação que sempre estiveram presentes durante cada momento dessa aventura, amo vocês.

Agradeço aos leitores que sempre penso que são os elementos principais no que eu escrevo.

E, finalmente, agradeço a Editora Pandorga, que acreditou na história e me ajudou a concretizar este sonho em forma de palavras.

Obrigada,

Josy L. Dias